茨威格之人類群星閃耀時

勇氣、抉擇與夢想，十四個在黑暗中看到曙光的歷史現場

Sternstunden
der Menschheit

Stefan Zweig

史蒂芬・茨威格 著
姚月 譯

目次 *Content*

導讀——憂愁的夢想家

之一・學生時期就熱愛寫作

史蒂芬・茨威格於一八八一年出生在維也納，他的父親莫里斯（Moritz）是猶太裔的紡織企業家，母親伊達・布雷特奧（Ida Brettauer）是富商之女。出生之後，他與哥哥就一起在父母身邊長大。他的家庭並不信奉猶太教，茨威格後來說，自己只不過碰巧是個猶太人而已。他在維也納度過童年和少年時期，並在那裡讀完高中。初看起來，茨威格的人生與許多青少年沒有區別。在維也納大學的哲學系註冊後，他成為大學生。

然而，能成為知名作家，必定有什麼異於他人之處。比如說，他老是不去聽課，而是為奧地利的《新自由報》文學專欄撰寫稿子。一九〇一年，他的第一部詩集《銀弦》出版。在寫博士論文的同時，他的第一部中篇小說《艾麗卡・埃瓦特的愛》（*The Love of Erika Ewald*）也在柏林出版了，那是一九〇四年。完成學業後，茨威格便將其精彩的修辭風格、扣人心弦的敘事力量，融入對人物細膩的心理詮釋中，因此漸漸形成別具一格的寫作手法。

茨威格除了發表自己的作品外，還翻譯過一些法國作家的作品，如法國象徵派詩人魏爾倫（Paul Verlaine）和波特萊爾（Charles Pierre Baudelaire）的作品，尤其是比利時法語詩人兼劇作家維爾哈倫（Émile Verhaeren）的作品。茨威格的書在德國的島嶼出版社（Insel Verlag）出版，並且從一九一二年起以「島嶼叢書」之名在圖書市場上確立了自己的地位，至今仍然在發行。

之二：與各大作家成為知交

茨威格的生活比較闊綽，他經常能去各地旅遊。一九一〇年他到過印度，兩年後又去了美國。他在美國結識了許多當地的作家和藝術家。

然而，第一次世界大戰爆發了。眾人認為他不適合投入戰鬥，在朋友的勸說下，他申請到軍事檔案室服務，但他並不滿意那裡的工作內容，所以於一九一七年在休假過後便申請退伍。茨威格搬到中立國瑞士，並在蘇黎世成為維也納《新自由報》的記者。他撰文發表帶有人文主義的政治觀點，極力反對黨派和權力鬥爭。

第一次世界大戰結束之後，茨威格準備回奧地利。這一天，一九一九年三月二十四日，他在邊境巧遇哈布斯堡王朝與奧匈帝國的末代皇帝卡爾一世，後者正從費爾德基希（Feldkirch）流亡到瑞士。茨威格後來在他的自傳體小說《昨日世界：一個歐洲人的回憶》中描述了這次相遇。回到奧地利之後，茨威格搬去薩爾茨堡。一九一七年，他買下坐落在卡布金納山（Kapuzinerberg）的城堡；過去許多名人都在那兒住過，包括莫札特和他的姊姊。

一九二〇年一月，茨威格與柏格（Friderike Maria Burger）女士結婚。她前夫是財政官員馮・溫特尼茨（Felix Edler von Winternitz），並育有兩個女兒。此後，茨威格和家人在城堡住了十五年，還完成了十餘本著作的手稿。此城堡也是當時文學家的聚會場所，並有「歐洲別墅」的美譽。茨威格的客人不僅有文學家，比如德國作家湯瑪斯・曼、法國作家羅曼・羅蘭、奧地利作家馮・霍夫曼斯塔爾（Hugo von Hofmannsthal）、英國作家喬伊斯、法國作家朱爾・羅曼，還有音樂家理查・史特勞斯等。

作為一名熱情的知識分子，茨威格強烈反對民族主義和復仇主義。他想要建立一套思想體系，以從精神上來統一歐洲。在一九二〇年代，他創作了許多小說和戲劇。尤其是他的名作《茨威格之人類群星閃耀時》，自一九二七年第一版問世以來，迄今仍然是他最成功的著作。但是他心目中的歐洲統合願景最終沒有實現，各國再次陷入危機。

之三：流亡海外

一九三三年，納粹上臺，茨威格察覺到威脅，認為當局即將展開大規模的干預措施。一九三四年二月二十日，茨威格登上火車，離開了他的故鄉奧地利，前往倫敦。從此，他的書無法繼續在德國的島嶼出版社出版。不過在這段時間裡，他與德國的聯繫並未中斷。一九三三年，茨威格為理查·史特勞斯創作了歌劇《沉默的女人》的劇本。一九三五年六月二十四日，《沉默的女人》在德勒斯登首演。雖然希特勒一開始同意，但因為作者是猶太人，歌劇又遭到禁演。茨威格的作品在一九三三年被列入焚書名單，到了一九三五年，他被全面封鎖，在德國連名字都不能提。

雖然他的書不能在德國出版，但奧地利是德語區，所以他還有很大的讀者群。後來奧地利也不准他出版書籍，幸好瑞典接受他。在同時代的作家中，他的作品流傳最廣。

他長年與妻子分居，加上他與祕書洛特·阿特曼（Lotte Altmann）發生外遇，這對夫妻於是在一九三八年十一月離婚了，不過兩人依然保持著緊密的書信往來。一九三九年，茨威格與阿特曼結婚。此時英法對德宣戰，第二次世界大戰全面爆發。茨威格擔心英國人分不清德國人和奧地利人，而只把他看作是「敵對的外國人」，所以他取道美國紐約、阿根廷和巴拉圭，於一九四〇年到達巴西。

茨威格在他人生最後幾年受憂鬱症所苦。一九四二年二月二十二日，在巴西里約熱內盧近郊的寓所內，茨威格夫婦服毒自殺。他在遺書中寫道，他想清楚了，所以自願離開人世。他的「精神家園」歐洲太墮落了，而在失去家園的流亡歷程中，他失去感覺，也早就精疲力竭了。

各章簡介

一九二七年《茨威格之人類群星閃耀時》第一版在萊比錫發行，包含五篇傳記文學，其中包括：〈拿破崙始終等不到的援軍〉、〈瑪麗亞溫泉市的悲歌〉、〈我是加州的國王〉、〈行刑前的那一刻〉和〈南極攻略〉。到一九四〇年，該書逐漸增加到了十四篇：〈第一個看見太平洋的歐洲人〉、〈拜占庭帝國的終局之戰〉、〈韓德爾的重生〉、〈那一夜，我寫了《馬賽曲》〉、〈在大西洋鋪一條海底電纜〉、〈逃出家庭奔向上帝〉、〈載著革命火苗的列車〉、〈政治是條不歸路〉和〈為世人建立永久和平〉。

除了詩歌〈行刑前的那一刻〉以及〈逃出家庭奔向上帝〉（托爾斯泰未完成戲劇的最後一幕）外，各篇章都是獨立的歷史故事。然而，本書作者無意分析歷史的發展，他只是想描述這些歷史人物與高潮迭起的事件。因此，作者並沒有完全忠實於歷史事實，有時他也會將人物英雄化；可想而知，它們畢竟是故事。

茨威格的作品，包括散文、歷史小說等，至今仍然吸引著讀者，尤其是人物傳記，涵蓋了世界上偉大的文學家、軍事家、探險家和政治家，範圍如此之廣，其他作家可說是望塵莫及。茨威格的作品具有四個主要的特徵：悲劇、戲劇化、憂鬱和絕望。雖然成功近在眼前，但受到外界阻礙和心結所困，主角走向失敗，而讀者也因此感到惆悵。我們可以在本書中深刻體會到這些特徵。

第一個看見太平洋的歐洲人

哥倫布發現新大陸後，歐洲人開始殖民美洲，而巴爾波（Vasco Núñez de Balboa）是穿越巴拿馬地峽並看到太平洋的第一人。巴爾波從當地人身上得知，在巴拿馬地峽的另一邊有遼闊的海洋。於是他帶領探險隊穿越叢林，與原住民爭戰，最後終於看到太平洋的海水滾到了他腳下。但是，巴爾波太過信任朋友，所以下場很悲慘。

在茨威格的描述下，巴爾波果敢善戰，又深愛著他的戀人。他是逃亡的美洲殖民者，也是看到太平洋的歐洲第一人。巴爾波如何用盡心力地達成如此成就，茨威格描寫得非常生動，彷彿把讀者帶到山上，讓他們體會到「第一眼看到太平洋的感動」。

拜占庭帝國的終局之戰

帝國只剩下一座城池時，其中的皇帝和臣民會有什麼遭遇？讀了這篇歷史故事後，我們會敬仰當中的每一個人物，無論他是失敗者還是王者；更會欽佩每一個沒有名列史冊的戰士，不論他們的信仰為何。

在這篇傳記中，茨威格描繪了這個六百多年前的場景，記錄下拜占庭帝國的滅亡。他也指出了西方宗教的分裂。征服者的穆罕默德有強大的耐心，他的軍事決策總是出人意料。茨威格不光是描述這位征服者，還花費筆墨在眾多小人物上，比如拜占庭派出的十二名勇士。

在這篇故事中，讀者還能看到聖索菲亞大教堂的過去。這座歷史建築有一千五百年的歷史，但它還是無法庇佑拜占庭帝國。

韓德爾的重生

茨威格描述了韓德爾創作《彌賽亞》的過程，雖然是虛構的，但當你讀到這些文字時，就彷彿回到韓德爾的時代，進入這位偉大作曲家的住家和劇院，跟隨著他的心跳，跟隨著「哈利路亞」的合唱聲音，走向上帝。

因為病痛，韓德爾一度要放棄創作生涯，但是，偉人必有超越常人的毅力。他去德國阿亨泡溫泉、調養身體後，又投入創作中。當時他的經濟也陷入困境，但還是秉持寬厚的胸懷，用強大的音樂，為艱苦的英國民眾帶來無比的力量。人們聽到他的音樂時，總會不約而同地站立起來，彷彿要讓自己離上帝更近一些。

茨威格的寫作技巧如此嫻熟，以致讀者不會去思考歷史故事的真偽，而只想在他的文字中感受天堂般的歌聲，並從韓德爾失明的眼睛中發現強大的信心。

那一夜，我寫了《馬賽曲》

人們聽到法國國歌時，很少想到作者是誰，以及他創作過程中出現的奇蹟。但是茨威格想到了；他想到了作者，還要為讀者追溯這首曲子的源流。這首國歌的作者就是一夜天才李爾（Claude Joseph Rouget de Lisle）。

這位法國詩人兼音樂家名氣不大，但身後卻與拿破崙一起葬在巴黎的榮軍院。與大多數偉大的樂曲不同，李爾在深夜短短幾個小時內就完成它，而靈感來自於大街上士兵的腳步聲與嘹亮的小號聲。一開始，大家只是出於禮貌而稱讚這首曲子好聽。最後，南方的軍人踏著《馬賽曲》的旋律回到巴黎，街上的人們歡呼叫好，也感受到這首歌是如何呈現他們的心聲。

拿破崙始終等不到的援軍

人們早已熟悉滑鐵盧戰役的前後過程，但是大多數人會把重點放在拿破崙的挫敗，包括他的個人經歷和逸事。茨威格則完全不同，他不僅看到拿破崙的失敗之處，還看到另外一個致命的歷史人物——格魯希（Emmanuel de Grouchy）。

法國的格魯希元帥經歷多次戰事。然而，在茨威格看來，格魯希的猶豫不決和唯命是從，才是導致拿破崙失敗的重要因素。不可否認的是，拿破崙自己在滑鐵盧戰役中也一樣猶豫不決，沒有做出正確的判斷。

這篇故事將人們帶到了十九世紀初的戰場，讀者可以從中讀到關鍵人物拿破崙、格魯希的心路歷程。作者對人物和場景的刻畫如此細膩，彷彿讀者正在參與這場兩百多年前的戰爭。

〈瑪麗亞溫泉市的悲歌〉

歌德在世時，世界各地（尤其在德國）的讀者都無比崇敬他。但是，除了名作《少年維特的煩惱》和《浮士德》不斷被追捧之外，是否有人真正關心過一位七十多歲老人的內心世界，更何況這是一位充滿情感的文學家呢？

歌德晚年時沒有得到家庭的溫暖，兒子和兒媳很少關心他。他大多在社交場所尋求安慰。他的朋友中有一些名人，如文學家席勒、音樂家孟德爾頌。他渴望令人心動、坐立不安的愛情，以激起他的創作欲望。當他遇見了「小女兒」烏爾麗克時，他被深深觸動了，再一次體會到了愛情和煩惱。在情感爆發下，他寫下了動人的詩篇〈瑪麗亞溫泉市的悲歌〉。茨威格讓我們看到，偉大的文學家歌德如何創作這首詩，以及此作品對他身心的影響。

我是加州的國王

今天，黃金對人們來說是價值的標準和首飾，而在十九世紀之前，找到黃金是非常偉大的事情，令人熱血沸騰。茨威格在這裡寫談到蘇特爾（John Sutter），此人有債務問題，又對歐洲感到厭煩，所以他只有一個念頭，那就是遠走他鄉；哪怕是離開妻兒，也要逃亡到眾人嚮往的美國去。

蘇特爾勇敢又有創意。他最初到了美國東部和中部，後來得知西部有一片大好的山河，就帶著幾名隨從長途跋涉，到了人煙稀少的西部。在當地立足之後，他就因為發現黃金而成為世界首富。茨威格非常理解人的內心世界，所以他不只提到蘇特爾發跡的過程，也深刻描述世人的貪欲。這些人為了錢財而違背法律，甚至捨棄生命。最終，世界首富蘇特爾在一無所有中孤獨死去。

行刑前的那一刻

體驗死亡前的那一瞬間後，我們是否會對人生有新的認識呢？最後看一眼周圍的世界，是否會想起家人、朋友和自己做過的每一件事呢？這是一首長詩，一首英雄的詩篇。茨威格也在這部戲劇性的詩歌中，讓人們深深體會到死亡與再生的過程。然而，這不是一個平凡人的經歷，而是屬於偉大的文學家杜斯妥也夫斯基。

這部作品正是要向杜斯妥也夫斯基致敬。囚車的輪子碾過讀者的心，一張減刑的紙，又把我們托起，與杜斯妥也夫斯基一同體會人生的艱辛和幸福。茨威格詳細描述各種聲響，把我們拉到十九世紀聖彼德堡的刑場，並感受到冰冷的刑具、牢門和槍口。然後，死刑中止時，熱血再次充滿杜斯妥也夫斯基的身體，而讀者的心也彷彿被溫暖了。

在大西洋鋪一條海底電纜

今天，大多數人透過手機或電腦，就能與世界各地的朋友保持聯繫。誰又會想到，僅僅在一百六十多年前，為了歐美之間的通訊，人類付出了多少心血和財富。

「建造一條橫跨大西洋的電纜」，菲爾德（Cyrus West Field）實現了這個宏大的計畫和夢想。在本篇中，茨威格描寫了許多技術上的困難，包括製造電纜和改造軍艦。雖然菲爾德成功鋪設電纜，但人們的懷疑態度沒有減少，畢竟還有通訊的難題要解決。但是，勝利往往是留給有準備和有毅力的人，也就是像菲爾德這樣的夢想家。

在這篇故事中，勝利和失敗此起彼伏。

逃出家庭奔向上帝

托爾斯泰是華文世界非常熟悉的俄國作家，不少人都讀過他一部自傳性作品，即寫於十九世紀八〇年代至二十世紀初期的五幕正劇《光在黑暗中閃耀》（The Light Shines in the Darkness）。其實，這是一部未完成的作品；作者還沒有想好要如何寫完，因為當中提及他個人的私密事件與家庭悲劇。

現實中，托爾斯泰離家出走，踏上了通往上帝的道路。只是太晚了，他已經撐不了多少天了。最後，托爾斯泰倒在阿斯塔波沃（Astapovo）火車站，在站長的簡陋居室中離開人世。茨威格為讀者描繪托爾斯泰最後的日子，並化為《光在黑暗中閃耀》的尾聲。在這最後的一幕中，人們能讀出托爾斯泰對政治的態度，也能看到他對妻子的矛盾心情。

這是充滿悲劇的一幕。

南極攻略

從宇宙星塵中生出人類，這中間經歷了幾十億年。進入二十世紀初後，地球已經沒有多少祕密了，除了兩個極點。在此酷寒環境中，英雄們的探索受到阻礙。但是，每一天都有人發明和應用新的科技，總會有些人藉此嘗試更艱難的探險活動。

此時，讀者應該會期待，茨威格寫出第一個到達極點的人和其壯舉。但出乎人們的意料，他並沒有在這篇傳記中寫到阿蒙森（第一個到達南極的人）。世人都喜歡提到那位挪威極地探險家，正如大家喜歡談論誰發現新大陸、誰又率先登上月球。茨威格在這裡卻寫了第二個看見極點的人，他就是英國的史考特（Robert Scott）。他在北半球的夏天帶領著隊員離開了歐洲，並在南半球的夏天登上南極大陸。史考特為人類記錄了南極的自然風光，為後人留下許多寶貴經驗。茨威格細膩地描寫這位探險家，讓我們看到了這位愛家人、愛朋友和愛祖國的英雄，以及發生在他身上的悲劇。

載著革命火苗的列車

這一篇描述列寧回國的經歷；他於一九一七年三月乘坐火車，經過德國回到俄羅斯。

一九一七年以前，列寧還只是個平凡人，在瑞士的蘇黎世生活。他每天過著一樣的生活，圖書館開門時就去看書，關門時回家。俄羅斯爆發二月革命後，這個突如其來的消息讓他非常興奮；幾百萬人為此獻出生命，這場戰爭必定會有所收穫。

他要回俄羅斯去。然而事與願違，他所期望的革命成果並沒有出現，因為交戰的每一方各有盤算，當中包括帝國主義者和軍閥。俄羅斯有些人也感覺到列寧的潛在危險，不希望他回去。可是，回家的渴望勢不可擋，列寧和其他共產黨人在德國陸軍司令部的支持下，從瑞士經過德國、瑞典，最終到達了聖彼德堡涅瓦河北岸的鐵路總站。

政治是條不歸路

在茨威格的歷史作品中，人物的時代跨度很驚人，例如這篇傳記中的主角西塞羅是西元前古羅馬的政治家和文學家，同時代的名人還有凱撒、埃及豔后以及安東尼。

西塞羅在經歷了幾十年古羅馬廣場上的風風雨雨後，原本想隱居到鄉間別墅中，安享晚年並投入文學創作。但是，歷史的進程不是個人能決定的，西塞羅最後還是被推回到古羅馬廣場，而當他最後一次離開那裡時，就成了對手的追殺目標。

在這篇傳記中，茨威格描述了西塞羅在政治上的功績，也敘述了他和女兒、兒子及年輕妻子的關係。當然，政治舞臺上的其他人物，如屋大維、安東尼，也在他的筆下栩栩如生。

為世人建立永久和平

茨威格希望在思想上實現大一統而和平的歐洲。在他之前，也有許多人為此奮鬥，威爾遜就是其中之一，他期待歐洲各國能相安無事，更希望世界能永遠和平。然而，威爾遜失敗了，這是歐洲和世界的不幸。但是，歷史是殘酷的。世界在經歷了第一次世界大戰後，又陷入時間更久、更悲慘的磨難，才終於進入穩定的局面。

在這篇傳記中，茨威格詳細描述了威爾遜的個性和政治態度，後人便能從中瞭解到第一次世界大戰剛結束時的局勢。

前言——歷史是最偉大的作家

在二十四小時、日復一日的生活中，藝術家不可能一直都在從事創作。那些流傳百世的成功作品，都是在稀有的靈感時刻中創作出來的。歷史也是如此，它是時間長河中最值得讚賞的偉大詩人和藝術家，但也不是每時每刻都有創意。

歌德敬畏地稱歷史為「上帝的神祕作坊」，但當中充斥著許多無關緊要和平常的事。猶如在藝術和人生中，也很少有什麼崇高和令人難忘的時刻。因為，唯有時間和過程才能孕育出令人激動的真實事件。歷史又像編年史家，在數千年之長的鏈條上冷漠地排列環環相扣的零件，一件件、一樁樁，工作從不間斷。在一個民族中，往往幾百萬人才誕生一位天才；在具有歷史意義的關鍵時刻出現前，總會經歷漫長的平凡歲月。

藝術天才出現後，必將千古留名；具有歷史意義的時刻來臨時，必將決定幾十年、甚至幾百年的歷史進程。如同整個大氣層的電力聚集在避雷針的針尖上，無數的事件會聚集在一個狹窄的時間跨度。按部就班或同時發生的相關事件，都會壓縮到唯一的時刻；它指引一切，決定一切，某個「對」或「不對」的發言、過早或過晚的決定，都將長留史冊。個人的生死、民族的存亡、甚至於整個人類的命運，都取決於這樣的時刻。

在這些戲劇性又攸關全體命運的時刻中，某一個決定的影響力會超越時代，而且決策過程不超過一天、一小時，甚至一分鐘。這樣的時刻我們一生中很少碰到，甚至在歷史長河中亦難得一見。在此，我將回顧幾個不同的時代和區域的關鍵時刻，它們如同夜空中永恆閃耀的星辰。不管是對於事件的真實性或人物的內心世界，我都沒有任何渲染或誇大。因為，對於每個構建完美的傑出時刻，歷史不需要再多做說明。它是真正的詩人和劇作家，任何作家都別妄想能超越它。

01

第一個看見太平洋的歐洲人

用冒險當作救贖的巴爾波

關鍵時刻

▼

一九一三年九月二十五日

人人渴望前往的黃金國度

哥倫布第一次從剛被發現的美洲回來時，西班牙塞維利亞和巴賽隆納的大街上熙熙攘攘。伴隨著凱旋的隊伍，哥倫布向人們展示無數的奇珍異寶，包括歐洲人從沒看過的紅色人種和動物，比如色彩斑斕又會尖叫的鸚鵡、笨重的貘。有一些奇異植物和水果，比如印第安人的穀物、菸草和椰子，後來在歐洲也有人種植。歡呼的人群好奇地欣賞著這一切，最讓國王、皇后和大臣們興奮不已的，莫過於裝著金子的小盒子和小籃子。哥倫布從西印度群島帶回來的黃金並不多，不過是他從原住民手中換來或搶來的裝飾品，包括小金條和金粉，但沒有一顆顆貴重的黃金粒。所有戰利品加在一起，只能鑄造幾百枚達克特金幣。

狂熱的天才夢想家哥倫布只相信自己願意相信的事，當然，他的尋找印度之旅是成功的，足以證明他是對的。他坦率又熱情地向眾人誇耀，這僅是他牛刀小試。他還得到可靠消息，據說在那些新發現的島上，存在大量而珍貴的金礦，就埋在田地裡，上面只有一層又鬆又薄的泥土，用普通的鏟子就能輕而易舉地挖出來。而且，在更南邊的王國，國王都用金樽飲水喝酒；在那裡，黃金比西班牙的鉛更不值錢。

貪戀金錢的國王如癡如醉地聽著黃金國的傳言，心想那將屬於他。然而人們此時還不太瞭解哥倫布誇誇其談的個性，因此沒有懷疑他的那些承諾。於是，為了這第二次的航海，人們開始籌備龐大的艦隊。這次召集船員不再需要宣傳。黃金國的財寶唾手可得，整個西班牙欣喜若狂，成百上千的人蜂擁而至，目的只有一個：發大財。

然而，貪欲是一股汙濁的潮流，從所有的城市、鄉鎮和村落滾滾而來。在巴羅斯港和加的斯港，名門貴族蜂擁而至，他們想要給自己的徽章鍍上一層金；大膽的冒險家、勇敢的士兵也都來了。還有西班牙的人渣，包括身上被烙印的小偷、土匪和攔路搶劫的小毛賊，他們也想去黃金國大撈一筆。躲債的人、想要逃離家庭紛爭的丈夫……絕望者、失敗者、有案底的人和被官方追捕的人，都來報名參加遠航船隊。這是一群瘋狂的落魄之徒，他們決定，哪怕要用上卑劣的手段甚至犯下罪行，也要在一夜之間成為富人。

哥倫布想像：只要把鏟子插進土地，立刻會有金塊向你閃爍。人們受到暗示後，不禁想入非非。一些有錢的投機者甚至帶上自己的僕人和騾子，好把珍貴的金屬大批大批運走。沒有被探險隊錄取的人也尋找其他途徑，不向王室提出申請就自己籌組船隊，只求迅速到達目的地，搜刮黃金、黃金、黃金。一時間，西班牙竟然擺脫那些不安定分子和危險的地痞流氓。

在加勒比海上，伊斯帕尼奧拉島的總督驚訝地看見這群不速之客如潮水般湧來，淹沒了這座他受命管轄的島。年復一年，船艦不斷載來新的貨物和越來越不守規矩的人。

但是，大街上根本沒有唾手可得的黃金，抵達的人沒多久就感到失望。況且，在這一大群野獸的掠奪下，原住民就連一小粒金子也被搜刮殆盡。

於是，這些人四處遊逛，到處搶掠，他們成了印第安人的厄運與噩夢，也讓總督提心吊膽。他只好讓這些人成為殖民者，還分給他們土地以及各種牲畜，包括「人類」。每個殖民者可以得到六十到七十個原住民奴隸，但這些措施都無濟於事。無論是貴族還是盜賊，他們對經營農莊根本沒有興趣。他們不是為了種小麥和養家禽而來到這片土地，更不關心種子的類別和收成。他們只知道糟蹋不幸的印第安人：不出幾年時間，當地的原住民都被滅絕。這些歐洲人在骯髒的酒吧、賭場中消磨時光，不久後就債臺高築。他們被商人跟高利貸業者掐住了脖子，不但花光所有的財產，就連身上的大衣、帽子和襯衣也一件一件賣掉。

此時，一五一〇年，一條消息不脛而走：有位受人尊敬的律師德．恩西索（Martín Fernández de Enciso）在整備一艘船，將帶領新的隊伍去探索其他殖民地。對於伊斯帕尼奧拉島上的失敗者來說，這是一條鼓舞人心的消息。

事情原本是這樣的：一五〇九年，兩位著名的探險家德．奧赫達（Alonso de Ojeda）和德．尼奎薩（Diego de Nicuesa）得到了國王斐迪南二世簽發的特權，准許他們在巴拿馬海峽沿岸以及委內瑞拉沿海地區建立殖民地。他們非常興奮，隨即把這塊地命名為「黃金的卡斯蒂利亞」(Castilla，編按：組成西班牙的王國之一)。

恩西索雖然精通法律，但對世界卻一無所知。他被這個響亮的名字所吸引，也被探險家的謊言所迷惑，便將自己所有的財富投入航海事業。然而，在南美洲烏拉巴灣的聖塞巴斯蒂安（San Sebastián），新建立的殖民地沒有找到黃金，反而不斷向外發出求救訊息。一半被派去的人員喪命於與原住民的爭戰，另一半則死於饑餓。為了挽回已投入的資本，恩西索大膽地拿出他最後的資產，準備來一次遠征救援。恩西索需要士兵，消息一傳出，所有的亡命之徒，包括在島上的浪子都聞風而動，希望利用這個機會跟著他逃跑，以遠離債主和總督的嚴密監控。

但是，債主也想要保護自己，他們知道這些負債累累的人將一去不復返，於是懇求總督：沒有官方的許可，任何人不得擅自離開。總督同意了他們的請求，並採取嚴格的監視措施，恩西索的船必須停留在港外，總督的船會在周圍巡邏，以防止沒有受過檢查的人偷渡上船。比起去送死，那些亡命之徒更畏懼踏實工作和高築的債臺，但現在只能絕望地看著恩西索的船向著冒險之旅全速航行。

藏身箱裡的那個男人

恩西索的船揚起滿帆，從伊斯帕尼奧拉島向美洲大陸航行，很快地，島嶼的輪廓隱沒到藍色地平線之下。海上風平浪靜，起初沒發生什麼引人注目的事，最多就是那條強壯的獵犬在甲板上不安地跑來跑去，到處嗅來嗅去。牠名叫「雷昂齊柯」，是著名獵犬「貝策烈克」的兒子。沒人知道這隻強壯野獸的主人是誰，也不曉得牠是如何上了這艘船。最後大家注意到，這條狗一直守著某個特別大的食品箱，它是在船出發的前一天才被抬上來的。突然，出乎人們的意料，那只箱子自己打開了，一位身佩利劍、戴頭盔、持盾牌，大約三十五歲的男子爬了出來，穿著如同卡斯蒂利亞的守護神「聖地牙哥」。

他就是巴爾波（Vasco Núñez de Balboa）。他以這種特殊的方式來證明自己驚人的勇氣和機智。巴爾波出生在卡瓦列羅斯（Jerez de los Caballeros）的貴族家庭。他本來是一名普通的士兵，跟隨探險家德・巴斯蒂達斯（Rodrigo de Bastidas）來到新世界，但他們幾次搞錯航線，因此整船的人擱淺在伊斯帕尼奧拉島。島上的總督打算讓巴爾波成為出色的殖民者，但未能如願。幾個月來，巴爾波完全不顧分配給他的土地，以致落到山窮水盡的地步，不知道該如何躲避債主。

無數的債主在岸上握著拳頭，盯著總督的巡邏船，以防欠債的人逃到恩西索的船上。巴爾波大膽地躲過了總督迪亞哥・哥倫布（Diego Colombo）設置的警戒線，躲進一只空的食品箱，並請同夥把箱子抬到船上。在啟航前的忙亂中，人們不會注意到這種詭計。不久後，這位偷渡客判定船已遠離海岸，船員不可能為了他而返航，於是才現身。

這時，眾人都驚呼連連。

恩西索是法律專家，如同這個領域的人一樣，他對浪漫的冒險沒有興趣。作為新殖民地的長官與警察局長，他不可能接受身分不明的逃犯。於是，他斬釘截鐵地宣布，不會帶巴爾波去挖寶，接下來只要經過任何一座島，無論上面是否有人居住，一定會把巴爾波扔下去。

然而，事與願違。恩西索的船朝著「黃金的卡斯蒂利亞」航行時，遇到一艘載滿人的船。當年，在這未知海域上航行的船隻總共也不過幾十艘，這樣的巧遇可說是奇蹟。那艘船的領袖是西班牙的探險家皮薩羅（Francisco Pizarro），他的名字很快將響徹世界。他的船員來自聖塞巴斯蒂安，也就是恩西索的殖民地。

那些人看來像是拋棄工作崗位的叛逃者。恩西索感到非常震驚，因為他們說，聖塞巴斯蒂安已經不存在了，而他們就是最後一批殖民者。當地長官奧赫達早已逃之夭夭，只留下兩艘雙桅船。他們只能等死，直到剩七十人時，才有辦法在這兩艘小船上找到置身之處。出海後，其中一條船又沉沒了，皮薩羅帶領的這三十四個人，便是「黃金的卡斯蒂利亞」最後的倖存者。

「該何去何從？」恩西索一行人在聽了皮薩羅的敘述後，自然沒有多少興趣再去那個被遺棄的殖民地；他們不想面對可怕的沼澤氣候，更擔心原住民的毒箭。在他們看來，唯一的選項只有返回伊斯帕尼奧拉島。

就在這危急時刻，巴爾波突然站了出來，冷靜地跟大家說明情況。他第一次跟德・巴斯蒂達斯出航後，就大略掌握美洲中部的海岸地理。他們當時在富含金沙的河邊找到「達連」（Darién）這個地區，而且當地的居民都非常友好。他說：「我們應該去那裡建立我們的新家園，而不是回到不幸之地。」

所有的船員立刻表示贊同。於是他們根據巴爾波的建議，向位於巴拿馬地峽的達連航行。一如既往，到達那裡之後，這群亡命之徒血腥屠殺了當地的原住民，在掠奪來的財物中發現了黃金後，就決定要在此建立歐洲移民的定居地。他們以虔誠且感恩的心，將這座新城命名為「達連的聖瑪麗亞」（Santa María la Antigua del Darién）。

從亡命之徒變成有夢的冒險家

很快，恩西索律師——這位倒楣的殖民地資助人就感到後悔莫及，心想：「當時真應該把裝著巴爾波的箱子扔進大海。」因為，沒過幾星期，大膽放肆的巴爾波就掌握了所有的權力。在紀律和秩序的理念中長大的恩西索，在未來的總督還沒有到位前，試圖以行政長官的身分為西班牙王室管理這片殖民地。他在簡陋骯髒的印第安草棚中頒布法規，猶如坐在塞維利亞的律師事務所。

在這片人跡罕至的荒原，黃金是西班牙王室的資產，所以他禁止士兵與原住民買賣黃金。他試圖將秩序和法律強加在那些無法無天的敗類身上，但是出於冒險的本能，後者寧願跟拿刀槍的人站在一起，一同反抗這位握筆的文人。巴爾波很快成了殖民地真正的統治者。恩西索為了保全性命，不得不逃亡。還有尼奎薩，國王派他到這片大陸來擔任總督，而當他終於到達時，巴爾波卻不讓他登陸，這位不幸的總督碰不到國王封給他的土地，在回程途中還不慎淹死。

現在，從箱子裡出走的男人成了殖民地的主人。儘管巴爾波成功了，卻沒有感到很快樂。因為，官派的總督由於他的過錯而喪命，這形同公開挑戰國王的權力；他獲得寬恕的機會非常渺茫。巴爾波知道，恩西索正在逃回西班牙的途中，接著將指控他的叛亂行為，而法庭遲早會做出審判。不過，兩地距離遙遠，一艘船要準備很久才能再次橫越大西洋，所以他還有足夠的時間。聰明又果敢的巴爾波想方設法，一定要永遠保住他篡奪來的權力。

他非常清楚，在那個時代，只要有所成就，任何罪行都是可以被原諒的。只要給國庫送去足夠的金子，任何刑事案件都可延後審理甚至不了了之。這就意味著，只要得到黃金，就能獲得各種權力！於是，他與皮薩羅一起四處燒殺擄掠，奪走原住民的財產；終於他獲得決定性的勝利。

陰險狡猾的巴爾波突襲當地的一位原住民酋長卡雷塔（Careta）。酋長命在旦夕，於是建議巴爾波，與其和印第安人為敵，不如與他的部落結盟。為了表示他的誠意，他甚至奉上自己的女兒。巴爾波立刻意識到，在原住民中找到可靠而有實力的朋友是多麼重要，於是他接受了卡雷塔的建議。更令人驚訝的是，巴爾波直到生前最後一刻，都對這位印第安女孩非常溫柔。巴爾波還和卡雷塔酋長一起戰勝周邊所有的印第安部落，在當地樹立了巨大的權威，就連實力最強的庫馬格雷（Comogre）酋長，也恭敬地請巴爾波到自己家中做客。

不過，直至此時，巴爾波依然只是個強盜和肆意反叛國王的人，在不久的將來，他註定會被卡斯蒂利亞法院送上絞刑臺或刑場。強大的庫馬格雷酋長來訪後，巴爾波的人生便出現具有歷史意義的轉折。在寬敞的石屋中，庫馬格雷酋長招待了巴爾波；他的財富之豐，令巴爾波十分震驚。酋長還主動送給客人四千盎司的黃金。

此時此刻，輪到酋長目瞪口呆了。長老們以崇高的敬意待客，但這群高貴的天選之人看到黃金後，頓時失去了尊嚴，像掙脫繩索的狗一樣撲向彼此，拔劍、握拳、狂吼、搏鬥，每個人都想要分一杯羹。酋長帶著詫異和鄙視的眼光看著這場混戰。在地球上各個角落的大自然之子，永遠也搞不懂文明人的執著。這些外來者如此珍視這些黃色金屬，遠甚過他們在文明、精神和科技上的成果。

最後酋長講話了，西班牙人則貪婪地聽著翻譯的轉述。庫馬格雷說：「你們不顧性命、歷經千辛萬苦和重重阻礙，只為爭奪這些微不足道的普通金屬。這真是太奇怪了！這座高山的後面，有一片廣闊的海洋，沿岸的河流都有黃金。那裡居住著一個民族，他們的船與你們的一樣有帆和槳，他們的國王用金盆吃飯和飲水。你們可在那裡找到這種黃色金屬，要多少就有多少。不過，那是一條危險的路，沿途的部落絕不會讓你們通過。不過，到那裡只有幾天的路。」

巴爾波感到自己的心被擊中了，他日思夜想的黃金國傳說，終於找到蹤跡了。如果這位酋長所說的話屬實，那麼以前人們天南地北要找的夢幻逸品，只需幾天路程就可得到。這同時也證實了，哥倫布、卡伯特（Sebastian Cabot）、科爾特—雷阿爾（João Vaz Corte-Real）等偉大航海家苦苦尋找的大洋真的存在，而環繞地球的航線才有機會被發現。只要率先抵達這片新的海洋，為自己的國家佔有它，他的名字就將流傳百世。為了開脫自己的所有罪行，並爭取永世的榮譽，巴爾波意識到自己該怎麼做：率先穿越巴拿馬地峽、到達直通印度的南海（編按：即今日所稱的太平洋），並為西班牙王室征服這個新的黃金之國。這一刻，在庫馬格雷酋長的家中，他的命運已註定了。這個出來碰運氣的冒險家，其生活突然有了崇高和永恆的意義。

絕處逢生的行動

人生最大的幸福就是精力旺盛和富有創意，並找到自己的使命。巴爾波知道自己將面臨什麼樣的選擇：在斷頭臺上淒慘地死去，或者名垂千古。他得先花錢獲得王室的諒解，並認可他篡奪權力的合法性！這個昨日的叛亂分子，此時化身為最殷勤的臣民，他前去面見伊斯帕尼奧拉島的財政總管帕薩蒙特。庫馬格雷所贈送的黃金，他繳出五分之一，且按照法律規定，它歸王室所有。比起只懂法律條文的恩西索，巴爾波更加熟諳世故，除了上繳的財物，他還給財政總管一筆可觀的饋贈；當然這附帶一個請求，即希望總管任命自己為殖民地總長。

財政總管帕薩蒙特雖然無權決定這項任命，但是為了豐厚的黃金，他發給巴爾波一份並無實際價值的臨時證書。與此同時，為了保險起見，巴爾波還派了兩名親信回西班牙，好向王室報告他為國王所建立的功績，以及傳遞他從酋長那裡打探來的重要資訊。巴爾波告知塞維利亞的官員，他只需要一支一千人的隊伍。他還自告奮勇地表示，有了這支隊伍，他就能為卡斯蒂利亞和西班牙人完成史無前例的大事業。他向王室保證，自己一定會發現新的海洋，最終找到哥倫布許諾過的黃金國，並一舉征服。

對於這個失敗者、反叛者和亡命之徒來說，一切朝著有利於他的方向發展。但是，一艘剛剛來自西班牙的船卻帶來了壞消息。先前為了化解王室的誤解，以免自己被落敗的恩西索桶一刀，巴爾波派一名叛亂同夥前往西班牙。此刻這個人回來了，他報告說，事態發展對巴爾波非常不利，甚至可能危及性命。那個受到傷害的大律師將這起奪權案告上法庭，還打贏官司，因此巴爾波必須支付賠償金。「南海就在附近」的資訊也許可以為他扳回一城，可是這消息還沒有傳到王室。無論如何，下一艘船一定會載來一位司法官員，準備偵查巴爾波的叛亂行動。巴爾波要麼在當地接受審判，不然就會被套上枷鎖送回西班牙。

巴爾波深知大勢已去。在他到達南海又找到黃金之前，判決就會執行。不言而喻，當他的頭顱落在沙灘上時，黃金國的消息就會被人撿走，於是又會有其他人去追求個人夢寐以求的事業。

如今，他已經不能再指望西班牙王室了。眾所周知，國王公開任命的總督無法順利就職，才會在海上一命嗚呼；更不要說他還霸道地趕走臨時長官恩西索。他總得為自己的膽大妄為付出代價；他如果沒被送上斷頭臺，而是被判處監禁，就是王室最寬大的恩惠了。他已經失去實權，也不能指望有權勢的朋友，能為他說話的有力人士——黃金，其聲尚弱，也未必能保證他得到赦免。現在，對於那些冒險的行動，唯有一事能讓他免遭懲罰，那就是更大膽更勇敢的行動。只要在司法官員到達前、在被衛兵抓到並捆綁前，找到另一片海洋和新的黃金國，他就能絕處逢生。他心想，在這天涯海角之地，只有一種逃亡、活下去的方法，那就是投入宏偉的行動計畫中，奔向永生之處。

為了征服未知的海洋，他先前請求西班牙派來一千名壯丁，但巴爾波決定不再等待，這也意味著他不會等待司法官員來辦他。他寧可與少數同樣堅定的人一起闖天下，獻身投入為有史以來最大膽的冒險行動，也不願被捆住雙手，極盡羞辱地被拖上斷頭臺！巴爾波召集諸位殖民者，對於即將面臨的險境，他絲毫沒有隱瞞。他向眾人表明，他想要穿越地峽，看誰願意追隨他。他的膽識激勵了眾人，有一百九十名士兵表示願意追隨，也就是殖民地尚存的戰鬥人員。這些人一直生活在戰鬥中，所以不需要整理裝備，馬上就可以出發。

不朽的時刻

為了逃過絞刑和地牢，巴爾波——英雄、土匪、冒險家和反叛者——於一五一三年九月一日出發，開始了他逃往永生之處的征途。

橫跨巴拿馬地峽是從庫伊巴省開始的，那是卡雷塔酋長的小王國，他的女兒是巴爾波的戀人和伴侶。事實上，巴爾波當時所選擇的路線並不在地峽最狹窄的區域，這一點後來也被證實了。面對陌生與危險的地勢，行程延長了好幾天。對他來說，要闖入這未知的地帶，一定要從關係交好的印第安部落得到補給，撤退時也比較有保障。

這支隊伍包含十艘大型獨木舟、一百九十個手持長矛、劍、火槍和弩的士兵，還有一群兇猛的獵犬。他們首先從達連到達庫伊巴，那位與他結盟的酋長也派部落的人來當挑夫和嚮導。九月六日，這次跨越地峽的偉大征途開始了。對於巴爾波這麼大膽又經驗豐富的冒險家來說，這一趟旅程對個人意志力也是巨大的挑戰。在令人窒息和疲憊的赤道熱浪中，西班牙人必須先穿越炎熱的沼澤低窪地帶。（幾百年後，人們在這裡修建巴拿馬運河，幾千人因此喪命。）

一開始，他們必須在有毒的藤蔓叢林中，用斧頭和刀劍開闢出足以行走的道路。先頭部隊彷彿置身於一座巨大的綠色礦井中，要為其他人打通一條狹窄的巷道。遠征隊有如一條望不到盡頭的長龍，隊員一個接一個穿行前進。無論白天還是黑夜，他們繃緊神經、保持警戒，緊握著武器，以防備原住民突襲。

在潮濕的巨大樹冠下，氣候非常悶熱，光線又很陰暗，茫茫霧氣讓人感到窒息。在樹冠之上，毫無憐憫之心的烈日熊熊燃燒著。隊員們披著沉重的盔甲，大汗淋淋、舉步維艱，一里又一里地走，嘴唇由於乾渴而皸裂。瞬息間，又會有狂風暴雨從天而降，小溪突然變成湍急的河流，他們也只能蹚過去，或踩上印第安人用樹皮搭起的臨時吊橋。

這些西班牙人每天的乾糧只有一把玉米，無時無刻都處於疲勞、饑餓和乾渴的狀態，身邊縈繞著無數會叮人和吸血的蟲子，衣服也被樹枝劃破。他們一跛一跛地向前推進，眼睛布滿血絲，面頰被嗡嗡叫的蚊子叮咬後變得腫大。白天不能休息，夜間無法入眠，他們都精疲力竭了。行軍一周後，大部分隊員再也無力承受煎熬，巴爾波清楚地知道，真正的危險還在前方等待著他們。於是他做出決定，下令所有發燒和體弱的人留下。他將帶著精選的隊員，繼續完成這場關鍵性的任務。

終於，地勢逐漸升高。沼澤低窪地上的熱帶雨林漸漸散開，光線透了進來。然而，樹蔭此時也不再為他們提供庇護，直射的赤道太陽刺眼地照在他們沉重的盔甲上。疲憊的隊員只能緩慢地、一步一步地踏上山坡，走向峰頂，而這連綿不斷的山峰又像狹窄的石頭脊樑，分割了兩片海洋。

視野逐漸開闊，夜晚空氣變得清新。經過十八天的艱苦努力，最困難的一段似乎已克服。他們的面前出現了層層山巒，根據印第安人嚮導的說法，在那山頂上可以望見兩片海洋：大西洋和後來被命名為「太平洋」的未知大洋。可是，眼看他們已經戰勝大自然頑強而暗藏危機的抵抗時，新的敵人卻迎面而來，當地的酋長帶領幾百名勇士阻擋了他們的去路。巴爾波與印第安人作戰的經驗已很豐富——只要不斷發射火槍就足夠了。

對原住民來說，這人造的閃電和雷鳴聲，再一次證明此人有魔力。原住民受到驚嚇後，西班牙士兵和獵犬一擁而上，於是他們尖叫著逃跑。

但是，巴爾波並沒有為這輕而易舉的勝利感到高興，他像其他西班牙的征服者那樣，用卑鄙、殘忍的手段玷汙自己的名聲和尊嚴。他把這些手無寸鐵的俘虜捆綁起來，作為競技場上的祭品，讓他們活生生地被饑餓的獵犬撕扯，直到血肉模糊。可想而知，這場不幸的屠殺也玷汙了巴爾波不朽之日的前一夜。

這些西班牙征服者身上有一種奇特、複雜又無法解釋的狀態。一方面，他們跟當時的基督徒一樣，以忠心、虔誠和狂熱的心靈向上帝禱告；另一方面，卻又以上帝的名義做出歷史上最卑鄙、最喪失人性的行為。他們膽識過人、刻苦耐勞，又具備犧牲精神，卻又無恥地互相欺騙、你爭我奪。他們的卑劣行為中包含著一股濃烈的榮譽感，有一種令人敬佩的神奇信念，一定要完成具有歷史意義的偉大任務。

這就是巴爾波。前一天晚上，他將那些被捆綁、無法抵抗的無辜俘虜拋給獵狗，也許還得意地撫摸著滴著人血的野獸之嘴。今天他卻深刻體會到，這場任務在人類歷史上的意義。在這決定性的時刻，他想到了一個偉大的行動，而它終將被世人永遠記住。九月二十五日會是具有歷史意義的一天。這位堅定的冒險家，帶著西班牙人特有的激情，準備要向世人證明，他的使命有多麼重要；它必將超越時代。

傍晚，大屠殺剛剛結束，有位原住民指著附近的一個山峰，並告訴巴爾波：「在山頂上就能看見海洋，那片無人知曉的南海。」巴爾波立刻做出安排。受傷及筋疲力盡的隊員留在被掠奪後的村落，尚能行軍的其他六十七人準備攀登山頂。（他們從達連出發時，總人數有一百九十人。）

上午十點左右，他們終於靠近山頂。現在，他們只需攀上一個光禿禿的小山峰，然後視野將延伸至無限。

就在這一刻，巴爾波命令隊伍停止前進，全都不許跟著他，因為他不想與別人分享「看見未知海洋」的第一眼。在穿越歐洲世界熟悉的那片浩瀚海洋（大西洋）後，他希望自己是那獨一無二的西班牙人、歐洲人和基督徒，能率先看見另一片尚未命名的海洋（太平洋）。他被這一刻的重大意義深深打動著，心怦怦地跳著。他緩慢地向上攀登，左手舉旗，右手握劍。在廣闊無垠的天空下，出現了一個孤獨的身影；任務已經完成，他步履穩重，從容地登上山頂。

只有幾步之遙，越來越近了。他登上頂峰，遼闊的視野正在迎接他。在這座綠林茂密、陡峭的山巒之後，是一望無際、波光粼粼的海洋。新的、未知的大海，過去的人只能夢想它的存在，是從未被看見的傳說。多少年來，哥倫布和後繼者徒勞地尋找這一片海洋，它的海浪持續沖刷著美洲、印度和中國。巴爾波眺望許久，自豪而幸福地沉浸在此好心情中，他的眼睛代表歐洲人的第一道目光，反照出這一片無限的碧藍。

巴爾波久久地、欣喜若狂地眺望遠方，然後才叫戰友們來分享他的自豪。眾人緊張、激動又尖聲喊叫，氣喘吁吁地奔向山丘，他們用欣喜又驚嘆的目光凝視著海洋。突然間，隨隊的法拉神父唱起了感恩讚美詩，喧嘩和喊叫戛然而止，所有的戰士、冒險家和土匪都一同用生硬和沙啞的嗓音虔誠地齊聲合唱。印第安人驚愕地看到，歐洲人在神父的一聲號召下，砍下一棵樹做成十字架，並將西班牙國王的名字縮寫刻在樹幹上。此刻，這座壯觀的十字架立了起來，它的兩條木臂彷彿在擁抱這兩片海洋——大西洋和太平洋，以及一切無垠的遠方。

在一片敬畏的寂靜中，巴爾波站了出來，對戰士們發表談話。他們一同感謝上帝給予榮譽和恩典，並請求上帝，繼續護佑他們去征服這片海洋和其他國家。巴爾波保證，如果眾人繼續忠實地跟隨他，那麼當他們從印度回歸故里時，將成為最富有的西班牙人。

他莊嚴地向四方揮舞旗幟，以此宣告：風所到之處，遠方的一切，歸西班牙所有。然後他叫記錄員瓦德拉巴諾過來，要他製作一份檔案，好讓這勝利的篇章流傳世世代代。開拔前，瓦德拉巴諾將紙和墨都裝在密封的木盒裡，並帶著它們穿越原始森林。此時，他攤開羊皮紙，要求所有的貴族、騎士和士兵見證：「偉大而令人尊敬的巴爾波隊長、陛下的總督發現南海時，在場的人們都知道：巴爾波是第一個看見這片海洋的人，然後才指給跟上來的人看。」

隨後，這六十七個人開始下山，一五一三年九月二十五日，從這一天起，人類終於得知地球上這最後一片而未曾親臨的海洋。

布滿珍珠的沙灘

此刻，一切傳說都得到證實；他們看見了海洋。現在只要下山，走到海邊，感覺一下潮濕的海浪，好好地觸摸、體驗、品嘗一下，還要迅速搜刮海岸上的財寶！

下山花了兩天時間，而且考慮到之後的行程，他們想找出抵達海岸的最快路線。於是，巴爾波把眾人分成幾個小分隊。第三分隊在阿隆佐・馬丁（Alonso Martin）的帶領下首先抵達海岸。馬丁只是探險隊中的一個普通士兵，卻也沉浸在對名譽的虛榮和對不朽的渴望中。因此，馬丁立刻請人用白紙黑字寫下，率先被這片無名之海所弄濕的人體是他的腳和手。馬丁做了一丁點不朽的事來滿足他渺小的自我後，才送消息給巴爾波：他已經抵達海洋，手已經觸摸了海浪。

巴爾波立刻想出一套新的場景，以展現他慷慨激昂的一面。第二天是天主教的米迦勒節，他帶著二十二名同伴出現在海灘上。他佩劍束腰，把自己裝扮得像大天使米迦勒，並以莊嚴的儀式慶祝「佔領新海洋」。巴爾波沒有迅速跨大步走向大海，而是像海洋的擁有者和主宰者那樣，傲慢地在樹下歇息，直到潮水和海浪拍打過來，猶如乖順的狗那樣用舌頭舔他的腳。他緩緩站起身來，把反射陽光的閃亮盾牌甩到身後，一手持劍，另一隻手高舉一面有聖母畫像的卡斯蒂利亞旗幟，走入海水中。

波浪拍打到他的臀部，他沉浸在這片浩瀚的陌生水域中；這位反叛者和亡命之徒，此刻變成了國王的忠實臣民和勝利者。巴爾波向著四面八方揮舞旗幟並高聲呼喊：

萬歲！卡斯蒂利亞、萊昂和亞拉岡王國，尊貴又強大的斐迪南國王和胡安娜女王，以他們的名義，為了卡斯蒂利亞王室的未來，我將鞠躬盡瘁，永遠守護這片海域，包括周邊的土地、海岸、海港和島嶼。我發誓，在世界還沒滅亡、最後的審判還沒到來前，無論有哪個王公或者船長，不管他是基督徒還是異教徒，只要有人想奪走這片土地和海洋的主權，我都將以卡斯蒂利亞國王的名義捍衛它，這裡永遠是他們的領土。

所有在場的西班牙人重複宣讀這一誓言，齊聲音蓋過了雷鳴般的滔滔海浪。每個人都用海水沾濕自己的嘴唇，瓦德拉巴諾再次記錄下這一幕，並在報告最後留下這個句子：「這二十二個人和記錄員瓦德拉巴諾，他們是第一批雙腳踏入南海的基督徒。所有人都用自己的手撫摸海水，用它來沾潤嘴唇，以此驗證它是否為鹹水。他們確認這是事實，並感謝上帝的恩賜。」

偉大的事業與英勇的冒險已完成，現在最要緊的工作是獲取世俗的財富。他們從原住民那裡交易和搶奪了一些黃金；在這慶功的時刻，還有更多驚奇等待著他們。印第安人送來周邊島上盛產的珍珠，當中還有一顆後來被稱為「帕蕾吉娜」，西班牙和英國王室都曾把它裝飾在王冠上；西班牙小說家塞萬提斯和洛佩・德・維加（Lope De Vega）都嘆讚不已。

珍珠在當地不過就是像貝殼和沙子一樣平凡，而西班牙人把它們全都塞進了自己的口袋和行李。接著，他們貪婪地向當地人打聽，哪裡有地球上最重要的資源——黃金。有位酋長指向南方地平線上若隱若現的山脈，他說那裡有個國家擁有無窮無盡的寶藏。據說，當地王室的餐具都是黃金做的，他們還用四條腿的巨大動物（酋長指的是大羊駝）把珍奇的貨物馱進國王的寶庫。在大海和山脈的南方，這個地方名字叫做「秘魯」，悅耳動聽，卻令人感到陌生。

巴爾波順著酋長張開的手凝視遠方，天空中的山脈漸漸淡去。這個柔軟和誘人的詞「秘魯」瞬間寫進了他的心中。他的心興奮而不安地跳動著，這是他人生第二次獲得意想不到的偉大預言。前一次，庫馬格雷告訴他有關南海的資訊，這不但得到證實，他發現了珍珠海灘。也許他還能完成第二個夢想，去發現和征服黃金之國——印加。

再次逃往永生之地

帶著渴望的眼神，巴爾波久久凝視遠方。「秘魯」這個詞像一座大鐘，在他心中震盪。但他不得不忍痛放棄！這次，他不敢再繼續去探險了。你不可能帶著二、三十個疲憊不堪的人去征服一個帝國。他們該回到達連休整一番，以後再召集更多人馬，沿著這次的路線去征服黃金國。

可是，回程同樣艱難和困苦。西班牙人必須再次通過原始森林，再次擊退原住民的突襲。然而，這已經不是一支充滿戰鬥力的隊伍了，而是一夥發著高燒的病人，巴爾波自己也快看到死神了，不得不讓印第安人用吊床抬著走。這些男人們剩下最後一點力氣，只能蹣跚前行，經歷了四個月的萬般艱辛，才終於在一九一四年一月十九日回到了達連。無論如何，歷史上最偉大的壯舉已經完成了。

巴爾波兌現了他的承諾，每一個跟隨他去未知世界冒險的人都發了財。士兵們從南海海岸帶回家的珍寶，遠比哥倫布和其他征服者獲得的還多，有些殖民者也分到了一部分；該獻給王室的五分之一財寶也準備就緒。他還獎賞了他的獵犬「雷昂齊柯」，以表彰牠英勇的表現（可憐的原住民被牠咬得四分五裂）。那條狗得到五百個黃金製的比索，與其他參與任務的士兵一樣多。對於勝利者的這種分配方式，無人表示不滿。

巴爾波取得這一勝利後，殖民地已無人能與他爭奪總督的權力了。人們像讚頌上帝那樣崇拜這位冒險家和反叛者。現在，巴爾波能自豪地向西班牙執政者宣告：自哥倫布後，卡斯蒂利亞王室的另一項成就是他完成的。他的幸運太陽閃閃上升、衝破了籠罩他人生的烏雲；他的運勢如日中天。

可是，巴爾波的幸運是短暫的。幾個月後，在一個晴朗的六月天，達連的居民詫異地湧向海灘。天際線上閃現一艘大型帆船，在這被世界拋棄的角落，這簡直就是奇蹟。不過，眾人驚呼：「看，第二艘船也出現了……第三、第四、第五艘船，很快到了十……不！十五……不！是二十艘船。」整個艦隊正向著碼頭駛來。他們很快瞭解到，巴爾波的那封信奏效了，但他的勝利消息還沒有到達西班牙，而是更早的那條消息。當初他彙報酋長、南海和黃金國的事，還請求調派一千人隨他去遠征。

如此有價值的探險，西班牙王室自然不會拖延，於是毫不遲疑地召集一支龐大的艦隊。不過，塞維利亞和巴賽隆納的民眾當然不會把這麼重要的任務交給名聲極壞的冒險家和反叛者。於是，他們派出了自己的總督佩德拉里亞斯．達維拉（Pedrarias Davila）。這位六十歲的貴族既富有又有名望，大家都直呼他的名字。他將擔任總督，並在殖民地建立秩序，進而追究所有的罪行，並將要犯繩之以法。除此以外，他還誓言要找到南海，征服傳說中的黃金國。

佩德阿里亞斯非常不滿意殖民地的情形。一方面，叛亂分子巴爾波該為自己的罪行負責，畢竟他驅逐了前總督。如果此罪行獲得證實，他就該被套上枷鎖並接受審判。另一方面，佩德阿里亞斯的任務是找到南海。但他換乘小船靠岸後才瞭解到，這個巴爾波、他應該起訴的人，已經以一己之力完成了偉大事業。而且，佩德阿里亞斯的探險行動晚了一步，這個反叛者已經慶功完畢。巴爾波為西班牙王室立下了自發現美洲後最偉大的功勳。

顯然，佩德阿里亞斯不能把這號人物像罪犯一樣送到斷頭臺，而必須禮貌地問候、真誠地祝賀他。但就從這一刻起，巴爾波已經失敗了。佩德阿里亞斯絕不會放過他的競爭對手，因為這項壯舉本應由他來完成，這是他的任務，他應該在歷史上得到不朽的榮譽。

為了不與殖民者太早發生衝突，佩德阿里亞斯必須隱藏自己對探險英雄的仇恨。他暫時不追究責任，也不調查實情，還製造出和諧的假象，要人在西班牙的女兒與巴爾波訂婚。但是，他對巴爾波的仇恨和嫉妒沒有減少，甚至與日俱增。西班牙王室知道巴爾波所達成的使命後，便頒布法令，給這位反叛者補發適當的頭銜，也任命他為政府和王室的官員，並要求佩德阿里亞斯在重要的事務上必須與其商榷。然而，這片土地實在太小，不可能同時塞下兩名總督，其中一位必須讓步甚至退出。巴爾波覺得脖子上被架一把刀；畢竟佩德阿里亞斯的手裡可是握著軍權和司法權。

於是，他準備第二次逃亡。當初他勇敢逃往不朽之地，才取得了輝煌的成果。他請求佩德阿里亞斯准許他再次出發，以便他能去探索南海海岸，擴大征服範圍。不過，這個反叛老手的祕密計畫是到海的另一邊去，以擺脫各方的控制，好建立自己的艦隊。他要當自己地盤的主人，有可能的話，就去征服傳說中的祕魯，也就是新大陸的黃金國。佩德阿里亞斯同意了，但他心懷鬼胎，如果巴爾波在這次行動中喪命，豈不更好。即便探險計畫成功了，佩德阿里亞斯至少可以爭取到時間來對付這個雄心勃勃的傢伙。

就這樣，巴爾波再次逃往新的永生之地。本次行動比上回更加宏偉，但是世人只讚美成功，所以它在歷史上並沒有得到相同的榮譽。巴爾波與隊員再次穿越了巴拿馬地峽，而且為了製造四艘雙桅帆船，他還召集幾千名原住民帶著原木、木板、繩索、帆、錨和絞盤，一起翻越山巒。只要他擁有自己的艦隊，那將可以佔領所有的海岸，征服盛產珍珠的島嶼和祕魯，那傳說中的黃金之國。

但這一次，命運卻站在了這位勇者的對立面，他不斷遭遇打擊和抵抗。在穿越潮濕的熱帶雨林時，蠕蟲蛀蝕了原木，木板逐漸腐爛，根本無法使用。不過，巴爾波並不氣餒和退縮，他叫人在巴拿馬灣砍伐樹木，製作新的木板。他用自己的能力創造出奇蹟，凡事都進展得很順利，第一批停在太平洋上的雙桅船很快造好了。然而，龍捲風突然襲擊了碼頭，河水猛漲，剛剛造好的船又被捲走，在浪中撞得粉碎。

於是他們得面對第三回的挑戰。他們終於又完成了兩艘雙桅船，只需要再造兩三艘，就能出發去征服那一片他日夜夢想的土地。當年，酋長用張開的手指向南方，他第一次聽見那個動聽誘人的詞「祕魯」。他還需要幾位勇敢的軍官，再申請第二支補給充足的隊伍，他就能建立自己的王國！只要幾個月，只要有膽識再加上一點點好運，那麼，世界歷史就會記下：巴爾波是印加帝國的征服者、祕魯的新王者，而不是皮薩羅。

但是，即使是命運的寵兒，也不會一直受到恩寵。眾神很少大發慈悲，讓凡人完成兩次不朽的壯舉。

自投羅網

巴爾波以鋼鐵般的毅力籌備他的偉大事業。不過，大膽行事所帶來的成功也恰恰引發了危險。此時，不安的佩德阿里亞斯正用猜忌的眼光觀察這位下屬。也許有人向佩德阿里亞斯告密，說巴爾波雄心勃勃，準備要自立為王。也許他出於嫉妒，擔心反叛老手第二次探險成功。總之，他突然寫了一封熱情洋溢的信給巴爾波，希望他在開始行動前，回一趟達連附近的小鎮阿克拉，參加一場會談。巴爾波也想藉此取得更多的援助，於是他接受邀請，立刻回去了。

在城門口，一小隊士兵前來，貌似要歡迎他，於是巴爾波友善地走過去，想要擁抱他們的隊長——多年的戰友、發現南海時的同伴、忠實的朋友皮薩羅。

但是，皮薩羅卻重重地按著巴爾波的肩膀，並大聲宣布：「巴爾波被捕了！」皮薩羅也渴望建立不朽的功業，同樣夢想要征服黃金國，所以絲毫不介意清除眼前這個大膽的勇者。佩德阿里亞斯總督開庭審判巴爾波的「反叛罪」，並迅速且不公地做出判決。幾天之後，巴爾波和他最忠實的幾個戰友走上斷頭臺。當劊子手的利劍如一道閃電落下，頭顱滾落地面，而那雙眼睛剎那間失去了光明；在人類歷史上，正是這對雙眼率先看到環抱地球的兩片海洋。

02

拜占庭帝國的終局之戰

穆罕默德 VS 皇帝君士坦丁

關鍵時刻

▼

一四五三年五月二十九日

只剩彈丸之地的偉大帝國

一四五一年二月五日，蘇丹穆拉德二世的長子、二十一歲的穆罕默德人在小亞細亞，他收到密使的消息，說他父親去世了。這位智勇雙全的王子沒有與大臣和幕僚說一句話，就立刻飛身，躍上他那匹精良的純種馬，一鼓作氣，揚鞭飛馳一百二十里，直達博斯普魯斯海峽，並立刻渡海，到了在歐洲一側的加利波利。這時，他才對大臣們公布了蘇丹的死訊。

為了避免有人覬覦王位，所以他先壯大聲勢，集結了一支精良的部隊，並帶到首都埃迪爾內。事實上，他沒有遇到反對意見，就順利地繼承鄂圖曼帝國的君主。穆罕默德採取的第一個統治措施，就體現出他那驚人而無所畏懼的魄力。為了提前清除血親中的競爭對手，他派人把尚未成年的弟弟淹死在浴池中，然後又把他雇來的殺手送上死路。這一點足以證明他詭計多端又不擇手段。

狂熱又貪圖功績的穆罕默德已取代了冷靜的穆拉德二世，成為土耳其的蘇丹。鄰近的拜占庭帝國感到恐慌，他們從數百名間諜那裡獲悉，這個野心勃勃的人已立下誓言，要拿下君士坦丁堡這座過往的世界首都。穆罕默德年紀很輕，為了實現目標，早已開始日夜謀劃。與此同時，所有跡象都一致表明，這位新君主具有超凡的軍事和外交才能。

穆罕默德具有雙重性格，既虔誠又殘暴，既熱情又奸險。他知識淵博、多才多藝，能用拉丁文閱讀凱撒和古羅馬人的傳記，但個性野蠻和嗜血。

這個男人擁有一雙細膩而憂傷的眼睛，鼻子像鸚鵡一樣尖。他已經展現出自己的多重身分：不知疲倦的君主、勇敢的戰士和無情的外交家。這些帶有威脅性的力量凝聚成一個理想：他要超過曾祖父巴耶濟德一世和父親穆拉德二世；這兩位蘇丹向歐洲人展示了土耳其新民族的軍事優勢。人們非常清楚，穆罕默德最先想要拿下的便是君士坦丁堡，它是君士坦丁大帝、查士丁尼一世皇冠上最美麗的寶石。

事實上，這顆寶石放在觸手可及的地方，毫無防護，只要有堅定而明確的決心，就一定能拿下來。拜占庭帝國（即東羅馬帝國），它的領土一度涵蓋世界幾大洲，從波斯到阿爾卑斯山，又在另一側延伸到亞洲的沙漠。過去，人們花了好幾個月也無法穿越這個世界帝國，如今在三個小時內就能輕鬆走遍。聽來可悲，但拜占庭帝國已所剩無幾，它只是一個沒有身體的頭，一個沒有國土的首都。「君士坦丁堡」——這座君士坦丁建立的首都，就是古老拜占庭帝國的所剩領土了。更可憐的是，加拉塔當時已歸屬於熱那亞共和國，城牆外的土地又被土耳其人侵佔，所以拜占庭皇帝所擁有的土地，只剩下今日伊斯坦堡的一部分。末代皇帝的國土只有手掌心那麼大，所謂的「拜占庭帝國」只是城牆內的一些教堂、宮殿和凌亂的房屋。

這座城市曾被十字軍洗劫一空，又因瘟疫而人口銳減。為了防禦遊牧民族連年的侵犯，拜占庭的國力不斷衰退；紛亂的國際關係和宗教對立更瓦解它的外援勢力。現在，即使它想要憑自己的力量抵抗敵人，也不可能組成一支軍隊；國內缺乏勇士，而敵人正張開章魚手臂從四面八方掐住它。

拜占庭帝國的末代皇帝——君士坦丁十一世德拉加什（Dragases），如今他的紫色斗篷猶如「隱形的大衣」，他的皇冠好比是「命運的骰子」。被土耳其人層層包圍的拜占庭帝國，它與西方各國共享了數千年的文化。對歐洲來說，拜占庭帝國是榮譽的象徵，唯有統一的基督教文明能保護這座崩潰中的東方城池；而聖索菲亞大教堂，東羅馬帝國最後這座美麗的建築，才能繼續成為基督教的信仰中心。

皇帝君士坦丁立刻意識到這個危機，雖然穆罕默德端出許多和平的條件，但他的恐懼是很合理的。他接二連三地派使者去羅馬、威尼斯和熱那亞，希望他們能派出戰船和士兵。可是，羅馬猶豫不決，威尼斯也同樣遲疑，因為東方和西方教會間依然有神學與信仰上的分歧。希臘教會仇恨羅馬教會，他們的牧首拒絕承認羅馬教皇為最高牧首。不過，考慮到土耳其人的威脅，兩大教會在費拉拉和佛羅倫斯舉行會議後，決定攜手合作以確保拜占庭帝國的安全。

然而，當危機緩解時，希臘教會又否認協議的效力。可是，現在穆罕默德當上蘇丹了，危機又戰勝了正教會的頑固：拜占庭帝國一方面請求各國迅速增援，也向羅馬方面表示屈服。於是，一支載著士兵和彈藥的艦隊啟航了，教皇的使者也坐在其中一艘船上，他要隆重地展現西方世界兩個教會的和解，同時也要向世界宣布：誰侵犯拜占庭帝國，就是挑戰整個基督教世界。

短暫的和解彌撒

一四九一年十二月的某日，富麗堂皇的聖索菲亞大教堂正在舉行和解的盛典。在今天的清真寺中，我們已無法想像當年那些大理石、鑲嵌藝術和閃閃發光的珍寶有多輝煌了。為了成為永久和睦的見證者和擔保人，皇帝君士坦丁在拜占庭帝國貴族的簇擁下，戴著皇冠出現了。無數蠟燭照亮的大殿中擠滿了人。聖壇前，羅馬教廷的使者伊西多爾斯（Isidore）神父和東正教葛列格里牧首（Patriarch Gregory）如兄弟般共同主持彌撒。在這座教堂中，羅馬教皇的名字首次被寫進禱告文中，拉丁文和希臘文的讚美詩也首次在此不朽大教堂的拱頂中一起迴盪。雙方的神職人員莊嚴地抬著聖徒「斯皮里」的聖體走進來。東方和西方，兩大教會體系在這一時刻結盟了；歐洲大一統的理念，即西方世界的精神，終於在漫長又充滿罪惡的爭戰後實現了。

然而在歷史上，理性與和解總是稍縱即逝。眾人虔誠的祈禱聲在教堂中漸漸洪亮起來，但在教堂外的修道院裡，博學的修道士根納季烏斯二世已開始唱反調了。他討厭說拉丁文的教徒，指責他們背叛了真正的信仰。理性還來不及把彼此維繫在一起，狂熱主義就扯斷了和平的紐帶。希臘的神職人員不甘願屈服，地中海另一邊的朋友也忘了他們的承諾。幾艘戰船和一百名士兵會派送過來，除此之外，這座城市只能聽天由命。

開戰前夕

暴君在備戰時，若一切尚未就緒，就會不厭其煩地大談和平。穆罕默德在加冕後，也以最熱情和友善的態度接待君士坦丁堡派來的使團。他公開並莊嚴地對真主、先知、天使和《古蘭經》發誓，他一定會忠實遵守與拜占庭皇帝簽訂的和平條約。

與此同時，他又在背後分別與匈牙利人和塞爾維亞人簽訂三年的中立協議——在這至關重要的三年，他就能不受干擾地將這座帝國的城市佔為己有。穆罕默德發表了足夠的和平承諾和誓言後，才會違背條約、發動戰爭。

直至此時，博斯普魯斯海峽只有亞洲一側的海岸屬於土耳其人，因此，拜占庭帝國的船隻可以暢通無阻地駛入黑海，前往自己的糧倉。穆罕默德要截斷這條通道，他甚至懶得找藉口來辯解，就直接下令在如梅利（Rumeli）附近，在海峽的歐洲一側修建堡壘。這是海峽最狹窄的地方；在波斯帝國時期，勇敢的薛西斯一世就由此進入歐洲。雖然和平條約明文規定，此地不允許建造堡壘，但對於暴君而言，白紙黑字又算得上什麼呢？一夜之間，成千上萬的建築工人到了歐洲一側的海岸。為了生存物資，他們掠奪周圍的農田；為了獲得建造堡壘所需的石頭，他們毀壞各種建築，包括古老而聞名的聖米迦勒教堂。

在蘇丹親自指揮下，工程日夜不停地進行。拜占庭人眼睜睜地看著對方違背和平條約和公理。他們通往黑海的水路被掐斷了，卻又無力抗拒。迄今為止，這片海域依然是公海。不久之後，和平與自由通行的時期就結束了；拜占庭船隻開始遭遇炮火攻擊。穆罕默德在初試身手獲勝後，就沒有必要繼續偽裝了。

一四五二年八月，穆罕默德召集所有阿迦和帕夏（編按：即土耳其的文武百官），向他們明確宣布，自己將要攻打和佔領拜占庭帝國。宣戰後，野蠻的行動就立刻開始了；傳令官前往各個省分，去徵召所有能拿起武器的人。一四五三年四月五日，看不到盡頭的土耳其大軍像一陣暴風所捲起的潮水，跨過了拜占庭城外的平原，直逼城下。

衣著華麗的蘇丹騎在馬上，並走在大軍最前方；他準備在「查瑞休斯之門」（Gate of Charisius，編按：拜占庭城牆最重要的關卡）的正前方設置營帳。戰旗在指揮總部樹立前，他請人在地上鋪開祈禱用的地毯。穆罕默德赤足走上去，臉朝麥加，額頭著地三次跪拜。更壯觀的是，他身後成千上萬的士兵也朝同一個方向，以同樣的節奏，向真主跪拜，祈求能獲得力量與勝利。蘇丹站起來後，謙卑之人瞬間變成戰士，真主的侍從成了統帥。蘇丹的「大聲公」（即傳令兵）在各個軍營中奔跑；他們敲響戰鼓、吹亮號角，同時高聲叫喊：「開始攻城！」

千年的銅牆鐵壁 VS 巨大強農砲

拜占庭帝國現在只剩下最後一項權威和力量：城牆。帝國曾經橫跨世界幾大洲，但從那個偉大和美好時光所傳承下來的，只有這一座城牆了。三角形城市的周邊有三道防線，面向馬摩拉海和金角灣的兩側城牆比較低矮，但依然十分堅固，而面向開闊平地的，則是雄偉的狄奧多西城牆。

當年君士坦丁大帝就意識到這個城市可能會被入侵，因此，他所建造的城牆就像腰帶一樣，團團圍住內城。後來的查士丁尼一世也繼續擴建和加固城牆。但真正的防禦工事則是狄奧多西二世修建完成的——一條長達七公里的城牆。如今現場只剩下藤蔓纏繞的遺跡，但我們依然能看出它當年有多雄偉。這座環形城牆配有銃眼、城垛，外側還有護城河及宏偉的方形塔樓。

這座城牆一共有三層，一千年多年來，每一位皇帝不斷擴建和修葺，因此它是銅牆鐵壁的完美象徵。它抵禦過野蠻人和土耳其人的瘋狂進攻。如今，正方體的石墩依然在狂笑。迄今為止，人類所發明的武器，比如衝車、攻城槌、野戰砲和臼砲都無力衝破這座挺拔的城牆。在狄奧多西城牆的守護下，歐洲沒有一座城池比君士坦丁堡更堅固。

穆罕默德比任何人都瞭解這座城牆和它的威力。幾個月來，甚至幾年以來，當他夜不能寐或在睡夢中時，思考的唯一問題就是：如何攻下這牢不可破的城市、攻破這堅不可摧的城牆。他的桌上堆滿了各種尺寸和比例的圖紙，畫著敵人的防禦工事和布局；他瞭解城牆內外的每一個土丘、窪地和水渠。他與工程師研究過每一個細節，令人失望的是，一切計算都顯示出，他們不可能用現有的武器摧毀狄奧多西城牆。

蘇丹心想：「必須造出威力更強大的加農砲！比起現有的火砲，砲身要更長、射程更遠、威力更猛！還要用最堅硬的石頭來製造彈頭，一定要比迄今所有的砲彈更重，更具粉碎力和摧毀力！我們得建立新的砲兵部隊來攻擊這堅不可摧的城牆；除此之外，別無選擇。」於是，穆罕默德堅定地表示，不惜一切代價都要造出這種新的攻擊武器。

「不惜一切代價」，這種態度足以喚醒眾人的創造力和動力。於是，宣戰之後不久，一名男子出現在蘇丹面前；據說，他是世上最有創造力和最有經驗的大砲工程師，他是匈牙利人奧爾班（Orban）。他是基督徒，不久前也為皇帝君士坦丁效勞，但是為了得到更高的報酬，也為了找到更有挑戰性的任務，他前來晉見蘇丹。他表示，只要提供他所需的材料，那麼他一定能鑄成地表上最新、最巨大的加農砲。蘇丹已經走火入魔，自然認為花錢是小事，因此同意給奧爾班無數名勞工。

於是，成千上萬裝著礦石的手推車被送往埃迪爾內。這位工程師先花了三個月的時間，辛苦地用獨門的硬化法製作了黏土模子，然後才開始澆注危險的滾燙鐵水。

這項工程圓滿成功。從模子敲下來後，當時世上最大的砲身就現身了；工人也趕快設法冷卻它。穆罕默德在第一次試射前，派出傳令官走遍全城，以提醒懷孕的婦女。猛烈的轟隆聲響起，明亮的砲口如閃電般吐出了巨大的炮彈，並擊中一段城牆。於是，穆罕默德立刻下令，各個砲兵團都要配上這款巨大的加農砲。

這個大型的「投石器」順利地製作完成了，後來受到驚嚇的希臘作家才把它命名為加農砲。這青銅製的龐然大物宛如神話中的林德蟲；此時，難以解決的問題出現了：該如何將它拖過色雷斯地區，送到拜占庭的城牆前面呢？於是，一次前所未有的長途跋涉開始了。在那兩個月的時間裡，人民和軍隊都忙著運送這些僵硬且長脖子的怪物。為了保護這些瑰寶不會遇到襲擊，一隊隊騎兵在前面巡邏，而在他們的身後，數千名勞工日夜不停地工作。要運送這些超重的物品，他們得先修建道路，但幾個月下來，路面又被壓壞了。

五十對公牛以兩列套在車上，巨大的金屬砲身就像當年從埃及運到羅馬的方尖碑，它的重量均勻地分布在車軸上。左右兩邊各有一百個男人扶著砲身，但它太重了，所以不斷搖晃。五十名工匠和木匠不斷地替換木輪、上油、加固支架、鋪設橋樑。他們知道，這龐大的車隊只有像水牛那樣，以最慢的速度前行，才能一步步地翻越山嶺、跨過草原。沿途中，農夫們驚訝地聚在路邊觀看，還在這青銅怪獸前面禱告；彷彿它們是戰神，在侍從和神父陪同下征戰四方。

很快的，在同樣的黏土母坯中，工人繼續澆注鐵水；這些青銅怪獸接二連三地經過村莊。又一次，人類憑著意志力再次創造奇蹟，把想像變成現實。不久後，二十多隻巨獸的黑色圓嘴對準了拜占庭帝國。重型火砲從此進入戰爭歷史，東羅馬皇帝的千年古牆及將對決蘇丹的新加農砲。

前來搭救的拜占庭運補船

發射速度緩慢、但難以抵禦的砲彈像閃電那樣一發一發劃過天空，全力撕咬和摧毀拜占庭的城牆。起初，每門砲一天只能發射六、七枚炮彈，但新的武器源源不絕而來。在灰塵和瓦礫中，每一次砲擊都會在逐漸倒塌的城牆上撕開新的缺口。在城牆裡面，死守的戰士每晚都會用木條和粗麻布做成球，以填補牆上的破洞，可是這樣的補救只是杯水車薪。

城牆不再堅固而牢不可破，裡面那八千個士兵一想到決定命運的一刻，內心便會非常驚恐。到時，十五萬名穆罕默德的士兵便會發起決定性的進攻，撲向千瘡百孔的防禦工事。這是危急存亡之秋，歐洲各國和教會應該想起他們的誓言了。城內的婦女帶著孩子整天跪在教堂的神龕前；瞭望塔上的士兵日夜守望，盯著密布土耳其艦隊的馬摩拉海。眾人都期待，羅馬教皇和威尼斯的援救艦隊會信守承諾，及時出現。

終於在四月二十日凌晨三點，一個信號出現了。人們看見遠處有帆船駛來，但不是大家夢寐以求的教會聯軍和龐大艦隊。三艘熱那亞的帆船乘風緩緩駛來，它們護衛著一艘較小的船，那是拜占庭帝國的糧船。君士坦丁堡的人民非常興奮，馬上聚集到靠海的城牆上，準備歡迎援軍。不過，穆罕默德也跨上戰馬，迅疾離開他的紫色營帳，往海岸飛馳，那裡停靠著土耳其的戰艦。穆罕默德立刻下令，不惜一切代價阻止船隻駛入金角灣，駛進拜占庭帝國的港口。

土耳其艦隊的船隻比較小，但是有一百五十艘。蘇丹一聲令下，成千上萬的船槳嘎嘎作響地划入大海。這些戰船配有長柄鐵爪、火槍和投石器。它們慢慢靠向那四艘蓋倫（Galeón）帆船，但在大風的推動下，那四艘大型帆船加速碾過土耳其的武裝小船，士兵的慘叫聲四起。這四艘大船完全不在意攻擊者，在圓圓鼓起的寬大風帆助推下，雄偉地航向金角灣那安全的海港。

此外，在君士坦丁堡和加拉塔之間，還有一條著名的鐵鎖鏈。長期以來，拜占庭帝國在它的保護下，不受攻擊、不被偷襲。這四艘蓋倫帆船接近港口時，城牆上成千上萬的人已能看清船上的每一張臉；男男女女跪下，感謝上帝和聖徒如此盛大地賜予援救。為了迎接船隊，港口的那條鐵鎖鏈也叮叮噹噹地下降。

突然，悲慘的事情發生了。大風戛然而止，四艘帆船猶如被磁鐵吸在海上、停止不動了。它們與安全的港口僅僅只有投石之遙！野蠻的喊叫聲出現，土耳其船上的士兵開始撲向癱瘓的帆船。那四艘大船，猶如四座巨塔，在海上一動不動地佇立著。如野狼獵食一般，十六條小船用長柄鐵爪緊咬住大船，各自掛在大船的兩側。小船上的士兵用斧頭猛力砍向大船，打算擊沉它。一些土耳其士兵還沿著錨鏈往上爬，將火把和火種扔向船帆，準備燒船。還有小船的艦長發出必死的決心，下令自己的戰艦撞擊運輸船；兩艘船就像在比角力一樣纏住彼此。熱那亞的水手在甲板上居高臨下，也有穿戴頭盔，還能用鉤子、石頭和火炬擊退爬上來的入侵者。但搏鬥很快結束了，寡不敵眾，熱那亞的船隊敗下陣來。

對於城牆上成千上萬的民眾來說，這是多麼恐怖的場面啊！他們平時會到競技場，饒有興味地觀看血腥的戰馬車比賽，但此刻親眼看到海戰現場，面對家園即將淪陷的命運，內心不免感到悲痛。他們知道，在大海的競技場上，頂多只要兩小時，那四艘船將敗給人數眾多的土耳其人。雖然援助者來了，但終究是一場徒勞。

在君士坦丁堡的城牆上，絕望的希臘人與他們的兄弟只有一箭之遙，但只能握緊拳頭站在那裡狂吼，怨恨自己無力伸出援手。大家做出瘋狂的動作為戰友們加油，比如朝著天空高舉雙手，呼喊上帝、大天使米迦勒以及幾百年來守護拜占庭帝國的聖徒與神父們，祈求祂們能創造奇蹟。對面的加拉塔海岸也出現類似的場面，土耳其人以同樣的熱情為己方的勝利而歡呼祈禱：大海成為戲臺，海戰成了角鬥士的表演。

蘇丹騎馬飛馳而來，在帕夏們的簇擁下，他策馬踏入大海，海水浸濕他的大衣。然後，他將雙手圍成傳聲筒，對著士兵怒吼道：「不惜一切代價！奪下基督徒的船，不惜一切代價！」戰船被趕回來時，他會兇狠地罵艦隊司令，還揮舞著彎刀威脅說：「不能獲勝的話，你就別活著回來。」

現在，四艘基督徒的船尚能抵抗，但是戰鬥已經接近尾聲，他們只能投擲石頭來驅趕土耳其人的槳帆船，可是石頭也很快用完了。敵人的實力比自己強五十倍，而水手們進行幾個小時的戰鬥後，手臂都已虛弱無力。夜幕降臨，太陽逝於天際。再過一個小時，即使帆船沒有被土耳其人佔領，也無力抵抗海水的激流，會被推到加拉塔後面的土耳其人所佔領的海岸。

「失敗了！輸得一塌糊塗！」

突然，有什麼事情發生了，在絕望、嚎哭、哀嘆的拜占庭人看來，這簡直就是奇蹟。忽然間起風了，雖然很微弱，但四艘船上沉睡的帆頃刻就鼓圓、張大了。在眾人的盼望和祈禱中，海風終於甦醒了！蓋倫帆船昂起船首，出其不意地猛然撞擊蜂擁而來的脅迫者，突破了敵船的封鎖。它們自由了、得救了。此刻，在城牆上千萬人歡呼聲的伴隨下，第一艘、第二艘、第三艘、第四艘船駛入了港口，為了保護這些船隻，下降的鐵鎖鏈又立刻叮叮噹噹地升起。在後頭，土耳其小船在海上漂啊漂，船上都是精疲力竭和無可奈何的士兵們。如同一朵紫色的雲，希望的歡呼聲再次飄浮在陰沉和絕望的城市上空。

憑空出現的海上艦隊

整整一夜，被圍困的人沉浸在無比的歡樂中。眾人浮想聯翩，把妄想當作希望。他們認為家園安全了、國家得救了。他們還想著，既然這四艘船上的士兵和食品能幸運靠岸，此後每星期必會有新的船隻到來；歐洲絕對不會忘記他們。他們滿懷期待，猜想圍城已經解除，敵人已被打敗和趕跑了。

然而，穆罕默德是一位夢想家，而且想法和能力都過人一等，也有決心和毅力去實現夢想。蓋倫帆船的船員以為，在金角灣的港口停靠後就萬無一失了。但穆罕默德制定了一套神奇而大膽的計畫，從此之後，他在戰史上的地位堪比漢尼拔和拿破崙。

拜占庭帝國就像擺在眼前的金色果子，伸手卻拿不到，最主要的障礙就是盲腸狀的金角灣，它如同鰑魚那樣深入陸地，保護君士坦丁堡的北側。攻入這個海灣難如登天，它的入口是加拉塔，但後者所屬的熱那亞國已簽署中立條約，更何況還有那條從加拉塔橫跨到君士坦丁堡的鐵鎖鏈。因此，穆罕默德的艦隊不可能從正面闖入海灣，而且還要避開熱那亞的屬地。也就是說，他得從金角灣的內海反向攻擊基督徒的艦隊。這麼一來，他就得在當地建立海軍，這並非不可能，但需要好幾個月的時間。焦急的蘇丹當然沒有這個耐心。

於是，穆罕默德想出了一個妙計，他打算把無法出擊的船艦從北部的岬角運到金角灣的內海；但岬角多山，船隻又有數百艘。這個驚險又大膽的計畫看來不大實際，應該無法執行。拜占庭人和加拉塔的熱那亞人在軍事上不會把它當一回事。不過當年羅馬人沒有想到，後來奧地利人也沒有記取教訓；漢尼拔和拿破崙都有辦法迅速翻越阿爾卑斯山。

從常識和一般經驗來看，船是在水中航行的，艦隊要翻越山區，這可是前所未聞的事。然而，英雄的特徵就在於，他們有不凡的意志，能把不可能的事變成現實。唯有具備如此的軍事才華，才能在戰爭中摒棄常規，以充滿創意的策略，取代前人已實踐和驗證過的方法。

一場前無古人的偉大行動開始了。穆罕默德先派人悄無聲息地運來無數根圓木，並請木匠打造成可滾動前進的支架，然後把海上的船拖上來，放在這些可以移動的陸地船塢上。同時，在翻越佩拉山的羊腸小徑上，成千上萬的建築工人辛勤地整平土地、修建道路。為了避免敵人發現突然湧現的大量工人，蘇丹命令軍團日以繼夜用臼砲攻擊敵方，但記得要閃過中立的加拉塔。這些砲擊是無意義的，只是為了轉移敵人的注意力，以掩護船隊的登陸行動。

拜占庭人忙於備戰，以防土耳其人從陸地發起攻擊。與此同時，浸泡了大量油脂的圓木開始在路上滾動，就像巨大的壓路機。在無數水牛和水手的推拉下，船艦一艘接著一艘登上支架，準備翻越山脈。夜幕蒙住視線後，這神奇的運輸行動立刻開始了。這個計畫就像聖人一樣沉默寡言，像智者一樣深思熟慮，可說是奇蹟中的奇蹟：整個艦隊翻越山脈。

綜觀歷史上偉大的軍事行動，致勝的關鍵因素在於令敵人措手不及。偉大的穆罕默德以自身的才華證實了這一點。沒有人猜到他的計畫——這位狡猾的天才坦承：「如果我有一根鬍子知道我的想法，我會將其拔掉。」在縝密的安排下，當大砲向城牆猛烈轟擊時，眾人默默完成任務。四月二十二日的夜晚，七十艘船翻越山巒和低谷，通過葡萄園、田野和森林，從海灣的外側運送到內海。

第二天早上，拜占庭帝國的居民以為自己還在做夢：敵人的艦隊彷彿被神靈的手托著，風帆揚起、士兵滿載，瞬間移動到無法靠近的海灣心臟。他們不斷揉著眼睛，無法理解這奇蹟來自何方；同時間，被港口守護的側面城牆下，號角和戰鼓聲已響起。基督徒艦隊被圍困在狹窄的加拉塔中立地帶。在足智多謀的蘇丹大膽指揮下，整個金角灣都已歸屬於他的大軍。現在，穆罕默德站在海邊的浮橋上，順利地把軍隊調到防衛較弱的城牆下。守城士兵本來就不多，但既然另一頭受到威脅，指揮官也只得調派人力過去支援。蘇丹的鐵拳不斷用力，一定要把獵物的脖子緊緊掐住。

十二位無名勇士

被圍困的人們不再抱有幻想。他們知道，防禦的側翼已被撕開，急需增援部隊；這城牆已經千瘡百孔，八千名守軍撐不了多久，畢竟對方有十五萬大軍。威尼斯的統治者不是鄭重承諾要派船來嗎？城市一旦淪陷，西方最華麗的聖索菲亞大教堂必將成為異教徒的清真寺，難道羅馬教皇對此無動於衷嗎？歐洲各國內部紛亂，領導人彼此猜忌，無法團結一致。他們還沒看清，西方文明已岌岌可危。

被圍困的民眾安慰自己，補給艦隊也許早已準備就緒，但出於某些原因，援軍還在猶豫，無法即刻揚帆啟航。只要讓各國領袖意識到，再拖下去的話，他們就得為悲慘的結局負責，那麼援軍便會即刻到來。

可是，他們該如何才能聯繫到威尼斯的艦隊呢？在馬摩拉海上，星星點點都是土耳其的船隻，基督徒的船隻若想突圍而出，必將全部覆滅。更何況守軍急需人手，不可能再派送幾百名兵力出海。於是，他們做出一個冒險的決定：只派一艘小船和少數的船員去求援。總共十二名男子參與這次英雄行動。在希臘神話中，英雄們乘著「阿爾戈」號去尋找金羊毛，因此譽滿天下。但歷史是不公平的，我們如今還不知道這十二勇士的名字。

他們在這艘小小的雙桅船掛上敵人的旗幟。為了不引人注意，這十二名男子還把自己裝扮成土耳其人，裹著頭巾、戴上土耳其毯帽。五月三日的午夜時分，港口的鐵鎖鏈悄悄地鬆開，在黑夜的掩護下，這幾位勇敢的船員壓低划槳的聲音，輕輕地漂了出去。

看！奇蹟發生了，沒有人發現這艘小船，它經過達達尼爾海峽駛進愛琴海。唯有非凡而大膽的行動，才能麻痺敵人的思緒。穆罕默德機關算盡，唯獨沒有料到這個妙招：一艘只有十二名英雄的小船，居然敢在達達尼爾海峽上穿過土耳其艦隊，勇敢航向友邦。

可是，悲慘又令人失望的是：愛琴海上沒有威尼斯的帆船，沒有艦隊前來助陣。威尼斯人和羅馬教皇都忘記拜占庭帝國了，他們只關心無關緊要的教會和政治事務，不在乎自己的信譽和誓言。在這個時候，眾人應該團結一致，聯合所有力量以保護歐洲文化；但各國的王侯都無法暫時放下敵對的立場。這樣悲慘的局勢屢屢出現在歷史上。熱那亞認為，寧願跟威尼斯作對，也不願花幾個小時一同抵禦外敵；當然，威尼斯也這樣認為。海上空空蕩蕩；從一個島到另一個，勇士們在核桃殼般的小船上絕望地划著。此時此刻，各地港口都被敵人佔領，友軍的船隻根本不敢進入戰區。

現在該怎麼辦？十二人中有幾個人感到氣餒，這情有可原。他們有必要再經歷一次危險，回到君士坦丁堡去嗎？畢竟他們沒辦法帶給大家希望。搞不好城池已淪陷，他們回去的話，只有被囚禁或處死的命運。但是，無名英雄總是充滿榮譽感！大多數人仍決定回國。既然接受任務，那就必須完成它。人們送他們出來是為了獲取消息，哪怕是噩耗，也必須帶它回家。於是，這艘小船獨自返航，冒險通過了達達尼爾海峽、馬摩拉海和敵人的艦隊。

五月二十三日，從他們出發迄今已二十二天了，君士坦丁堡的人早就放棄希望了，沒人想到他們會帶著消息回歸。突然，城牆上的守衛揮動小旗子，有一艘小船正向著金角灣迅速划過來。被圍困的人們發出雷鳴般的歡呼聲。土耳其人一驚醒，才詫異地發現，有艘雙桅船莫名奇妙地掛著土耳其旗幟，航行在他們的水域；而且那居然是敵人的船。於是，土耳其人立刻從四面八方圍堵那艘小船，準備攔截它，以免它駛入安全的港口。一時間，拜占庭人都沉浸在幸福的希望中，他們發出了震耳欲聾的歡呼聲；歐洲沒有忘記他們，之前到達的那四艘大船隻是先遣部隊。到了晚上，可怕的事實才傳開：基督教界的確棄拜占庭帝國於不顧。被圍困的人們將孤立無援，唯有自救一途，才能免於滅亡。

土耳其人開打前的慶典

戰鬥每天都在進行，持續了六周後，蘇丹變得焦慮，失去了耐心。他的大砲打穿了城牆各個角落，但他所指揮的進攻部隊遭到頑強的抵抗。對於統帥來說，這時只有兩種選擇，放棄圍攻，或是在無數次小型進攻後，發起大規模的全面攻擊。穆罕默德召集帕夏們來開作戰會議。他意志高昂，決定拋下所有的顧慮，決定在五月二十九日這一天發起大規模的軍事行動。

蘇丹以一貫的勇氣和堅定精神備戰，包括舉辦莊嚴的宗教儀式。十五萬人的部隊，每位士兵都必須遵守伊斯蘭教的教規，包括完成「小淨」和白天的三次大禮拜。為了發動全面攻擊，指揮官清點剩餘的火藥和砲彈，並把大部隊分成小單位。

從清晨到夜晚，穆罕默德不曾休息片刻。從金角灣到馬摩拉海，他騎馬巡視廣大的軍營和陣地，所到之處，必親自激勵主將和士兵。洞察人心的蘇丹知道如何喚起十五萬大軍的鬥志。於是，他許下一個可怕的承諾，也果真實現了；它既帶來榮譽，也使他聲名狼藉。在鼓聲和號角聲中，傳令官將這個承諾傳遍各個營帳：

奉真主之名，穆罕默德以自己、四千名先知還有父親穆拉德二世的靈魂保證，並以自己孩子們的頭顱和所用的軍刀發誓，攻下城市後，士兵可盡情掠奪三天。城牆內的一切，不管是傢俱、財物、首飾、珠寶與收藏品，或是男人、女人和孩子，全都屬於勝利的戰士。攻下東羅馬帝國最後一個堡壘後，穆罕默德一件戰利品都不拿，只想享受勝利的榮耀。

士兵的情緒沸騰起來，歡欣地接受了這個野蠻的誓言。響亮的歡呼聲像一場暴風雨，成千上萬人高喊「安拉、安拉」，並傳到對面驚恐萬分的城市。「掠奪、掠奪」成為戰鬥的口號，鼓聲震響、銅鑼和號角轟鳴，夜晚的軍營化為節慶場所，遠看宛如一片光火之海。城牆後，被圍困的人們顫抖地望著對面的場景：無數的火把在平原和山丘上燃燒著，敵人在開打前就在慶祝勝利，號角、口哨、銅鼓和鈴鼓的聲響不絕於耳。這場面令人想到，異教徒在獻祭活人前，祭司會舉行殘忍又喧鬧的慶典。

午夜時分一到，穆罕默德一聲令下，所有的火光瞬間熄滅，熱血沸騰的喧嘩戛然而止。這突如其來的寂靜，再加上令人不安的黑夜，都散發出威脅的氣味，比起喧囂火光和狂熱歡呼更令人恐懼。然而，拜占庭人只能心慌意亂地監視對方的一舉一動。

聖索菲亞大教堂的最後一次彌撒

守軍不需要派出偵察兵，也不用從倒戈者身上探聽消息，便知道大禍臨頭。全面進攻的號角已經響起，暴風雨即將來臨，烏雲籠罩著全城，他們得扛起巨大的責任，共同面對危機。一反以往的分裂立場和宗教歧見，居民在這最後的時刻聚集在一起。（人民總是在存亡之秋才會上演「萬眾一心」的戲碼。）

拜占庭皇帝得讓所有人知道，他必須挺身捍衛信仰、偉大的歷史和共同的文化，因此他安排了一場感動人心的儀式。全體市民，無論是東正教徒、天主教徒、神職人員、平民、孩童和老人，全都聚集一起。每個人都不准留在家中（也沒有人願意），無論貧窮富貴都虔誠地加入遊行隊伍。他們唱著《垂憐經》，首先穿過內城，然後來到最周邊的城牆。

隊伍最前方是從教堂抬出來的聖像和聖徒遺物。每到一處破損的城牆，他們就會在那裡貼上一張聖像，希望它比凡人的武器更強大，更能抵禦異教徒的攻擊。與此同時，皇帝君士坦丁召集了元老院的貴族和指揮官，準備對他們發表最後的演說，以激勵眾人的鬥志。他沒有辦法像穆罕默德那樣，保證將士們有數不清的戰利品，但如果眾人能挺住敵人這最後一波的攻勢，就能為基督教和西方世界保住榮譽。相反地，如果眾人屈服於那群殺人狂徒，就將萬劫不復。穆罕默德和君士坦丁兩人都知道：這一天將決定未來幾個世紀的歷史。

最後一幕開始了。帝國滅亡前的這場狂喜大會是歐洲歷史上最為動人的場面。自從基督教兩大教派結為兄弟盟友以來，這座世上最輝煌的聖索菲亞大教堂罕有人至。面臨生死關頭，人們總算聚集在一起，包括官員、貴族、希臘和羅馬的神父、熱那亞和威尼斯的士兵和水手，他們披戴盔甲、手持武器聚攏在皇帝身邊。

在他們的身後，成千上萬默默祈禱的身影跪著，無聲無息、畢恭畢敬。人民充滿恐懼和擔憂，只能聽命行事。黑暗從教堂穹頂降落，蠟燭必須辛苦地與之搏鬥，照耀著動作一致、俯身禱告的人群。拜占庭帝國的每個靈魂都在祈求上帝。牧首強有力地發出召喚的聲音，合唱團跟著附和；西方世界中最神聖而永恆的聲音在這個空間裡又一次響起。然後，在皇帝的帶領下，人們一個個走到祭壇前接受撫慰，祈禱聲直至高高的穹頂，在巨大的空間裡經久不息地迴旋。東羅馬帝國的最後一次安魂彌撒開始了。查士丁尼蓋了這間大教堂，而這是最後一次有人在這裡舉行基督教儀式。

在這場震撼人心的慶典後，皇帝再次匆匆回到皇宮，他請求下屬和僕人原諒自己過去那些偏頗的行事與決策。然後他飛身上馬，如同他的死敵穆罕默德，他也從城牆的一端走到另一端去鼓勵士兵，而且出發的時間還差不多。夜已很深，沒有人聲、沒有武器的叮噹聲。城牆內成千上萬的人懷著忐忑不安的心，等待天明、等待死亡來臨。

決定世界歷史的一扇城門

凌晨一點，蘇丹發出進攻的信號。戰旗飛舞，十萬人異口同聲喊著「安拉、安拉」，手持武器、梯子、繩子和長柄鐵爪衝向城牆。與此同時，戰鼓震響、號角齊鳴，大鼓、銅鑼和笛子發出各種刺耳的聲音；敵軍的慘叫聲和大砲的轟鳴聲混一起，彙聚成巨大的風暴。

率先衝鋒的是沒有受過訓練的巴什波祖克（編按：土耳其的非正規雇傭兵），他們被無情地趕到城牆邊；在蘇丹的進攻計畫中，這些半裸沒有穿戴盔甲的非正規雇傭兵只是替死鬼。在核心部隊發起決定性的攻擊前，這些烏合之眾是用來消耗敵人的體力和戰鬥力。在黑暗中，數百名巴什波祖克被迫帶著梯子跑到牆邊、爬上城垛；被扔下來後，指揮官又叫他們衝鋒，並接二連三被扔下來。他們沒有退路，因為後面全是精銳部隊。巴什波祖克只是犧牲品、無價值的砲灰，在正規軍的驅趕下，走向必死的境地。

雖然防禦者佔有優勢，他們的鎖子甲能抵禦雨點般的箭和石頭，可是真正的危機在於體力，而穆罕默德計算到了這一點。守軍穿著沉重的盔甲，努力擊退衝殺上來的輕裝部隊，還得不斷換防。在敵軍的強攻下，他們體力消耗殆盡。經歷兩個小時的搏鬥後，天漸漸亮了，安納托利亞人組成的第二波衝鋒隊發起進攻，守軍的情勢就更加危急。這些士兵有紀律、訓練精良、體力過人，也有穿上盔甲，人數多於守軍。相比之下，守方得來回奔波抵禦入侵者的攻擊，體力就不如對方。

然而，進攻者還是不斷地被擊退，蘇丹不得不用上他的終極武器——耶尼切里軍團，即鄂圖曼陸軍的精銳戰士，蘇丹的核心部隊。這是歐洲人眼中的最出色的軍隊。蘇丹親自率領一萬二千名精選出來的戰士，他們齊聲大喊，衝向已經精疲力竭的敵人。危急的時刻到了，只要有一點戰鬥力的人，包括船上的水手，都得被召喚到城牆邊。城內所有的鐘都敲響了，此時此刻，決定性的戰鬥已全面開啟。

不幸的是，厄運降臨到守軍這一邊。熱那亞軍隊的領袖、勇敢的朱斯蒂尼亞尼（Giovanni Giustiniani）被一顆石頭擊中，身受重傷而被送上了船。他倒下後，守軍的士氣馬上受到影響。同時間，皇帝親自上陣來阻擋敵軍的威脅與攻勢。這一次，他們又成功推倒了衝鋒隊的梯子，頂住這最後一波進攻。拜占庭帝國在喘息間得救了，最危急的情勢已過去，他們擊退了野蠻人的入侵。但是，歷史總會做出玄妙莫測的決定，在這樣神祕的時刻中，一個悲劇性的偶發事件終結了拜占庭帝國的命運。

有件機率小到極點的怪事發生了。在距離主攻區不遠的地方，幾個土耳其人從外城牆的一個缺口衝了進來，但他們並不敢直接攻入內城，也沒有什麼作戰計畫，只是好奇地徘徊在兩道城牆之間。就在這個時候，他們發現了內城的一扇小城門「凱爾卡泊塔」（Kerkoporta），由於無法解釋的疏忽，這扇城門竟然敞開著。它只不過是一扇小門，在和平時期，大城門會關閉幾個小時，行人可以走這扇門。正因為這扇小門沒什麼軍事意義，所以在昨夜的一片緊張慌亂中，人們忘記了它的存在。這幾個耶尼切里軍人驚訝地發現，在堅固的堡壘中，居然有扇城門從容地向他們敞開。

他們一開始還以為這是軍事陷阱，因為這真是令人匪夷所思。城牆上的每一個缺口、縫隙、門邊都堆滿成千的屍體，到處是燃燒的熱油和射下來的投槍，而此地卻有一扇幽靜而平和的城門，直直通往城市的中心。他們通知增援部隊前來，於是攻城者不費吹灰之力踏進了內城，並從後方突襲外牆上的防禦者。守軍看到土耳其人在背後現身時，驚恐地大吼起來：「我城被佔領了！」在戰爭中，謠言比大砲更具殺傷力。

「我城被佔領了！」土耳其人的歡呼聲越來越大，並粉碎了守軍的反抗意志。拜占庭的雇傭兵覺得自己被出賣了，於是離開各自的戰鬥崗位，拔腿奔向港口、逃到船上。皇帝君士坦丁帶著親信與入侵者繼續搏鬥，但已無濟於事。在一片混亂之中，皇帝沒有被敵軍認出來，也光榮戰死了。直到第二天，人們才在一堆屍體中看到他那雙紫色、繡著金鷹的靴子。令人尊敬的末代皇帝發揮羅馬人的精神，跟著帝國一起覆亡了。這次意外事件如一粒灰塵一樣大：「凱爾卡泊塔」——這扇被遺忘的城門，決定世界歷史的走向。

歐洲的精神象徵倒塌了

歷史也會玩數字遊戲。汪達爾人洗劫羅馬後整整一千年，鄂圖曼帝國對拜占庭帝國的掠奪也開始了。穆罕默德遵守他那可怕的諾言，讓士兵們享受勝利的果實。戰場上的屠殺一結束，士兵就肆意地搜括民宅、宮殿、教堂和修道院，隨意處置男人、女人和孩子。成千上萬的士兵像地獄中的魔鬼那樣，在巷子裡追趕無辜的百姓，就怕搶輸自己的同袍。

首先受到衝擊的是教堂，那裡有金的器皿在發光，還有珠寶在閃爍。士兵搶劫過的民宅前會豎起旗幟，後面的人才知道裡頭的寶物已被洗劫一空。戰利品有寶石、布匹、錢財等帶得走的物件，還有女人（可賣給貴族）以及男人和孩子（可丟到奴隸市場裡販售）。士兵們用鞭子抽打躲在教堂裡的苦命人，把他們成群趕到外頭清點一番。上了年紀的俘虜沒有用，只會吃又不值錢，於是就地被處決；年輕人則像牲口一樣被捆綁起來帶走。在洗劫的同時，他們還任意破壞各種設施。

想當年，十字軍東征時也血洗阿拉伯世界，奪回許多珍貴的文物和藝術品，並收藏在君士坦丁堡。如今，瘋狂的勝利者撕毀、踩破、焚燒這些畫作，還敲碎華麗的雕像。希臘思想家和詩人的不朽經典，數百年來所累積的智慧，全被燒毀或隨便丟棄。我們永遠也不知道，在那歷史的關鍵時刻，一扇敞開的小門帶來了多少災難。千年以來，羅馬、亞歷山大港和拜占庭帝國被洗劫之後，人類遺失的精神財富更是不可計數。

土耳其人取得偉大勝利後，到了下午，大屠殺結束，穆罕默德走進了這座被佔領的城市。他態度嚴肅、自豪地騎著那匹雄偉的駿馬，看到野蠻的掠奪場面時，完全無動於衷。對於奪得勝利的戰士，他遵守誓言，不干預、不妨礙他們的可怕行為。穆罕默德已得到一切，並沒有想要獲取什麼財物。

他躊躇滿志地騎馬到聖索菲亞大教堂，看著拜占庭帝國那最輝煌的象徵。五十多天來，他每天都從帳篷遠眺那金光閃閃的圓頂，雖然渴望接近它，卻總是遙不可及。現在他能以勝利者的身分跨過教堂的青銅大門。但是，穆罕默德再次壓抑自己焦躁的個性：他首先要感謝真主，接著再為祂永遠守護這座教堂。

蘇丹謙卑地下馬，俯身並深深地叩首祈禱。然後，他抓起一把土，接著灑在自己的頭上；這是為了提醒自己只是個凡人，不能因為勝利而驕傲。在向真主表現了自己的謙卑後，蘇丹才站起身來，以安拉首席僕人的身分跨進了查士丁尼的聖殿；這座神聖又充滿智慧的聖索菲亞大教堂。

蘇丹好奇而興奮地觀察著這棟建築，高高的穹頂上閃耀著大理石和馬賽克圖案，精緻的弧形門拱在晚霞中彷彿緩緩升起。他覺得，這位神聖宮殿不屬於他個人，而是歸真主所有。他立刻請來一位伊瑪目，後者登上布道臺，並開始宣講伊斯蘭教教理。在這個基督教的教堂中，鄂圖曼帝國的君主面朝麥加，向世界的主宰者安拉做了第一次禱告。第二天，工匠就接到任務，得拆除以前的宗教象徵與裝飾物。祭壇被拆了，鑲嵌壁畫被重新粉刷。一千年來，聖索菲亞大教堂高高在上的十字架，總是張開雙臂擁抱世間的苦難，但此刻卻沉重地倒在地上。

石頭倒地的聲音在教堂中深深地迴響，並傳到遙遠的地方。十字架倒塌後，整個西方世界震顫不已。這個可怕的消息迴蕩在羅馬、熱那亞、威尼斯和佛羅倫斯，接著像洪流一般向法國和德國滾滾而去。歐洲人突然驚恐起來，他們過去對世事漠不關心又無動於衷，才會讓毀滅性的力量闖進一扇被遺忘的城門「凱爾卡泊塔」。今後數個世紀，歐洲都將受其束縛。但不管是在大歷史或是在個人的生命中，惋惜都不能帶回失去的瞬間，一小時疏忽所造成的損失，再花一千年也無法贖回。

03

韓德爾的重生

二十一天神作
《彌賽亞》誕生

關鍵時刻

▼

一七四一年八月二十一日

風暴來臨前的平凡午後

一七三七年四月十三日的下午，在倫敦布魯克街一棟房子的一樓，大音樂家韓德爾的僕人坐在窗前忸捏不安。他菸絲抽完了，所以心情很不好。其實他只需穿過兩條街，到朋友朵麗開的雜貨店，就可以買到新鮮的菸絲。可是那位音樂大師脾氣很暴躁，所以他不敢離開家門。

今天在外排練後，韓德爾憤怒地回到家，臉漲得通紅，太陽穴上的血管都快爆開。砰地一聲，他回家時甩上大門，並在二樓來回踱步，連天花板都在晃動。僕人也聽得清清楚楚。在主人怨氣沖天的日子裡，他時時刻刻都不能放鬆。

幸好僕人找到事情來分散注意力、打發無聊的時間。既然無法用陶瓷菸斗吹起美麗的藍色菸圈，那不如就吹肥皂泡泡吧！他調好肥皂水後，自得其樂地把彩色泡泡吹到大街上去。路過的人停下腳步，愉快地用手杖戳破泡泡，還開心地跟僕人打招呼，不覺得當中有什麼隱情。

在布魯克街這棟房子裡所發生的一切都不足為奇。有時，大鍵琴會在半夜響得震耳欲聾；有時，屋內會傳出女歌唱家啼哭和抽泣的聲音，只要她們唱歌的音準偏了一點，那位暴躁的日耳曼音樂大師就會暴跳如雷。對於倫敦格羅夫納廣場周圍的鄰居來說，布魯克街二十五號跟瘋人院沒兩樣。

僕人默默地吹著他的彩色泡泡。一陣子後，他的技術提升了，帶有大理石條紋的泡泡更大、更薄了。它們輕盈地飄向高高的天空，有一個還飛到對面矮樓房的屋脊。此時，突然出現了一個沉悶的撞擊聲，房子震動起來，他嚇了一跳。杯子叮叮噹噹，窗簾搖搖擺擺，一定是大又重的東西摔到二樓地板上。僕人立刻跳起來，一口氣跑上樓梯，衝進工作室。

大師工作時坐的那把沙發椅空著，房裡也沒有人，僕人準備跑去臥室前，卻猛然發現韓德爾一動也不動地躺在地板上，眼睛呆板而無神。僕人驚呆了，不知所措地站著。忽然間，他聽見一聲沉悶而不舒服的喘息。這個強壯的男人仰天躺地、喘著氣，或更準確地說，他正在呻吟，而那急促的喘息聲越來越弱。

「他快要死了。」受到驚嚇的僕人一邊想著，並馬上跪下來，以試圖幫助這個半昏迷的人。他想把韓德爾扶起來，好挪到沙發上去，但是這個身材魁梧的男人實在太重了。僕人不得不先扯下主人繫得很緊的圍巾，急促的喘息聲隨即消失。

這時，大師的助理約翰．克里斯托夫．施密特（Johann Christoph Schmidt）跑上樓來。他剛走進家門不久，準備幫大師謄寫詠嘆調的樂譜，但那沉悶的跌倒聲也嚇到他了。於是，兩人一起抬起沉重的大師，而後者的手臂像死人一般無力地往下垂。他們把他放到床上，抬高他的頭。「脫下他的衣服，」施密特指揮著僕人：「我去找醫生。你不時在他身上淋點水，直到他醒過來。」

救星駕到

施密特沒穿大衣就跑了出去，他不想浪費一丁點時間。他沿著布魯克街朝龐德街方向跑去。一路上，他不斷向馬車招手，但它們莊嚴而緩慢地駛過，不會注意到這個只穿著襯衣、氣喘吁吁的肥胖男人。終於有輛馬車停了下來，錢多斯公爵（Duke of Chandos）的車夫認出了施密特。施密特顧不得禮節，一把拉開馬車的門，他大聲對公爵說：「韓德爾快要死了！我得去找醫生。」施密特認識這位公爵：他愛好音樂，也總是熱情資助施密特所愛戴的韓德爾大師。

公爵立即請他上馬車，馬兒於是嘗到了被猛烈鞭打的滋味。然後，他們從弗利特街的診所請出詹金斯醫生。當時醫生正忙著檢查尿液樣本，但他立刻與施密特坐上自己的漢薩姆馬車來到布魯克街。

在馬車行駛的過程中，施密特不滿地抱怨起來：

那一大堆麻煩事，那些該死的歌唱家、閹伶、二流文人和小評論家，全都是噁心的蛀蟲，只想把他折磨到死。為了挽救劇院，大師今年已經寫了四部歌劇。其他人只知道討好女人和宮廷，尤其是那義大利人，讓大家變得像瘋子一樣。那該死的閹伶，跟抽搐的吼猴沒有樣！

唉！這群人只會欺負我們善良的韓德爾。他把所有的積蓄都投了進去，一萬英鎊啊！他們現在拿著借據折磨他，要置他於死地。至今沒有任何人能成就如此偉大的事業，如此奉獻自己。就算是巨人，也會被這一切擊垮。真可是惜啊！多麼偉大的男人！多麼了不起的天才！

詹金斯醫生冷靜而沉默地聽著。在進入房子之前，他抽了一口菸，然後將菸灰敲出菸斗。

「他多大年紀了？」

「五十二歲。」施密特回答。

「很難熬的年紀。他像公牛那樣工作，幸好他也像公牛那樣強壯。現在我們來看看能為他做些什麼吧！」

僕人端著一隻碗，施密特抬起韓德爾的手臂，醫生劃開血管，一股鮮紅的血流噴射出來（編按：此為過去所流行的放血療法）。從緊咬的嘴唇中，一聲嘆息吐了出來，韓德爾深深吸了一口氣，接著睜開眼睛。但此時他的眼神還很呆滯，沒有一點神采，彷彿知覺還沒醒來。

醫生包紮好手臂，接下來就沒有什麼事可做，於是起身想離開，這時他注意到韓德爾的嘴唇在動。他湊近對方身邊，那聲音很小，彷彿像呼吸一樣。韓德爾喘息地說：「我完了……沒有力氣……我不想活了……」醫生彎下腰，想觀察得更仔細一點。韓德爾的右眼呆滯，而另一隻眼睛還在動，他試圖抬起右臂，卻像死人一般垂了下去。然後他又抬起左臂，幸好它慢慢升起。詹金斯醫生總算搞清楚情況了。

他離開房間，而施密特跟他走到了樓梯口，心神不安地問：

「什麼病？」

「中風，右半身癱瘓。」

「那他……」施密特停頓了一下：「有機會康復嗎？」

詹金斯醫生不急不徐地吸聞了一點鼻菸，他不喜歡這類問題。

「很難說，什麼情況都有可能發生。」

「他會這樣一直癱瘓下去嗎？」

「沒有奇蹟出現的話，大概就是這樣了。」

但是，忠心耿耿的施密特並不放棄。

「他至少能繼續工作吧？否則他活不下去。」

詹金斯醫生已經站在樓梯口。

「不可能，」他壓低了聲音說：「我們頂多保住他這條命，但失去了一位音樂家。這次中風已傷及大腦。」

施密特呆呆地看著他，目光中滿是絕望，醫生被深深地觸動。「如我所說，」他再強調一次：「只能等待奇蹟出現。不過，我從未見過奇蹟。」

過人的求生意志

長達四個月之久，韓德爾有氣無力地生活著。他以前活力十足，但如今右半身癱瘓，就像死了一樣，不能動彈。他不能走、不能寫，就連用右手按個琴鍵都不行。他不能說話，嘴唇斜歪到一側，舌頭也不聽使喚，只能含糊地冒出幾個字。

朋友們為他演奏音樂時，他的左眼會流露出一絲微光，然後，沉重僵硬的身體會微微抖動，就像病人在做夢那樣。他想要跟上節奏，但殘酷的是，他只剩下冰凍和僵硬的肢體，肌腱和肌肉不再聽從使喚。曾經魁梧的他，如今只有深深的無助感，彷彿被關在無形的墳墓中。音樂一結束，他就會沉重地闔上雙眼，然後形同死屍一樣躺在那裡。醫生認為大師沒有治癒的希望了，不如姑且一試，把病人送到阿亨，也許溫泉的熱水有些許療效。

每一股地下熱泉都有神祕的力量。在韓德爾僵硬的身體裡，也有一股難以捉摸的力量，那就是他的意志、他生命的原動力！在這場摧殘身體的中風危機中，原動力沒有被削弱。它彷彿在說：「不朽的精神絕不可沉沒在死亡的軀殼中。」這位高大的男人並沒有認輸，他還期盼康復，還希望能活下去、繼續工作。

這種意志創造了奇蹟，讓人戰勝自然規律。在阿亨，醫生們再三叮嚀韓德爾，泡在熱水的時間加起來不可超過三小時，否則他的心臟會承受不住。但是為了戰勝死亡的威脅、繼續活下去，大師激起最強烈的求生欲與意志力。他每天都在溫泉中浸泡九個小時，醫生們都嚇壞了。在這樣頑強的意志下，他身體的力量也不斷在增強。一周後，他已能拖著身體一步步地前行；又過了一周，手臂能動了。這是意志力和信心的巨大勝利，為了擁抱生命，他掙脫了絕命死神的糾纏，這種幸福感難以描述，只有痊癒的人才能體會。現在他的態度比以往更加熱血，更充滿激情。

在最後一天、將要離開阿亨時，他已能行動自如。他在教堂前停下腳步。以前他算不上虔誠的教徒，但他現在獲得了神的祝福。他自由地踏出步伐，走上管風琴和唱詩臺。他內心無比激動，並試著用左手去觸碰琴鍵；聲音出來了，明朗而乾淨地迴響在平和的廳堂中。現在，他遲疑而緩慢地伸出右手，這段日子以來，它始終保持著僵硬又緊繃的狀態。聽著，在這隻手的舞動下，樂音像銀色泉水般滾滾流淌而出。

韓德爾開始彈奏，心神也漫遊起來，進入了洶湧的潮流中。神奇的樂音如磚石一樣，在無形中不斷堆積，築成了一座高塔。這棟完美的華麗建築不斷加高，閃耀著透亮而有聲的光芒。修女和虔誠的教徒在下面傾聽；他們第一次發現，原來凡人也能演奏出如此美妙的音樂。韓德爾謙卑地低頭彈奏、演繹著樂曲。他又找到了跟上帝、永恆和人類溝通的方式。他又能彈奏、創作了。這時，他才體會到自己已痊癒了。

韓德爾挺起寬大的胸脯，張開有力的臂膀，自豪地對倫敦的醫生說：「我從冥界那裡回來了！」對這醫學上的奇蹟，醫生不得不表示驚嘆。

重回創作的世界

憑著雙倍的貪婪態度，剛剛康復的韓德爾毫不遲疑，以充沛的活力和瘋狂的熱情投入工作。往日的熱情重新燃起，這位如今已五十三歲的人再次開始奮鬥。他那隻康復的手全然聽命於他。他寫完了一部歌劇，又寫完第二部、第三部……他還創作了偉大的清唱劇《掃羅》、《以色列人在埃及》和《快樂、哀愁和中庸》，創作的欲望彷彿從豐厚、永不枯竭的泉源噴湧而出。

但對他而言，這個時期有許多不利之處。由於女王離世，許多表演必須中斷，隨後西班牙戰爭爆發，許多人每天都聚集在公共場所叫喊、唱歌，然而劇院裡卻空無一人。他的債務堆積如山。不久，嚴冬來臨。酷寒籠罩著倫敦，泰晤士河結起了冰，雪橇滑行在明鏡般的冰面上錚錚作響。在這酷寒時節，即使是天使般的音樂也敵不過冰冷的室內溫度，所有的劇院不得不緊閉大門。後來，多位歌唱家也病倒了，演出一場場地被取消，韓德爾的困境愈加嚴重。

債主們逼債，評論家譏諷，觀眾冷淡又沉默。在絕望中掙扎的人逐漸失去勇氣。此時，若有人贊助一場義演，他就能解除債務危機。「但像個乞丐一樣苟且偷生，這是多麼的恥辱啊！」韓德爾封閉自己，想法也就更悲觀了。之前他半身不遂時還有鬥志，但現在整個身心都麻木了。到了一七四〇年，韓德爾覺得自己是失敗的人，遭受各方面的打擊，過去的輝煌和榮譽已成了殘渣與灰燼。

他花費大把力氣，才有辦法用以前的樂曲來拼湊出一些新作，偶爾也能完成小品。但靈感的激流被截斷了，康復的身體不再迸發出原動力。這位高大的男人真的感到累了，這位光榮的戰士被打敗了；三十五年來，湧向身心靈的創作欲望在體內停滯不前，神聖的源泉被封印了。創作生命再一次終止，事業再次失敗了。

這位徹底絕望的人猜想，一切都結束了，他嘆息道：「既然我的創作生涯要再次被埋葬，為什麼上帝又讓我從病痛中復活？如今我像個影子潛行在寒冷和空虛的世界，這樣還不如死了更好。」有時，他會憤怒地嘀咕，就如耶穌被釘在十字架上時哀嘆道：「上帝啊！我的上帝，祢為什麼拋棄了我？」

失敗、絕望又心灰意冷，韓德爾不再相信自己的力量，也不再依靠上帝。在那幾個月，他會在倫敦街頭漫無目的地遊蕩。白天時，債主們會拿著借據在門外伺機揪住他，所以他總是很晚才敢出門，而街上向他投來的，只有人們冷漠和鄙視的目光。有時，他會想是否應該逃到愛爾蘭去，至少那裡還有人看重他的名聲；他們還不知道，他體內的能量已經支離破碎。或者他應該逃到德國、義大利去，也許在溫柔南風的撫摸下，內心的冰霜會再次融化，旋律會從受難的心靈岩石中再次蹦出。

不，他不能忍受沒有創造、沒有作為的生活。他可是音樂大師韓德爾，不能忍受自己成為失敗者。有時他會在教堂前逗留，但他知道上帝的話不能給他帶來安慰。他也會坐在小酒館裡，但是比起創作時單純的幸福感與陶醉感，那劣質的白蘭地更加令人厭惡。

有時，他也會站在泰晤士河的橋上，凝望下面漆黑無聲的水流，一邊想著著：猛然縱身一躍，也是不錯的選擇！如此一來，就不用再承受這龐大的空虛感，也不用再害怕被上帝和世人拋棄，而必須忍受孤獨。

有一天，他又開始了夜間遊蕩。那是一七四一年八月二十一日，一個炎熱的日子，倫敦的上空彷彿被一塊熔化的金屬片覆蓋著，天氣陰沉潮濕。韓德爾半夜時分才離開家，他想去綠園呼吸一點新鮮空氣。在那深不可測的黑暗樹蔭下，沒有人會看見他，沒有人會折磨他。他毫無生氣地坐著，此刻，厭倦就像一種病症折磨著他，他厭倦說話、寫作、演奏和思考；他不想有任何感受，厭倦生活。為什麼他要承受這一切遭遇，又是為了誰呢？

他像醉鬼那樣，不斷把玩這些念頭。他沿著蓓爾美爾街和聖詹姆斯街走回家去，心想著：「我要睡覺，什麼都不想知道。我只想安靜地休息，最好永遠也不要醒來。」布魯克街那棟房子裡的人都睡了，他們不免感嘆：「唉！他怎會如此疲憊不堪，世人都在逼他，奪走他每一分精力。」他緩慢吃力地走上樓梯，在每一個沉重的腳步下，地板嘎嘎作響。

翻來覆去的那一夜

終於，他回到了房間，接著點亮書桌上的蠟燭。他不假思索、機械性地完成這些動作，這是他多年來的工作習慣。以往，他每次散步後，都能想到一段旋律、一個主題，並在回家時馬上寫下來，以免一覺醒來就忘光了。可是，現在他從嘴裡不知不覺吐出來的，只有憂鬱的嘆息。桌上一片空白，沒有五線譜紙。神聖的齒輪靜止在結冰的河流中，沒有工作需要開始，也不需要結束。

出人意料的是，桌上好像有什麼東西！白色長方形的物品閃著光芒。韓德爾拿起這個包裹，猜想裡面應該是稿紙。他迅速撕開蠟印，首先看到一封信，提筆人是詹寧斯（Charles Jennens）；他是一位詩人，負責完成《掃羅》和《以色列人在埃及》的歌詞。信中寫道，他寄來新創作的詩歌，希望偉大的音樂天才、音樂劇的鳳凰能大發慈悲，帶著這些貧乏的文字飛向不朽的蒼穹。

韓德爾愣住了，彷彿被不祥的東西觸碰了一下，心想：「詹寧斯居然敢嘲諷我這個行屍走肉。」他馬上撕爛那封信，揑成一團扔到地上，還踩了一腳。「流氓！卑鄙的小人！」他咆哮道。這個愚蠢的傢伙戳到韓德爾內心深處的傷口，揪出他不願面對的苦痛。

他憤恨不已，並吹滅燭光，跌跌撞撞走入臥室，倒到床上，淚水從眼角湧出，身體不斷顫抖，令他快要暈厥。這是怎樣的世界啊！遭遇劫難、受苦的人還要被嘲笑、被折磨！他心已封閉，力量已消失，為何還召喚他去創作？他的靈魂已麻木，身體疲憊不堪，根本無能去完成作品。還不如馬上睡一覺，像小動物那樣沉睡，就能忘卻俗世，避開眾人的眼光！

於是，這個迷茫和失落的男人沉重地躺到床上去。

但是，他輾轉無眠。猶如大海被強風吹拂，他忿忿不平，內心感到不平靜，既煩悶又莫名其妙。他翻來覆去，神智反而越來越清醒了，心想，也許該起床仔細讀一下文稿。

不，他都走在死亡的路上了，文字還有什麼意義、還能安慰人心嗎？反正上帝讓他跌落深淵，截斷了他神聖的生命之源！

然而，他體內依然有一股神祕的力量在湧動，在好奇心的驅使下，他沒辦法抗拒誘惑。韓德爾起身走回工作室，帶著興奮而激動的心情，用顫抖的雙手點亮燭火。他能從癱瘓中復原，不就是靠著神蹟嗎？上帝應該會賜予神奇的力量，以治癒和安慰眾人的靈魂。韓德爾把燭光移向稿紙，首頁上寫著：《彌賽亞》。

神作誕生

「哦，又是一部清唱劇！」他心想，但最近幾部都失敗了。他的情緒還沒平靜下來，於是翻開書頁開始閱讀。

然而，開頭的字句就讓他激動興奮起來：「你們要安慰，安慰我的百姓」。這個句子就像是魔法，不，這是上帝在回應世人。天使從陰雲籠罩的天空降落人間，直達他沮喪的心。「安慰百姓！」這句歌詞多美妙，能喚醒受驚的心靈，讓人恢復創造力。韓德爾還沒有仔細讀完並感受整體的意境，就已聽到這些歌詞的曲調；它們在聲樂家的各種音色中飄蕩、呼喚、咆哮、流動。「多麼幸運啊！」心門已被打開，他覺得又聽得見音樂了！

他一頁頁翻著文稿，雙手不停地顫抖。是的，他被喚醒、被召喚了，每一行歌詞都擊中他的內心，令他無法抗拒。「耶和華說！」這不正是對他的啟示嗎？那雙手曾把他打倒，又仁慈地扶他起來。「他必要潔淨。」是的，這已在他身上發生了：心中的陰鬱一掃而空。這聲音猶如一片光明，使心靈如冰晶般純潔。

韓德爾心想，唯有上帝才能如此瞭解他的困境，還讓詹寧斯的羽毛筆寫出激昂的文字，否則這位來自格普薩爾（Gopsall）的可憐詩人，其實一點才華也沒有。

「將供物獻給耶和華」，是的，人們內心燃起獻祭的火焰，並直衝上蒼，以回應祂莊嚴的召喚。「你當竭力揚聲，不要懼怕」，這是專門對韓德爾說的，所以他要用震耳欲聾的長號、咆哮的合唱以及雷鳴的管風琴來傳播聖意。如同神在創世第一天的啟示，這些話是多麼神聖而有力，能喚醒世人的靈魂，包括還在黑暗中絕望地行走的人。但事實上，「看哪！黑暗遮蓋大地」，人們還不知道救贖的福佑已到來，而此刻他已感受到了。

韓德爾接著讀到「祂名稱為奇妙、策士、全能的神、永在的父、和平的君」，這完美的感恩與呼喊，讓他激動萬分、心中充滿音樂。是的，應該讚美那位神力無窮、會救苦救難的上帝；他茫然失措的心，因而變得寧靜。

「有主的使者站在他們旁邊」，是的，帶有銀色翅膀的天使降落到房間裡，觸碰他的傷口、帶來了救贖。為了表達感激，我們只能發自內心地歡呼、歌唱、讚美祂，「在至高之處榮耀歸與神」。

韓德爾低頭看著文稿，彷彿置身於激流中，所有的困倦都被拋到九霄雲外。他從未感受到這樣豐沛的精力，體內還激蕩著強烈的創造欲。歌詞像一道溫暖和救贖的光，不斷地照耀著他，每個字都擊中他的心。那是神的懇求，要讓他得到解脫！

「應當大大喜樂」，開場是多麼熱情啊！他不由自主地抬起頭，張開雙臂。「祂是公義的、並且施行拯救」，是的，韓德爾要見證這一點。從未有凡人像他一樣，在世人面前高高抬起他的見證，猶如一塊閃光的豐碑。

「哈利路亞」的無限力量

遭遇許多不幸的人，才會懂得什麼是真正的快樂；經過考驗的人，才會懂得神最後一次的赦免有多仁慈。韓德爾必須向人們證明，在瀕死之境仍有重生的機會。「他被藐視、被人厭棄」令他想起不幸的回憶，因此配上深沉而壓抑的旋律。

世人以為擊敗他、將他活埋了，還用譏諷追殺他。「凡看見我的都嗤笑我……我指望有人安慰、卻找不著一個」，在他無助的時候，沒有人前來幫助、給他安慰。但是他相信主，「不將我的靈魂撇在陰間」，這是多麼神奇的力量啊！上帝沒有將這個受縛、無影的靈魂留在絕望的墳墓中，留在無助的地獄中。

上帝再次召喚他，要他把喜悅的訊息傳遞給世人。「你們要抬起頭來」，這偉大而響亮的命令從他的內心中迸發出來！他顫抖了一下，因為讀到可憐的詹寧斯所寫下的句子：「主發命令」。

韓德爾的呼吸變急促了。真理不經意地透過凡人的嘴唱出來，上帝從天上賜予他這句話。「主發命令。」這是上帝的文字、聲音和恩典，必須回到上帝那裡。內心滾滾洪流，全都向著上帝。唱出讚頌神的歌，是創作者的欲望，也是責任：

啊，我一定要發揮這個詞的力量，讓它昇華和迴盪，還要讓它膨脹起來，如同世界一樣寬廣無垠。我要它接受所有生命的歡呼，讓它如同上帝一樣偉大。文字是死板的、有一天會消失，但在華美和無限的熱忱中，就會成為永恆！

看吧！詩人寫下文句，作曲家配上音樂，眾人就可以用各種方式傳唱它：「哈利路亞！哈利路亞！哈利路亞！」

是的，地球上所有的聲音都要聚攏在一起，無論是高亢與低沉，堅定的男聲或柔順的女聲。樂音要飽滿、高昂而多變；在有節奏的合唱中分分合合，在旋律中上升和下滑；在小提琴的弦音中平靜流出；在管樂的急促吹奏下激勵人心；在管風琴的聲響中有力地咆哮：「哈利路亞！哈利路亞！哈利路亞！」

懷著感恩的心，他要創造讚美生命的頌歌，它將從地球冉冉上升，回到宇宙的創造者那裡！

淚水灌滿韓德爾的雙眼，他是多麼熱血沸騰。清唱劇的第三部分還沒讀完，但在這「哈利路亞」後，他想先暫停一下。這個由母音構成的讚美聲不斷地膨脹和延伸，塞滿他的心靈。它像滾滾火焰，讓人感到疼痛；它想要奔騰、洶湧而出。這歡呼聲從他心裡迸發出來，亟欲上升、回到蒼穹中。

韓德爾迅疾地拿起羽毛筆，音符像著魔似地在樂譜上一一浮現。他不能停止，彷彿一艘被狂風吹動的船，不斷在海上狂奔。四周只有沉默而潮濕的黑夜，它無聲地籠罩在大城市的上空。但是，他的內心無限光明，無聲的宇宙音樂在房間裡咆哮。

狂熱的二十一天

第二天早上，僕人小心翼翼地走進房間時，韓德爾還坐在書桌旁奮筆疾書。助手施密特怯生生地問：「有需要謄寫什麼嗎？」他沒有回答，只有發出沉悶和令人生畏的嘟囔聲。沒有人敢再去打擾他。

在接下來的三個星期，他沒有離開過這個房間。餐點送上來時，他迅速地用左手掰下幾塊麵包，而右手依然不停地寫著。韓德爾沉醉在自己的世界，一刻也不想離開。他有時會站起身，在房間裡來回走動，打拍子大聲唱歌，眼神如瘋人一樣。有人跟他說話時，他會猛然驚醒，含糊地隨便答話。

在這些日子裡，僕人過得比較辛苦。債主不時上門討錢；聲樂家也會前來求取節日表演用的獨唱曲。偶爾會有宮廷的信使來發送邀請函。僕人只好回絕所有訪客。這位著魔於工作的人聽不進任何一個字，只要有人敢去打擾，就等著聽見猛獅般的怒吼。

韓德爾失去了時間概念，分不清晝與夜；他生活在奇特的時空中，以節奏和節拍度日。這部作品越來越接近神聖的湍急水域，他身體裡那一股瘋狂、洶湧的源泉推著他不斷向前。他囚禁在自己打造的地牢中，只是不斷跺腳、打拍子。他唱歌、彈奏大鍵琴，然後坐下來寫，不停地寫，連手指都開始疼痛。他從未爆發出如此強大的創造力，也從未用這種方式工作，並承受這樣巨大的煎熬。不管在今日或未來，都不會再有如此驚人的創作歷程。

終於，差不多三周後，作品在九月十四日完成了。原本枯燥而單薄的歌詞，變成了永不凋謝的動人樂曲。曾經癱瘓的身體如奇蹟般地復活，靈魂被點燃後，展現了無限的意志力。

樂譜寫好、試彈後，現在樂曲有了結構，會在重重疊疊的旋律中走向高潮，但只差最後一個詞「阿門」。韓德爾要透過這兩個急促的音節，築起通往天堂的有聲階梯。在合唱的段落中，各個聲部輪流唱出這個詞；這兩個音節還不斷被延長、分解，又在激情中融合。他的熱情如同上帝的呼吸，傾注到樂曲的尾聲，讓它如宇宙般寬廣而充實，讓聽眾莊嚴地禱告起來。

這最後一個詞不願離開他，他也不輕易放棄它。他要用最這原始的母音「阿」來震撼人心，接著用「阿門」譜寫宏偉的賦格，築起一座浩蕩和華麗的教堂，塔尖抵達天堂，然後迴旋、再次上升。最終，在管風琴的暴風雨中，各聲部匯集成巨大的力量，再一次向上推進「阿門」，讓它迴盪在整個空間。在這感恩、永恆的讚美歌聲中，天使也彷彿在唱和，讓教堂尖頂的木梁幾乎震裂。

韓德爾費力地站起來，羽毛筆從手中落下。他不知道自己身處何方，他看不見、聽不見周圍的事物，只感到疲倦、崩潰。他的身體搖搖晃晃，扶著牆才能站穩。他耗盡最後一點力氣，身體過度疲勞，思緒非常混亂。他像盲人般摸著牆前進，接著一頭倒在床上，隨即如死去一樣睡著了。

上午這段時間裡，僕人曾三次悄悄打開房門。大師還在睡覺，一動不動，那緊鎖的臉像石像一樣蒼白。中午，僕人刻意大聲咳嗽、用力敲門，試圖把他叫醒。但是，任何聲響和談話都無法滲入那深不可測的熟睡中。下午，施密特過來幫忙，但韓德爾還是如石像般睡著。他彎下腰仔細觀察，覺得大師像犧牲在戰場上的英雄，躺在那裡一動也不動。韓德爾完成了不可思議的壯舉，但被困倦深深地打敗了。

恢復活力

但是，施密特和僕人不知道大師已取得莫大的勝利，只有感到驚恐和害怕。韓德爾一動不動地睡了那麼久，會不會像上次那樣，再一次被中風擊垮。到了晚上，他們使勁地搖晃韓德爾，他還是不願醒來。他整整躺了十七個小時了，施密特只好再去找詹金斯醫生，但後者在那宜人的傍晚時分去泰晤士河釣魚了。

施密特花了一點時間才找到詹金斯，但當下醫生不太高興，覺得自己被打擾了。但一聽說是韓德爾的事，他便立刻收起釣魚竿和魚簍，又花了一點時間去取手術器材，以便在危急時刻能放血。終於，馬車噠噠地載著他們兩個人回到布魯克街。

一到目的地，僕人卻站在門口，並揮動雙臂迎接他們。「他起床啦，」他隔著街高喊：「他現在的食量可比六個搬運工。他一下子吞掉半隻約克郡的火腿，我還倒了四品脫的啤酒，但他還想吃更多的東西。」

果不其然，韓德爾像「豌豆國王」那樣，坐在堆滿食物的桌子前。他用了一天一夜把三個星期的睡眠補了回來。此時，對這位高大的音樂家來說，他全部的樂趣和精力都花在吃喝上，想要馬上補回這三星期以來為了創作所耗盡的能量。醫生還沒進門，就聽到大師開懷大笑，這巨大、浮誇又如雷般的笑聲，在屋內盤旋久久不散。

施密特還記得，這三個星期以來，韓德爾的表情只有緊張和憤怒，不曾有過一絲微笑。可是現在，他內心所深藏的快樂本性突然爆發了，猶如咆哮的潮汐一般衝向岩石、泛起浪花，拍打出滾滾巨響。韓德爾從未如此發自內心地大笑，當他看見醫生時，非常明確地意識到自己徹底康復了。生命的動力在他的身體中四竄。他舉起酒杯，問候那位穿著黑色大衣的客人。詹金斯醫生驚嘆：「哪個傢伙叫我來的！你怎麼了？看來是喝了長生不老湯，生命力才如此旺盛！你身體看來有變化了。」

韓德爾笑了，眼神充滿光芒。然後，他嚴肅變得嚴肅些。他慢慢站起身，走到大鍵琴旁坐下，雙手淩空，然後轉過身詭異地笑了笑。他說著說著，輕聲地哼起詠嘆調的旋律：「我如今把一件奧祕的事告訴你們。」（這也是《彌賽亞》的歌詞）。在這種詼諧的氣氛中，表演開始了。

他的手指一碰到琴鍵，就被旋律帶著走了。彈奏時，韓德爾忘記自己和周圍人的存在，只有音樂的潮流奮力推動著他。頃刻間，他又置身於作品中。他唱著，彈奏出在夢境中構思完成的最後大合唱，他第一次在清醒狀態下聽見它們：「死阿！你得勝的權勢在那裡。」此刻他的身心正燃燒著生命的熱火，他提高音調，好像自己就是合唱團的一員。他繼續彈奏，唱到「阿門，阿門，阿門」時，屋子彷彿要被歌聲震塌。他如此專注，將自己的全部力量投入到音樂中去。

詹金斯醫生呆呆地站在一旁，韓德爾終於起身時，醫生覺得應該說些什麼，於是尷尬而佩服地說：「天哪，我從來沒有聽過這樣的音樂，好像你身體裡有個魔鬼。」但韓德爾的臉色卻沉了下來，其實他對於這部作品以及在夢中得到啟示，也感到很驚訝。他不好意思地轉過身來，用別人都聽不見的聲音說：「我更相信上帝與我在一起。」

在都柏林的首演

幾個月後，兩位穿著得體的先生來到都柏林阿貝爾街的一間公寓，這裡住著來自倫敦的貴客——音樂大師韓德爾，而這是他租賃的住處。他們恭敬地向韓德爾提出請求。這幾個月以來，愛爾蘭首都的人民都感到很快樂，因為大師帶來了他們從未聽過的經典作品。他們現在又聽說，大師還帶來了新創作的清唱劇《彌賽亞》，並準備在這座城市首演。

能比倫敦的人更早欣賞，愛爾蘭的市民感到無比的榮耀。既然這場音樂會如此不凡而卓越，票房收入一定很驚人。眾所周知，大師非常慷慨，因此他們想問一下，是否能將首演的收入捐給他們有幸代表的慈善機構。

韓德爾友善地看著他們。他愛這個城市，也在這裡感受到愛；他的心被打動了。他樂於接受這個建議，於是笑著說，是否能先告知，收入將捐給哪個機構，有什麼用途。「幫助多個監獄裡的囚犯。」首先開口的白髮先生態度很親切。「還有默瑟醫院（Mercer's Hospital）的病人。」另外一位先生補充道，當然，捐贈的金額只佔首演的部分收益，其餘還是歸大師自己所有。

然而，韓德爾表示反對。「不，」他輕聲說：「這次表演我不收錢。我永遠不會靠它來賺錢，決不！這是我虧欠大家的。這些收入應該屬於病人和囚犯。我自己也曾是病人，創作這部作品，我才得以康復。我也是被囚禁的人，而這部作品讓我解脫。」

這兩位先生敬仰地望著他，顯然有些吃驚。他們一時沒有意會過來，但稍後就帶著感激的心情，鞠躬告別。接著他們把這美好的消息帶到都柏林各處。

一七四二年四月七日，最後一次彩排的日子到了。首批觀眾是兩個教會合唱團的家屬，人數並不多。為了節省經費，音樂廳裡只有微弱的光線，零零散散的民眾前來欣賞大師的新作品（他可是從倫敦來的）。空蕩蕩的長椅上坐沒幾個人，寬敞的大廳裡，瀰漫著昏暗和陰冷的氣氛。但是，當合唱的歌聲一響起，現場氣氛就突然高漲，猶如浩蕩的瀑布直瀉而下。

此時，有個奇特的現象發生了，每一位觀眾都感覺到，雖然他們從未聽過這部作品，但它如此強大而有力，彷彿要將自己淹沒、沖走。於是，長椅上四散的觀眾不由自主地擠在一起，形成黑壓壓的小團體，並讚嘆這部傑作。他們越擠越近，彷彿要虔誠地結合在一起，以同一顆心來傾聽、體會何謂「信心」。這個詞不斷變換音調，從層層、疊疊交織的旋律中，向觀眾洶湧撲來。

面對這種原始的力量，每個人都能體會到自己有多單薄，但被它攫住、衝撞，也會感到幸福。那陣快感穿過觀眾的身體，全身上下都被觸及。「哈利路亞」第一次震響時，有個聽眾不由自主地站了起來，所有人也跟著離開座位。他們被這巨大的力量抓住了，無法再緊貼地坐在一起，只能站起來，才能更靠近上帝一吋，虔誠地將敬畏之心交給祂。

表演結束後，他們挨家挨戶去宣傳：「人間從未有過這樣偉大的音樂作品！它終於出現了。」在懸念和喜悅中，其他市民興奮地期待它正式公演。

六天之後，四月十三日的晚上，音樂廳的大門前人山人海。為了容納更多的觀眾，女士們沒有穿裙撐，紳士們也沒有帶佩劍。史無前例，七百個人濟濟一堂，看來這部作品的好評價提前擴散了。

音樂一開始，觀眾的呼吸聲都消失了，全都肅穆地在聆聽。突然，颶風般猛烈的合唱直衝而來，所有人的心臟開始顫抖。韓德爾站在管風琴旁，他本想親自監督，但是作品卻從他的身上掙脫了。他也暈頭轉向，其作品變得好陌生，好像從未聽到、創造和修改過它。他內心再次隨著音樂的巨流激蕩起來。結尾的「阿門」開始時，他突然不知不覺地張開了嘴，與合唱團一起唱起來，彷彿此生從未開口唱歌。

觀眾的歡呼聲響徹大廳時，他卻悄悄地離開了。此時，他不打算向滿場的觀眾致意，而是想感謝給予他這部作品的上帝。

神劇大師的告別

閘門自行開啟了，音樂之泉又年復一年噴湧而出。此刻，沒有什麼事能擊敗韓德爾、壓垮這位重生的大師。雖然他創建的倫敦歌劇院又一次破產，債主們又來逼債，但現在他重新站起。

撐過所有的逆境，這位六十歲的人立下里程碑，毫無顧慮地走在自己的路上。雖然世俗的困難接踵而來，但他知道該如何克服、戰勝它。只是年歲正漸漸挖走他的力量；手臂開始麻木，雙腿由於痛風而時常痙攣。但是，他內心不知疲倦，繼續不斷地工作。他在創作神劇《耶弗他》的時候，視力也出現了問題，最終不幸失明了。不過，就如同貝多芬失聰一樣，韓德爾也沒有因此中斷工作。他不知勞累，也不怕挑戰；他在人間的成就愈來愈輝煌時，在上帝面前卻更加謙卑了。

所有認真、嚴謹的藝術家都不愛讚美自己的作品，韓德爾也是。但除了一部他情有獨鍾的作品，那就是《彌賽亞》。他很感激這部作品，因為它從地獄中解救了自己，可說是上天的救贖。多年來，倫敦的劇院持續上演這部作品。為了讓醫院幫助更多病人，為了解救身陷絕境的人，每次演出他都捐出全部收入——五百英鎊。這部作品帶他走出黑帝斯的冥府，他甚至想用它來告別世界。

一七五九年四月六日，七十四歲的韓德爾重病纏身，眾人再次帶他到柯芬園的皇家歌劇院。這位失明的高大男人站在舞臺上，夾在他的弟子、音樂家和聲樂家之間。他無神無光的雙眼看不見他們。歌聲如波浪一樣，洶湧澎湃地滾滾而來。沒過多久，數百個肯定的歡呼聲如狂風暴雨一般襲來。這時，他疲憊的表情又開朗了。他揮動手臂打著拍子，嚴肅而虔誠地唱著。他就像牧師，正站在自己的靈柩前面，與大家一起祈禱，願所有人得到救贖。當小號隨著「因號筒要響」的呼聲而明亮響起時，他渾身震顫，用呆滯的雙眼向上望去，彷彿準備好接受末日的審判。他知道，他的人生就像一部作品，已圓滿完成了。他能夠昂首走向上帝了。

表演結束後，朋友們深受感動，並將盲人送回家中。他們也感覺到，這次演出像一場告別式。在床上，他微微地翕動嘴唇，喃喃自語說，他想在耶穌受難日死去。醫生們很吃驚，也沒有聽懂他的意思，因為他們不知道這年的耶穌受難日是四月十三日。就是這一天，有一雙沉重的手把他打倒；就是這一天，《彌賽亞》第一次在世上公演。就是這一天，他曾經死寂的身心靈又復活了。就是這一天，為了確定重生後的自己將走到永生，他準備死去。

事實上，這獨特的意志力不僅啟動他的生命，也掌握著死亡。在四月十三日這一天，韓德爾失去了所有的力量。他看不見，也聽不到，巨大的身體躺在褥子上一動不動，像個無力而沉重的軀殼。然而，正如空的貝殼會鳴響出濤聲，他的身體裡也迴響無聲的音樂，那樂音他從未聽過，但又如此輝煌。那急切的音樂迅速成形，靈魂從他無力的身體中剝離，接著被高高舉起，呈現出失重的狀態。至此，永恆的聲音匯入無限的空間中。第二天，黃水仙還沒有甦醒，韓德爾那即將腐敗的軀殼，終於走向了死亡。

04

那一夜，我寫了《馬賽曲》

被遺忘的音樂家李爾

關鍵時刻

▼

一七九二年四月二十五日

法國大革命戰爭的前夕

一七九二年的年初，法國國民立法議會一直猶豫不決，該向反法同盟宣戰，還是提出和平協議？路易十六自己也舉棋不定，他有預感，法國共和派打勝仗的話，王室的權力一定不保；法國打敗仗的話，國家又岌岌可危。

各黨派也躊躇不決。吉倫特派（編按：主要為工商業界的議員）要求開打，以維護議會的勢力；羅伯斯庇爾和雅各賓派（編按：主要為有左派思想的知識分子）則想跟各國坐下來談，目的也是要獲取權力。形勢日趨緊張，報章雜誌上一片喧嘩，俱樂部裡爭論不休，謠言越來越失控，民眾每日都在激辯。此時，一個關鍵的決定就能擺平紛爭：法國國王在四月十二日決定對奧地利皇帝和普魯士國王宣戰。

在這幾個星期裡，巴黎的上空彷彿籠罩著沉重和令人不安的雷電。這種不安的氣氛在邊境城市更加濃厚，民眾既壓抑又恐慌。部隊在野外營地集結，各個村莊、城市的志願者和國民自衛隊都武裝起來，堡壘也正在修復。

首當其衝的是阿爾薩斯地區，人們都知道，如同以往那樣，第一個決定性的衝突將會發生在法德交界的這土地上；敵對陣營在萊茵河兩岸對望。巴黎的氣氛就不同了，宣戰只是模糊又帶著激情的口號。在阿爾薩斯，人民在各方面都能感受到戰爭的氛圍。只要登上強化的橋頭堡和大教堂的塔樓，就能用肉眼確切看到正在逼近的普魯士軍團。夜晚，月光在河面上無動於衷地閃爍，然而風卻越過河面，傳來敵人砲兵團的聲響：移動的車隊、錚錚作響的武器和號角聲。所有人都知道，只要一聲令下，普魯士那沉默的加農砲就會發出雷鳴般的砲聲和閃電般的火光。法國與德國間一千年來不斷上演的戰爭將再一次爆發。唯一不同的是：這一次，一方要爭取新自由，另一方則決意捍衛舊秩序。

一七九二年四月二十五日是個不尋常的日子，宣戰的消息從巴黎傳到了斯特拉斯堡。民眾立刻走出家門，從大街小巷湧向大廣場，各個軍團做好了戰鬥準備，準備接受最後一次閱兵。廣場上，德特里希（Philippe Friedrich Dietrich）市長身披三色綬帶，揮動一頂鑲著法國大革命徽章的帽子，向經過的士兵致意。號角和戰鼓的聲音提醒人們安靜下來。

德特里希發出洪亮的聲音，用法語和德語，向各區而來的人民宣讀戰爭宣言。當他讀完最後一句，軍樂隊便演奏起第一首革命戰爭的歌曲〈啊！一切都將順利〉。這本來是首詼諧的舞曲，輕鬆又歡快，不過，隨著鏗鏘、雷鳴般的行軍步伐，它的節奏就像軍歌了。

人群散去後，把內心被激發的熱情傳遍大街小巷、千家萬戶。在咖啡館、俱樂部裡，演講者都在鼓舞大家的情緒，還有不少人在分發傳單。「拿起武器吧！諸位公民。戰旗在飄揚！信號已發出！」他們用這樣的口號號召群眾。「拿起武器，諸位公民！讓高位上的暴君顫抖！行動起來，自由的孩子！」這樣的號召在各種場合不斷傳送，包括演講、報紙、海報，還有每個人的嘴裡。每當這個強大而有節奏的口號出現時，人們總是激動、熱情地歡呼起來。

成千上萬的人聚集在街道和廣場上，為了開戰而歡呼。然而，在這一刻，也會有些微弱、非主流的聲音出現，恐懼和擔憂隨之而來。人們在小酒館裡竊竊私語，或閉上蒼白的嘴唇保持沉默。

母親們總是安慰自己：「但願外國的士兵不會殺死我的孩子。」農民則擔心自己的財產不保，包括農田、房屋、牲畜和收成。他們擔心農地被踐踏，房舍被殘暴的野蠻人掠奪，鮮血變成灌溉的肥料。

無意間接下任務的年輕音樂家

當時，法國優秀的貴族們都全心全意投入到這場爭取自由的大業中，斯特拉斯堡的市長德特里希也不例外。他渴望聽見高昂和充滿信心的聲音，於是刻意地將宣戰這一天轉變為節日和慶典。為了鼓舞民眾，他胸前佩戴綬帶，並從一個集會迅速趕到另一個集會。

德特里希下令，出征的戰士都能分配到葡萄酒和食物。晚上，他又召集各級軍官和政府官員到布羅伊廣場（Place Broglie）附近，他要在自己寬敞的家中舉辦餞行宴。一開場眾人就熱血沸騰，彷彿在慶祝勝利。勝券在握的將軍們成了宴會的主角。年輕的軍官們也很興奮，因為人生的意義將在戰爭中實現，紛紛暢所欲言、互相鼓勵。眾人揮舞佩劍，互相擁抱、敬酒，激情滿懷地高舉酒杯、發表演說。就像在報刊上和街頭宣講的場合，鼓舞人心的言辭再度出現：

拿起武器，公民！我們出發吧！準備前去拯救國家！位居高位的暴君很快就會發抖。勝利的旗幟在飄揚，這一天終於到來，讓三色旗席捲世界吧！每個人都要盡其所能，為法王、國旗和自由爭取榮譽！

在這樣的時刻，憑著必勝的信念和對自由大業的熱忱，民族和國家融為神聖的共同體。

突然，在熱鬧的交談和敬酒氣氛中，德特里希市長轉向身邊那位名叫魯日的年輕人，他是城防部隊的上尉。市長還記得，半年前，為了宣揚一七九一年的新憲法，這位和善、相貌平平但親切友善的軍官，寫了出色的頌歌來讚美自由精神。當時軍樂隊的普萊耶爾（Ignaz Pleyel）還馬上幫忙譜曲。事實證明，這是一首琅琅上口的歌曲，軍樂隊常拿來演奏，人們也在公開場合一同傳唱。市長心想，現在是舉辦出征儀式的好時機。

上尉的全名是魯日・德・李爾（Rouget de Lisle），不過「德」這個貴族頭銜，並沒有人授權，是他自己加上去的。德特里希市長隨口問了魯日上尉，民眾的愛國情操正在燃起，是否能為出征的部隊寫點什麼。萊茵軍明天就要跟敵人決戰，最好能有一首戰歌。市長說話的口氣就好像請好朋友幫個忙。

魯日是個謙虛的普通人，從不認為自己是偉大的作曲家，詩歌從未發表，歌劇也老是被退回。但他知道，自己很擅長即興創作，靈感總能從羽毛筆尖流出。為了讓高官和好朋友高興，他欣然答應了。是的，他願意試試。

「好樣的，魯日。」對面的那位將軍舉杯致意，也同時提醒他，這首歌應立即送往前線：萊茵軍此刻需要的，就是能鼓舞愛國士氣的進行曲。說著說著，又有人起身振臂演講，沒多久大家又開始喧嘩起來，互相恭賀和乾杯。此起彼伏的熱情立刻蓋過了市長與上尉的隨興交談。賓客們更加忘我，心情更加高亢而熱烈，當他們一一離開市長家的時候，午夜已過去許久。

對斯特拉斯堡來說，四月二十五日，這激動人心的宣戰之日已結束，四月二十六日也早已開始。黑夜籠罩著城裡的房屋，然而這只是假像，因為市民的內心依然火熱。在軍營中，士兵們還在整備行囊；在關上門的店鋪後面，謹小慎微的人早已偷跑出城。街上還有零星的小部隊在行軍，其間夾雜著通信兵的馬蹄聲。砲兵團的巨大武器鏗鏘地碾過街道，士兵單調的呼喊聲從一個崗哨傳到下一個。敵人已靠近，城市裡的人們既不安又異常興奮，在這決定性的時刻，人人輾轉無眠。

靈光一閃的時刻

魯日也無眠。他從格蘭德街一百二十六號的環形樓梯爬上自己那間簡陋的小居室後，依然感到異常興奮。他沒有忘記自己的承諾，所以會抓緊時間試寫一首進行曲、一首為萊茵軍而作的戰歌。他在狹小的房間裡不安地來回踏步子。開頭怎麼寫？節奏怎樣開始？此刻，所有激勵人心的宣言、演講、祝詞都在他腦海中混作一團。「拿起武器，公民們……我們向前走，自由的孩子們……粉碎暴君……戰旗已飄揚……」與此同時，他也回想起一些無意間聽到的話語，如婦女們的談話，她們為兒子出征而擔心受怕；農夫們擔憂田地會被踐踏、鮮血流滿遍地。在迷迷糊糊的狀態下，他寫下了開頭的兩行，顯然是出自於反覆宣說的口號，它們在他腦海中迴響、不能散去：

前進，祖國的兒女，
榮耀的一天已經來到！

突然，他停頓了一下，心想：「恰到好處，開頭相當可以。」現在只需要找到合適的節奏和旋律。他從櫥櫃中取出了小提琴。「很棒，在開頭幾個小節裡，旋律完美地與歌詞合上了。」他急忙寫下去，現在，有一股力量從身體內部推動、牽引著他。

在這個時刻，民眾紛紛釋放出內心的情感。他在街上和宴會中聽到大家對暴君的憎恨、對家園的擔憂、對勝利的信心和對自由的熱愛。這些詞語匯流到他的腦海中。魯日不需要重新創作、發想，光在今日一天，人們口耳相傳的詞語，就能拿來組合成押韻的句子，植入輕快的旋律以及興奮的節奏中。人們的嘴裡說出、唱出、表明了一切，那就是全民族的心聲。

其實，他根本不需要作曲。此刻，街上的音樂正從關上的百葉窗滲透進來。昂揚的旋律就在士兵的步伐、嘹亮的小號聲以及加農砲車輪的錚錚作響之中。也許，這些不是他透過敏銳的耳朵所聽到的，而是有個天使進到他凡人的身體裡，幫他接收那些訊息。旋律得趕上急劇跳動的興奮節奏，那正是全民的心跳。

魯日快速地記下歌詞和旋律，彷彿有人在一旁口授。他內心充滿激情，而他這平凡的小市民靈魂從未有過這種體驗。狂熱和激情不是從他自身爆發出來的。它們有種神奇的威力，在這獨一無二爆炸性的一秒中凝聚起來，對這位渺小的業餘作曲家來說，自身的力量只是它們的數千萬分之一。他的靈感像火箭一般，閃耀著片刻的光芒和火焰，發射出去、送往星空。

光憑著這一夜的創作，上尉李爾便得以進入不朽者的行列。在街上和報紙上所得來的口號，被組合成富有創意的歌詞，並昇華為永恆的詩歌和旋律：

對祖國神聖的愛，
引導、支撐著我們復仇的手臂，
自由，親愛的自由，
與你的捍衛者一同戰鬥！

然後還有第五段，即最後一段，同樣在激情中一氣呵成；歌詞完美地配上旋律，這首不朽的歌終於在黎明前完成了。魯日熄燈後，倒到床上去。有某樣神祕的東西，讓他感受到從未體驗過的明亮靈感；而現在，又有種未知的東西，為他帶來深深的倦意。他如同死人一樣沉睡著。事實上，他身體中的創作者、詩人、天才已經死了。但是，桌上卻放著一部完成的作品，它脫離了這個熟睡的人；他只是在神聖的醉意中被賦予靈感，進而創造奇蹟。在各國歷史中，沒有一首名曲是如此神速地被創作出來，而歌詞和旋律又如此完美地契合。

發表之初無人關注

一如既往，教堂的鐘聲宣告黎明到來。有時，風會送來萊茵河那邊的槍砲聲，小型的武裝衝突已開始。魯日醒來，仍睡意未盡。他隱約感覺到昨晚有事發生，好像自己做了什麼。突然，他看到桌上新寫的稿子。「詩句？我什麼時候寫的呢？樂譜，我自己的筆跡嗎？什麼時候作的曲？啊，對了，這是一首歌，老朋友德特里希請我為萊茵軍寫進行曲！」

魯日朗誦起詩句，一邊唱出旋律。不過，每位創作者在完成作品後會失去自信，他也一樣。好在隔壁住著一位戰友，於是唱給他聽。朋友聽了很滿意，只提了幾個修改意見。獲得肯定後，魯日獲得了一些自信。這位音樂家迅速地兌現承諾，他既著急又自豪，趕到了市長的家裡。每一天早晨，市長都在他的花園中散步，今天也是，並且在醞釀新的講演稿。

「什麼？已經完成了嗎？好，那我們趕快試唱看看。」兩人走進客廳，德特里希坐到鋼琴上伴奏，魯日唱歌。市長夫人被這意想不到的晨曲吸引而來，並答應兩人的請求，負責謄寫幾份樂譜，夫人也是受過訓練的音樂家，她想補上更多伴奏的細節，今晚在家庭宴會上，朋友們在唱歌助興時，也能一起唱這首歌。市長對自己柔和的男高音很自豪，決定認真學好這首歌。才剛在四月二十六日凌晨創作的這首歌曲，到了晚上，便會在市長沙龍上首次發表；市長還特意挑選觀眾。

眾人們友善地鼓掌了，既然作者在場，當然要禮貌地讚揚一番。在斯特拉斯堡大廣場上，德布羅意酒店的客人們絕對沒料想到，無影的翅膀已將這永恆的旋律從天上送到現實的城市中。同時代的人很少能在第一眼就看到某人或某作品的偉大之處，市長夫人也沒意識到這是充滿驚喜的瞬間，她寫信給弟弟時，只是如實地把這個奇蹟描述成普通的社交活動：

我們都會在家中接待客人，但想要增添新娛樂的話，就得發揮創意。因此，我丈夫有了新點子，他請人隨便寫一首歌。工兵部隊的上尉魯日是個可愛的詩人和作曲家，他很快寫出這首戰歌。我丈夫是優秀的男高音，他立刻表演這首迷人又獨特的歌。這首歌比格魯克寫得還好，既活潑又生動。接下來，我只要用上自己指揮樂團的才華，編排鋼琴和各個樂器的伴奏。我花了許多心力完成後，這個作品在我家首演，賓客都非常滿意。

「賓客都非常滿意。」在我們今天看來，這個評論出乎意料地冷淡。不難理解，當時人們對這作品只有一般的印象和禮貌性的肯定，在第一次演奏中還沒體會到它真正的力量。《馬賽曲》不是為圓潤的男高音譜寫的，也不是為了在資產階級的沙龍中表演，它不是浪漫曲、義大利詠嘆調也不是獨唱曲。這是一首節拍強烈、慷慨激昂的歌曲，是為了向一群人、各個團體發出號召：「公民！拿起武器」。它的伴奏樂器是錚錚作響的武器、震撼的號角和行軍中的大部隊。這不是為了讓聽眾安靜地坐著、舒適地享受音樂，而是為了同志，鼓勵一起上戰場的勇士。它不是專門給女高音或男高音演唱，而是讓成千上萬的人齊聲高唱。它是民族進行曲的典範，也是勝利之歌、悼亡之歌、祖國之歌。

愛國的激情催生了這首歌，也將為它創造鼓舞人心的力量。但這首歌尚未被大眾所知，歌詞和旋律尚未透過共鳴的歌聲傳遞給民眾。軍隊還沒聽過自己的進行曲和勝利之歌；革命團體也不知道這首不朽的讚歌。

一夜間創造奇蹟的魯日本人，也像其他人一樣在狀況外。那一夜，他就像個夢遊者，在偶然降臨的藝術之神引領下，創作出偉大的樂曲。賓客們熱烈地鼓掌，出於禮貌向他表示稱許，這位勇敢和樂於助人的業餘作曲家也由衷地感到高興。懷著小人物的小小虛榮心，他積極地在一些小地方發表他的小小成果。在咖啡館裡，他為同伴們唱這支新旋律，還請人謄寫樂譜，並寄給萊茵軍的將領們。

與此同時，斯特拉斯堡的軍樂隊在市長、將領的命令和建議下排練了《萊茵軍戰歌》。四天後，部隊即將出征，斯特拉斯堡國民自衛隊的軍樂隊在大廣場上演奏了這支新的進行曲。同時，出於愛國之心，當地有位出版商表示願意印製《萊茵軍戰歌》的樂譜；有位軍官也要將此曲獻給盧克納將軍（Nikolaus Luckner）。但是，萊茵軍的將軍們還沒考慮要在行軍時演奏這支旋律簡單的新樂曲，看來，魯日的一切努力，正如市長的沙龍表演一樣，只是一日輝煌、地方上的大事，僅此而已，不久便會被人忘記。

但是，一部作品與生俱來的力量不會被長期埋沒或禁錮。它有時會被社會忘記，也會被禁止和埋葬，但這只是暫時的，富有生命力的作品必將奪得勝利。一個月、兩個月過去了，有關《萊茵軍戰歌》的消息很少。印刷和手抄的樂譜在一些民眾間流傳。但是，事情往往就是這樣，有時只要能打動一個人就足夠了；感動就會激發影響力。

在馬賽點燃起的火花

在法國另一端的馬賽，六月二十二日，「憲法之友俱樂部」正在為即將出征的志願軍舉行宴會。在長餐桌旁坐著五百名亢奮的年輕人，他們身穿嶄新的國民自衛隊制服。如同四月二十五日斯特拉斯堡的勇士們，他們的熱血正在燃燒。馬賽人擁有南方人的性情，所以情緒更加沸騰、激蕩而高昂。

不過，人們不再像剛宣戰時那樣有十足的勝利信心。這些帶著革命精神的法國士兵不同於高談闊論的將軍；他們剛從萊茵河那邊撤回，沿途受到民眾歡迎。此刻，敵人已經深入法國國土，人們安全受到威脅，自由大業處在危難中。

突然，在這宴會中間，有人敲了一下自己的杯子並站起來，他叫米勒（François Mireur），是蒙彼利埃（Montpellier）大學醫學系的學生。所有人都安靜下來並抬頭看著他，猜想他會有一番發言。然而，這位年輕人卻舉起右手，開始唱歌，但那首歌他們都沒聽過，也不知道他從哪裡聽來的。

「來吧，祖國的兒女。」歌聲一出，猶如火花掉進火藥桶，情感與情緒就炸開來。明天即將出征的年輕人，已準備好為自由而戰、為祖國而犧牲。此時此刻他們感覺到，內心最深刻的願望和最真實的想法都表達在歌詞中。他們再也抗拒不了，跟著旋律被拉進狂熱的漩渦中。他們歡唱每個段落，結束時，就高喊：「再唱一遍！再來一次！」這首歌重複唱了好多遍，旋律變成他們的語言。他們同聲歌唱，跟著激動地跳起來、高舉酒杯，高聲地附和彼此。

「拿起武器，公民們！組起你們的隊伍！」好奇的人們從街上擠了進來，想要聽聽大家熱情地在唱什麼歌，然後他們也跟著唱了起來。

第二天，這個旋律已在成千上萬人的口中傳唱。新的樂譜印好後，這些旋律便傳播得更遠。五百名志願兵在七月二日出征時，這首歌也與他們一同行軍。他們在鄉間道路上感到疲勞、步伐變得沉重時，只要有人起音開始唱這首讚歌，鼓舞人心的節奏一響起，全新的動力便再次出現。部隊經過村莊時，農夫們驚訝又好奇地聚在一起，加入戰士們的合唱。

眾人不知道這是為萊茵軍譜寫的歌曲，也不知道創作者是誰、何時完成的，但它已成為大家的歌，不但代表部隊，也是個人的生死告白。這首歌就像他們的戰旗，會跟著激昂的行軍隊伍傳遍世界。

《馬賽曲》：很快地，大家都這樣稱呼魯日創作的這首歌；它在巴黎取得第一個偉大的勝利。七月三十日，馬賽的部隊從郊區進入巴黎，領頭的是戰旗和這首歌。為了隆重地迎接這支部隊，成千上萬的人在街上等待。接著，五百位馬賽士兵出現，節奏一致、踏著步伐唱這首歌。部隊反覆不停地唱著，人群專門聆聽，心想：「馬賽人唱的這首讚歌真是宏偉動聽。號角聲多麼嘹亮啊！」它在咚咚鼓點的伴奏下直擊人心。

「拿起武器，公民們！」兩三個小時後，副歌已在大街小巷響起。那首《啊！會好的》被拋棄了，先前的進行曲都被忘記了；大革命的子民發現自己的聲音，找到了自己的歌曲。

猶如雪崩，勢不可當。人們在宴會、劇院和俱樂部唱這首讚歌。在教堂裡，信徒唱完《讚美頌》之後，也會唱這首歌，甚至很快就取代前者。一兩個月之後，《馬賽曲》已成為人民和軍隊的歌。共和國第一位國防部長賽爾旺查覺到，這首獨特、四處傳唱的歌曲有鼓舞人心的激昂力量，於是他下達緊急命令，請相關單位將十萬份歌本分發到每個戰士手中。三天後，雖然人們還不知道這首歌的作者是誰，但它已經比文學家莫里哀、作家拉辛和伏爾泰的作品流傳得更廣。

從此，法國大小聚會都會以《馬賽曲》結束；每場戰役開啟前，軍樂隊都會演奏這首自由的戰歌。在比利時的熱馬普（Jemappes）戰役、涅爾文登（Neerwinden）戰役中，法國指揮官命令戰士們在發起全面進攻前高唱這首歌。敵方的將軍只有一個古老的方法能鼓舞士氣：喝下雙倍的白蘭地。他們驚愕地發現，我軍無力抵抗這「可怕的」讚歌所帶來的爆炸性力量。成千上萬的人一同時開唱，那洪亮、高昂的聲浪就會湧向敵方部隊。猶如展開翅膀的勝利女神奈姬（Nike），《馬賽曲》飄蕩在法國所有的戰場上，無數人因此捲入激情與死亡中。

創作者的晚年生活

與此同時，在萊茵省于南格（Huningue）一支小駐軍的營房中，卻坐著一位不為人知、負責防禦工事的上尉——魯日，他正一絲不苟地在規劃城牆和壕溝。也許他都不記得，在那已消逝的一七九二年四月二十六日凌晨，他完成了《萊茵軍戰歌》。他在戰報上讀到這首戰歌的消息，才知道它像風暴般征服了巴黎。在這象徵勝利的《馬賽曲》中，他不敢想像，當中每個字、每個節拍都是出自他的手，出自那一夜在他身上出現的奇蹟。

然而命運卻殘酷地捉弄人，這個旋律震響天空、奔向群星，卻沒有捧起那個創作者。在法國沒有人關心魯日上尉，世界各地都是如此，眾人的焦點只落在歌曲，榮譽的光彩沒有一絲投射到創作者身上。他的名字沒有被寫在歌本上，時間之神沒有眷顧他；他自己也不埋怨。畢竟，這首革命之歌的創作者本身並不是革命家。這種精彩的矛盾情節，只有歷史才能創作出來。其他人希望以他的不朽歌曲推進革命的步伐，他卻恰恰相反，想要竭力阻擋革命的浪潮。

馬賽和巴黎的暴民唱著他的歌入侵杜樂麗宮，將國王趕下臺。魯日厭惡革命運動，拒絕向共和國宣誓效忠，寧願放棄工作也不願為雅各賓黨服務。他憎恨世上所有的暴君，更厭惡法國新上臺的執政者和國民議會的獨裁者。對這位正直的男人來說，他在頌歌中所盛讚的「摯愛的自由」不是一句空話。

他的朋友德特里希市長（《馬賽曲》的發起人）、盧克納將軍（這首歌就是獻給他），以及那一晚率先聽到這首歌的軍官和貴族，最後都被雅各賓黨人拖上斷頭臺。他公開對執政的救國委員會（Comité de salut public）表達不滿。不久後，荒唐的事發生了，這位讚頌革命的詩人居然被指控背叛祖國，還被當作反動分子而遭到囚禁。

熱月九日，羅伯斯庇爾倒臺，監獄大門被打開了，法國人才免於恥辱。否則，他們一定會把創作不朽之歌的詩人送上號稱為「國民剃刀」的斷頭臺。

不過，當時他若因此犧牲生命，應該會被後世當成英雄，而免於過著不幸的下半生。在度過人生唯一有創造性的階段後，魯日又活了四十多年，算起來有一萬多個日子。他被迫脫下軍服，退休金也被取消；他寫的詩文、歌劇、文章沒有人要出版，也沒有單位要表演。命運不能原諒這位業餘音樂家，畢竟他沒有被神召喚，就想躋身不朽人物的行列。

這個矮小的男人只能以各樣的小生意來維持生活，而當中有些是非法的。出於同情，拿破崙和他的戰爭部長卡諾（Lazare Carnot）都想幫助他，但都沒有成功。在那個奇蹟的時刻後，魯日像中了毒似的，性格變得更加怪癖。

當年，在整整三個小時中，上帝讓他化身為天才，接著又輕蔑地把他扔回無足輕重的位置。他與所有的當權者爭吵，包括願意幫助他的拿破崙，還寫了好幾封輕狂、激昂的信罵對方。他得意地向眾人表示，自己在選舉時投票反對拿破崙。

他做的生意也不光彩，由於一張空頭支票，他被關進聖彼拉奇的「債務人監獄」。他到處都不受歡迎，被債主追逼，又長年受員警監視，最終不得不躲到外省的某個地方。

他彷彿躲進被拋棄和遺忘的棺材中，只能偷聽自己創作的那首不朽之歌。《馬賽曲》陪伴著戰無不勝的部隊進入歐洲各國；拿破崙當上皇帝後沒多久，就認為這首歌太具革命色彩，而下令自各種節目中刪除。波旁王朝復辟後，乾脆把它列為禁歌。這一切發展，魯日都看在眼裡。

這位充滿怨氣的老人並未料想到的，只有一件事。在一代人之後，一八三〇年的七月，他的歌詞、旋律在巴黎的街壘中恢復了過去的力量，甚至「資產階級國王」路易·菲力普也把他當作詩人，並給他一份微薄的退休金。對這個境況不明和被忘卻的人來說，世人還記得他，就好比是一場夢。

一八三六年，這位七十六歲的老人最終在舒瓦西勒魯瓦（Choisy-le-Roi）去世，沒有人認識他，沒有人知道他的名字。

又過了一代人的時間，直到第一次世界大戰期間，《馬賽曲》早已成為國歌，又在法國前線重新響起。矮小的魯日上尉才受到重視，得以跟上矮小的拿破崙少尉。兩人的遺體被葬到同一個地方，即榮軍院的陵墓。這位創作了不朽之歌的無名作者，終於長眠在代表榮譽的墓園。雖然祖國曾讓他失望，但他終究只是一夜天才罷了。

05

拿破崙始終等不到的援軍

首執兵符就迷航的格魯西元帥

關鍵時刻

▼

一八一五年六月十八日

腹背受敵的拿破崙

命運總是偏袒強者和不可一世者。多少年來，它總是屈從於少數的人：凱撒、亞歷山大大帝、拿破崙。命運讓人捉摸不定，而它也喜歡那些有野性的人物。

但有時（當然這在歷史上非常罕見），命運也會出於某種詭異的理由，將自己拋向無足輕重的人。有時，這會是世界歷史上最驚奇的一刻，天意的繩索會落入平淡無奇的手，並在極其短暫的瞬間裡被當事人所掌握。在這樣的時刻，他們被職責的潮水捲起、被推到英雄的世界舞臺上，但他們不會感到幸運，而是更加畏懼，甚至會在顫抖中設法放走不請自來的命運恩典。很少有人能抓住這個機會奮力向上，與命運並進。因為，偉大的功績只會在一瞬間降臨凡人身上，一旦錯過了，就不會得到第二次恩賜。

各國在一八一四年打敗拿破崙後舉行維也納會議，期間有數不清的舞會、戀情、陰謀和爭執。沒多久，有條消息像顆猛烈的炮彈呼嘯而來。拿破崙這頭被束縛的獅子，從厄爾巴島的牢籠中闖出來。很快，其他消息從各地的驛站接踵而至。拿破崙已佔領里昂、趕走了國王，軍隊甚至舉著狂熱的旗幟倒戈了。他到了巴黎，住進杜樂麗宮；萊比錫戰役等二十年生靈塗炭的戰爭成果從此化為灰燼。

各國部長們前一刻還在互相抱怨，此時此刻猶如被利爪攫住。他們終於肯團結起來，並緊急召集英國、普魯士、奧地利和俄羅斯等聯軍。他們希望能再次聯合起來，徹底打敗這個奪權者。歐洲的皇帝和國王們從未如此驚慌失措。英國的威靈頓公爵（Duke of Wellington）從北邊逼近法國，普魯士的布呂歇爾（Gebhard von Blücher）將軍則由側面推進，奧地利的施瓦岑貝格（Fürst zu Schwarzenberg）親王在萊茵河畔備戰，而作為後備軍的俄羅斯軍隊正辛苦而緩慢地穿越東歐。

拿破崙一下子就發現到這致命的危機。他沒有時間袖手看著各國的獵犬聚集起來，他必須破壞他們的聯合計畫。普魯士人、英國人、奧地利人將匯流成歐洲大軍，進而毀滅他的王國。他得先設法各個擊破，因此必須抓緊時間，否則人民的不滿情緒就會重新燃起。共和黨人正在壯大勢力，並與保王黨結盟，一同奪下大權。

同時，殘暴的前警政部長富歇（Joseph Fouché）與保守的前外交大臣塔列朗（Charles de Talleyrand-Périgord）即將結盟，並從拿破崙的背後捅上一刀。拿破崙得趕緊班師凱旋。富歇善於狡辯又難以捉摸，此時塔列朗與他沆瀣一氣。拿破崙必須善用情緒激昂的軍隊，一鼓作氣擊垮敵人。每一天的等待都是損失，每一個小時的猶豫都很危險。

法軍陣內已無大將

於是，拿破崙匆忙將骰子擲向歐洲最血腥的戰場——比利時。六月十五日凌晨，拿破崙大軍（這是他唯一的部隊）的先頭部隊跨過國境進入比利時。十六日，他們在利尼（Ligny）擊敗普魯士軍；出逃的獅子第一次伸出利爪。此次出擊雖然兇猛，但並未置人於死地。普魯士軍被擊敗，但未被消滅，他們撤退到布魯塞爾了。

於是拿破崙準備發起第二次進攻，去打擊威靈頓。敵軍每一天都有增援部隊前來，但在拿破崙身後，不安的法國人民已流乾鮮血。他必須用捷報的烈酒來灌醉人民，所以他不允許自己喘口氣，以給敵人喘息之機。

十七日，他率領部隊行軍到布拉高地，如鋼鐵般冷靜又堅強的威靈頓固守在這裡。拿破崙的布局從未如此謹慎，他的軍事命令也從未比這一天更加明確。他不但要想出主攻方案，還要估算到風險。布呂歇爾雖然被擊退了，但卻沒有被消滅，因此可能會與威靈頓會合。為了防止此事發生，他得分出一部分兵力去跟蹤、追擊普魯士軍，以阻止後者與英國人會合。

拿破崙把追擊普魯士軍的任務交給格魯希（Emmanuel de Grouchy）元帥。格魯希身高中等，多次戰事已證明，他是誠實、正直、勇敢又可靠的騎兵統帥，但能力已到極限。相比之下，繆拉（Joachim Murat）是熱血、瘋狂又勇敢的騎兵；聖西爾（Laurent de Gouvion Saint-Cyr）和貝爾蒂埃（Louis Alexandre Berthier）足智多謀；內伊（Michel Ney）有過人的英雄氣概。格魯希並非威風凜凜的勇士，也沒有神話般的傳說。在拿破崙那些傳奇英雄的世界中，格魯希沒有獨到之處，無法贏得名譽和一席之地；他之所以會聞名於世，全起於他所遭遇的不幸和厄運。

二十年來，格魯希身經百戰，從西班牙到俄羅斯、從荷蘭到義大利，他步步高升，現在已有元帥軍銜。雖然這是他應得的，但他並沒有做出什麼特殊的貢獻，而他的前輩將領卻一一殞命。德賽（Louis Desaix）在馬倫哥（Marengo）戰役中死於奧地利人的槍下；克萊貝爾（Jean Baptiste Kléber）在開羅遇刺；拉納（Jean Lannes）在瓦格拉姆（Wagram）戰役被砲彈擊中。由此可見，他能獲取最高的軍銜，不是靠自己所打下的基礎，而是二十年來在戰場上所犧牲的將士。

拿破崙也很清楚，格魯希沒有英雄氣概，也不是軍事天才，他只有可靠、忠誠、勇敢、冷靜等優點。但是，拿破崙的元帥們一半已在黃泉之下，另外一些人厭倦了餐風露宿，於是心灰意冷地隱居在自己的莊園。無奈之下，拿破崙只能將這決定性的任務託付給這個沒有才華的將領。

格魯希獨挑大樑

六月十七日，法軍在利尼獲得勝利後的隔天，也是滑鐵盧戰役的前一天，上午十一時，拿破崙首次授予格魯希元帥獨立的指揮權。就在這一天的這一瞬間，謙遜的格魯希不再是單純服從命令的軍人，而是成為影響世界歷史的要角。在這一瞬間，這關鍵的一瞬間，拿破崙的命令很明確：在法軍攻打英軍時，格魯希應帶領三分之一的兵力追擊普魯士軍。這看起來是簡單的任務，直接而明確。不過，它也如同一把富有彈性的雙刃劍，格魯希接受追趕任務時，拿破崙還要求他與大部隊保持聯繫。

格魯希躊躇地接受了命令。他不善於獨立行事，缺乏主動性，唯有依靠皇帝的才華與指揮，他才有安全感。他也感覺到手下將領對他有所不滿，也許命運的翅膀在暗中拍打著他。當然，幸好總指揮部就在附近，只要三小時的急行軍，就能趕回皇帝身邊。

天空下著傾盆大雨，格魯希告別了。士兵們在泥濘的土地上緩慢地追趕普魯士軍，朝著他們認為布呂歇爾所在的方位。

北方的雨傾盆而下。拿破崙的軍隊彷彿一群被淋濕的羊，在黑暗中辛苦而緩慢地前進，每個人的鞋底至少有五公斤的淤泥和髒物。無房無頂，無處安身，乾草垛就像吸足水的海綿，人根本不能躺在上面。士兵只好十幾個人擠在一起，他們在瓢潑大雨中背靠背坐直了睡覺。皇帝也難以入眠，焦躁緊張的情緒讓他坐立不安。由於天氣的緣故，偵察兵們看不清狀況，報告也十分含糊。此時，拿破崙還不知道威靈頓是否會迎戰，格魯希也沒有傳來普魯士軍的消息。

深夜一點，拿破崙不顧急驟的暴雨，沿著戰線走，一直走到英軍加農砲射程範圍內的前線，靠近光線黯淡如煙霧般的英國軍營，同時思考著進攻方案。天色微亮時，他才回到位於卡又（Le Caillou）的小木屋，回到他簡陋的總指揮部。這時他接到格魯希傳來的報告，但普魯士軍是否已撤退，報告上沒有說清楚，令人欣慰的是，格魯希承諾會繼續追趕。雨漸漸停了。皇帝在屋內不安地踱步，不時凝望著黃色的天際線，看看遠方的一切是否清楚，以早日做好決策。

早晨五點左右，雨停了，拿破崙內心游移的烏雲隨之散去。他馬上發布命令，全軍要在九點鐘做好進攻的準備。通信兵向四面八方奔去。很快，集合的鼓聲震天敲響。此時，拿破崙才倒向他的行軍床，睡上兩個小時。

那致命的兩小時

上午九點。部隊依然沒有集合完畢。連綿三天的雨水浸透路面，每個行動的困難度都增加了，砲兵部隊的推進計畫也受阻。此時，太陽剛剛露出來，在銳利的風中閃爍著。想當初，奧斯特利茨（Austerlitz）的陽光那麼燦爛，為法軍帶來好兆頭，但滑鐵盧的日光卻充滿著北方特有的蒼白，令人感到悲觀。

終於，部隊準備就緒，在戰鬥發起前，拿破崙又一次騎上他的白色戰馬，視察了整個前線。戰旗上的雄鷹彷彿正在呼嘯的風中向下滑翔，騎兵威武地揮動戰刀，步兵將熊皮帽放在刺刀尖上，向皇帝致意。戰鼓敲出狂熱的鼓點，小號向統帥吹出清脆、喜悅的響音。當然，這些嘹亮的聲音還是無法蓋過各個軍團滾滾而來的咆哮聲；七萬名戰士從喉嚨中迸發出雷鳴般的歡呼聲：「皇帝萬歲！」

拿破崙統領法軍二十年，這最後一次的閱兵規模比之前更宏大、更熱血。歡呼聲尚未全部散盡，就到了十一點，因此攻擊時間比原定計畫晚了兩個小時；但這關鍵的兩小時卻決定了大局。砲手這時才收到命令，要轟擊山上的「紅外套」。然後，「勇敢的戰士」內伊帶領步兵衝鋒，決定拿破崙命運的時刻開始了。

這場戰役已被描述過無數次，但人們還是不厭其煩地一讀再讀。關於它，有各種激動人心的書寫，包括蘇格蘭小說家華特．史考特（Walter Scott）和法國作家司湯達（Stendhal）的著作與文章。有人研究當中的細節，也有人從大局分析戰事；有人想像自己是山頭上的將領，也有人想像自己是坐在馬鞍上的胸甲騎兵。

這是一場偉大、多樣化的戰役，就像一件藝術品。它時而帶來恐懼，時而帶來希望，令人憂慮又有戲劇的發展。然而，這件作品卻又突然消失在一個極其災難性的時刻。這是最具悲劇性的現實事件，一個人的命運決定了歐洲的歷史方向。拿破崙光彩奪目的人生就像一枚顫抖的火箭，在隕落和熄滅前，再一次輝煌地升向天空。

從上午十一點到下午一點，法國軍隊向高地進攻，佔領了村莊和陣地；被擊退下來後，又再次發動進攻。此時，在潮濕、泥濘的山丘上已覆蓋了數萬具屍體，除了消耗人力，兩軍什麼目的都沒有達到。士兵疲憊不堪，指揮官焦躁不安。雙方都很清楚，誰能得到援軍（威靈頓從布呂歇爾那邊，拿破崙從格魯希那邊），勝利就將屬於那一方。拿破崙緊張地拿起望遠鏡，接二連三地派出通信兵；只要他的元帥能及時趕到，那麼奧斯特利茨的太陽將再一次照耀法國的天空。

格魯希的錯誤

格魯希此刻並未意識到，拿破崙的命運正握在自己的手中。他遵照命令於六月十七日傍晚出發，朝著事先設定的方向追趕普魯士軍。雨已經停了。這是一支年輕的部隊，敵人一直沒出現，他們也沒發現普魯士軍敗走的行蹤。這些士兵昨天才第一次聞到火藥味，正在平靜的大地上無憂無慮地緩慢行軍。

格魯希在農舍裡正準備享用早餐，腳底下的大地輕輕震動起來。他們仔細傾聽：一次又一次，沉悶但又很快消失的聲音滾滾傳來。「那是加農砲。一定有砲兵部隊正在開火，應該就在不遠處，路程最多三小時。」為了聽清楚砲彈的方位，幾名軍官像印第安人那樣趴在地上。遠方沉悶的轟鳴聲接二連三地傳來。那是來自聖讓山（Mont-Saint-Jean）的砲聲，滑鐵盧戰役開打了！

格魯希徵求部屬的建議，副指揮官熱拉爾（Étienne Maurice Gérard）心急火燎地表示：「迅速向砲火方向進軍！」第二位軍官也表示同意。毫無疑問地，所有人都判定，皇帝已遇上英國部隊，大戰已開始。

格魯希覺得很不安，但他習慣服從命令，於是膽怯地守著原先的指示：「皇帝下令追擊普魯士軍」。熱拉爾看到格魯希猶豫不決，於是更加堅持：「向著砲火出發！」在二十位軍官和平民面前，這句話如同命令，而不是請求。格魯希感到非常不快，於是強硬又嚴肅地宣布，只要沒有皇帝下達的指令，他絕不偏離自己的任務。軍官們非常失望，隆隆的砲聲此時意外地沉默下來。

熱拉爾試著做最後一次努力。他懇切地請求元帥，至少派出他的分隊和騎兵，自己一定能及時趕到。格魯希考慮了一下，但只有一秒鐘。

一秒鐘改變戰局

格魯希遲疑了一秒鐘，這一瞬間決定了他個人、拿破崙乃至全世界的命運。在瓦爾漢姆農莊裡的這一秒，決定了十九世紀的世界局勢。世人都在仰望這位正直又平庸的人，而天命就落在他那雙張開的手。但他只是慌張地握著皇帝的指令，整張紙都捏皺了。格魯希若能鼓起勇氣，不拘泥於白紙黑字上的命令，並相信自己的判斷和顯而易見的跡象，那麼法軍就會得救。然而，唯命是從的人習慣遵照指令，而不會聽從命運的召喚。

於是，格魯希揮手明確表示拒絕：「不行，這支小部隊不能再分成兩部分。這樣太不負責任了。我們的任務是追擊普魯士軍，這是唯一的目的。」他不肯違背皇帝的指令，而手下的軍官也只能默默不語。格魯希的身邊一片寂靜，在這個氣氛下，翻轉戰局的關鍵無可挽回地消失了；之後再多的言語和行動，也無法再創造並預見這種機會。威靈頓形同已經勝利了。

格魯希繼續行軍。熱拉爾和旺達姆（Dominique Vandamme）憤怒地握著拳頭。隨著時間推移，格魯希也不安和擔憂起來，因為前方根本沒有普魯士軍的蹤影。顯而易見，布呂歇爾沒有撤往布魯塞爾。情報人員回報告一個可疑的跡象，普魯士軍轉而從側翼前往滑鐵盧戰場。此刻調頭的話，格魯希還來得及緊急馳援法軍。他忐忑不安地等待新的指令，但沒有消息傳來，只有遠方的加農砲轟隆作響地送出一顆顆砲彈，正如同鐵骰子擲向滑鐵盧。

援軍在哪裡？

此時已是下午一點。儘管拿破崙的四次進攻受到阻擊，但已在威靈頓的主陣地上打出缺口。拿破崙重新部署，準備發起最後的決定性攻擊。拿破崙命令火砲猛攻英軍陣地，在山頭即將被雲霧般的幕簾擋住前，他再一次放眼戰場。

忽然，他注意到東北方向有黑壓壓的人群在向前移動，看似正從森林中走出來：一支新的部隊！一聲令下，所有的望遠鏡對準了同一個方向。拿破崙心想：「是格魯希！在這緊急關頭，他果敢地違背命令，如奇蹟般地及時到來。」「不，不是，」英軍的俘虜說：「那是布呂歇爾將軍的先頭部隊，是普魯士的士兵。」皇帝這才意識到，為了提前與英國人會合，那些敗走的普魯士軍已設法擺脫追兵了。此時此刻，他自己的三分之一部隊卻在空空的大地上四處漫遊，毫無建樹。他立刻寫信格魯希，命令他要保持密切聯繫，不管花多少代價，都要阻止普魯士軍前來參戰。

同時，內伊元帥得到指令，即刻進攻，必須在普魯士軍到達前殲滅威靈頓。打勝仗的機會突然減小，就算是冒失和魯莽，也要趕緊行動。於是，整整一個下午，步兵部隊不斷衝向高地，攻擊力道十分驚人。他們不斷向已成廢墟的村莊發起進攻，又一次次被擊退。隨著飄揚的旗幟，進攻的波浪接二連三地打亂對手的步兵方陣。但是，威靈頓依然固守陣地，格魯希依然沒有消息。

皇帝看見普魯士的先頭部隊漸漸逼近，他心急如焚地自言自語：「格魯希在哪裡？他到哪裡去了？」他手下的將官們也坐立不安。內伊元帥準備要決一死戰，在下次進攻時派出騎兵團所有成員。他勇敢又果斷，坐騎已經有三匹被打死，相比之下，格魯希便顯得優柔寡斷。

一萬名胸甲騎兵和龍騎兵展開這一波慘烈的攻勢。他們碾碎步兵方陣，擊垮加農砲手，衝破了第一道防線。儘管他們又一次被擊退，但英軍的力量被削弱，那隻抓著山頭的拳頭已有些鬆開。損失慘重的法國騎兵再次被砲擊擋下，這時拿破崙最後的預備隊也衝上戰場，這支老衛隊以艱苦緩慢的步伐向前推進，想要攻上山頭，因為只要成功拿下來，就能決定歐洲的命運。

大勢已去

雙方四百門加農砲從上午開始一刻不停地轟擊著。前方，騎兵隊與射擊中的步兵方陣交戰，刀槍鏗鏘，無數鼓槌落在鼓皮上，各種回音讓整個平原顫抖！但那上面，在兩座小山丘上，兩名指揮官根本聽不見鼎沸的人聲，只能專心聽著輕微的響動。

他們手中的錶如同鳥的心臟般，輕輕地滴答、滴答，這微弱的響聲超越了雷雨般的人聲。拿破崙和威靈頓時不時都會拿起精密的錶，數著每分每秒，等待關鍵的援軍到來。威靈頓知道布呂歇爾已在附近，拿破崙則把希望寄託在格魯希身上。雙方都沒有備用軍了，誰的援軍先到達，就將獲得這場戰役的勝利。

他們用望遠鏡眺望森林的邊緣。此刻，普魯士的先頭部隊如同一團淡淡的雲霧出現了。可這到底是被格魯希追趕而逃的散兵，還是大部隊呢？現在，英國人只剩最後一次抵抗的氣力，法國部隊也同樣筋疲力盡。他們好比是兩名手臂麻木、氣喘吁吁的摔跤選手，只能冷靜對峙著。在最後一次交戰前，他們深深地吸了一口氣，這一回合必將分出勝負。

期待已久的大砲聲終於在普魯士軍的側翼響起。「遭遇戰發生，步兵開火了！格魯希終於到了！」拿破崙鬆了一口氣。他以為自己的側翼安全了，於是召集剩餘的部隊，再一次衝向威靈頓軍隊的主陣地。成功的話，接下來就能攻破英國在布魯塞爾城外的封鎖線，炸開歐洲的大門。

可這槍砲聲只不過是誤會造成的小衝突。進入戰場的普魯士軍沒有認出改換新軍服的漢諾威軍隊，才會擦槍走火開戰。雙方很快停火並組合成軍，聲勢更加壯大，雄赳氣昂地走出森林。「不，這不是格魯希的部隊，而是布呂歇爾的援軍。」這一刻，厄運已成形，消息很快在皇帝的陣營中傳開，於是部隊開始撤退，但隊形還算完整。

威靈頓抓住了這關鍵時刻。他騎馬直達前沿陣地，脫下帽子並舉過頭頂，向著節節敗退的敵人揮舞起來。他的士兵們立刻明白這歡呼姿勢的意義。尚存的英軍瞬間躍身而起，殺向正在撤退的敵軍。

與此同時，從側面進攻的普魯士騎兵也衝向疲乏又亂作一團的法國軍隊。慘叫聲直衝雲霄，士兵們驚恐的叫喊：「各自逃命吧！」僅僅幾分鐘，這支大軍變成了抱頭鼠竄的人潮，連拿破崙都被推擠在內。這股人潮向後奔跑，宛如無力抵抗的泥人，追趕上來的騎兵輕鬆地打倒他們。拿破崙的馬車、珠寶都被捕獲，驚聲喊叫的砲兵也全被俘虜了。

幸虧夜幕降臨，拿破崙才得以死裡逃生。直到半夜，在偏遠村莊的旅店裡，那個又髒又累倒在沙發上的人，已經沒有皇帝的光彩了；他的帝國、朝代和命運都到了終點。那個無足輕重、膽怯又懦弱的小人物毀了一切。在二十年的英雄歲月中，這個勇敢又有遠見的統帥所建立的無數豐功偉績，都化為烏有。

庸俗的人掌握不到命運的良機

就在英國人擊潰拿破崙的同時，有位當時仍不有名的人坐上四輪馬車，飛馳在往布魯塞爾的路上，隨後又趕到海邊，一艘帆船正在等著他。他要搶先政府的信使一步趕到倫敦。他立刻揚帆航行，帶著這條公眾尚未知道的消息，他成功地使證券交易所熱絡起來。他就是猶太商人羅斯柴爾德（Nathan Mayer Rothschild），憑著這些巧妙的手段，他創建了自己的金融王國。第二天，英國政府得知勝利的消息，人在巴黎的叛徒富歇也知道皇帝戰敗了。此刻，布魯塞爾和德國已敲響勝利的鐘聲。

第二天早晨，只有一個人還不知道滑鐵盧出事了，那就是可憐的格魯希。他與決戰之地只有四小時的路程，但仍固執地遵守命令，一定要追到普魯士軍。奇怪的是，到處都找不到敵人，令他感到不安。與此同時，附近傳來的加農砲聲越來越響，彷彿正在呼救。他們感到大地在顫抖、槍砲直射心臟。大家此刻都明白，那不是小小的衝突，而是巨大而決定性的戰鬥。

格魯希焦躁地騎馬去訪視各部隊，但將官都避而遠之，畢竟他們的建議都被否定了，因此不願再與他交流和爭論。

幸好，他們終於在瓦爾夫（Wavre）遇到一支孤立的普魯士後衛部隊。他們感到慶幸，於是迅速地攻擊這些守軍。熱拉爾一馬當先，他彷彿有不祥的預感，決定戰死沙場。一顆子彈擊中他，最敢提出諍言的大將終於在這一刻沉默了。夜幕垂落，他們攻入了村莊，卻察覺到這小小的勝利沒有絲毫意義，因為大戰場的那個方位突然不再有一丁點聲音。「徹底的死寂，恐怖而可怕的寧靜，毫無任何生氣。」所有人都覺得，滾滾的槍砲聲還好聽得多；這沉默讓人神經緊張。此時，格魯希終於收到拿破崙「緊急調派援軍」的便條，但大勢已去。

這場戰役看來已決定勝負，只是，誰是贏家呢？他們又等了整整一夜。枉費功夫！那邊根本沒有傳來任何消息，大部隊似乎忘了他們。他們毫無意義地守在晦暗的空間。早晨，他們筋疲力盡地離開營地繼續行軍。他們心知肚明，此時的軍事行動毫無目的。

終於，在上午十點鐘，指揮部的軍官騎馬飛馳而來，眾人扶他下馬，還提了一大堆問題。他的面容充滿恐懼，太陽穴上掛著濕漉漉的頭髮。他緊張到渾身顫抖，只能吐出模糊的詞彙，眾人沒有聽懂，也或許是不願接受吧！他說：「皇帝沒有了、皇家軍隊沒有了、法國失敗了……」他們都認為他瘋了、喝醉了。但是，他們漸漸了解實情後，開始感到沮喪、甚至癱軟無力。格魯希臉色慘白，顫抖地用軍刀撐著身體。他知道，自己該以死謝罪了。

他決心承擔全部的罪責與過錯。這位唯命是從、遲疑膽怯的將領，雖然他在關鍵時刻錯失了決定性的轉機，但亡國危機近在眼前時，卻又成了男子漢，充滿英雄氣概。他立刻集合所有的軍官，含著憤怒和悲傷的眼淚發表簡短的談話。他一方面為自己辯解，同時檢討了自己的遲疑不決。對他憤恨不滿的軍官們沉默地聽著，每個人都能譴責他，也能自誇有先見之明。但眾人不敢也不願這麼做，他們保持沉默；這突如其來的悲傷令人失語。

當初錯失了關鍵的一秒，但格魯希突然在一小時內展出自己的軍事才華，只是太晚了。此刻他展現自信，不再拘泥於先前的命令。他深思熟慮、勤奮、謹慎和勇於負責的美德都浮上檯面。敵方的人數是自己的五倍，而他帶著部隊衝破包圍，憑著優越的戰術回到巴黎。沒有失去一門砲、一個人，他挽救了法國，保住了帝國最後一支軍隊。

他回到家鄉後才發現，已經沒有皇帝了，也沒人來感謝他，外頭也沒有需要擊退的敵軍了。他來得太晚，一切都無法挽回了。從表面上看，他的生涯依然往上爬，他被任命為總司令，並成了法國的貴族。他在職位上盡心盡力，證實自己的能力並不差，但沒有任何成就能贖回那一個時刻：當時他是法國命運的主宰者，但這責任超出他的能力範疇。

這種偉大的時刻很少落到凡人的生命中。人們被命運意外召喚時，都不知道該如何把握，反倒被命運殘酷地咬了一口。公民的美德（小心翼翼、唯命是從、勤奮努力和謹慎持重）都無情地被熔化在巨大的命運火球中。在那關鍵的時刻，世人只需要天才，還會為他們塑造不朽的雕像。命運是人間的上帝，它鄙視和排擠膽小的人，並用火熱的手臂高高舉起勇者，將他們送往英雄的天堂。

06

〈瑪麗亞溫泉市的悲歌〉

老年維特七十歲的煩惱

關鍵時刻

▼

一八二三年九月五日

一八二三年年九月五日，一輛旅行馬車緩慢地行駛在卡羅維瓦利（Karlovy Vary，編按：位於今日的捷克西部，當時稱為卡爾斯巴德〔Karlsbab〕）和切步（Cheb，編按：位於今日的捷克西部，當時稱為埃格〔Eger〕）間的鄉間小路。秋天早晨的寒氣令人戰慄，刺骨的風刮過剛剛收割的大地，天空依舊用藍色布幕覆蓋遼闊的田野。

三個男人坐在這輛四輪馬車上，其中一人是薩克森－威瑪大公奧古斯特（Karl August）的樞密顧問歌德（卡羅維瓦利的「觀光名人錄」尊稱他為「馮．歌德」），其他兩人是他忠誠的隨從：老僕人施德達爾曼和祕書愛克曼（Johann Eckermann）；歌德在十九世紀的著作都由後者來謄寫。這兩個人沉默無語，他們離開卡爾斯巴德時，少婦和少女們簇擁著歌德，並送上祝福與親吻。隨後這位老人的嘴唇再也沒有動過。

歌德坐在車廂裡一動不動，唯獨沉思和凝神的目光顯露出內心的波動。他在到達下個驛站時下車，同行的兩個人看見，他用鉛筆在順手拿到的紙上匆匆寫著。在到達威瑪前的行車和休息時間裡，歌德不斷地重複寫著。

他們先到達茨沃塔（Zwota），第二天在哈登貝格，以及後來又到了切步和珀斯內克（Pößneck）。每到一個地方，他總是先匆忙記下剛剛在車上的思緒。他的日記只簡單地透露道：

九月六日：修改詩文。
九月七日：星期天，繼續修改。
九月十二日：路途中幾次對這首詩進行修改和潤飾。

到達目的地威瑪的時候，作品已完成了。這首〈瑪麗亞溫泉市的悲歌〉非常重要，也非常私密，是歌德晚年最鍾愛的作品。他以此勇敢地告別過去，並重新投入生活。

歌德曾談到，這些詩句是「內心的告白」，然而，他平常的日記不會傳達出如此悲愴、懷疑和哀嘆的心情。他公開、清楚地呈現出內心的感受，以及它從何而來。他年輕時的抒情作品都不是為了具體事件而寫的。但如今透過這首詩，我們卻能一步步、一段段地，看見它隨著時間的推移而形成。「獻給我們奇妙的人生」，這位七十四歲的老人筆下最深刻、最成熟的詩作、如秋天般發出絢麗的光輝。

歌德對愛克曼說：「我在激情高漲時寫下這首詩。但就形式上來說，我表現出最自制的一面。」雖然它充滿神祕感，卻又明顯描繪出「生命中最熱情的時刻」。歌德的人生如大樹般茂盛又激勵人心。在一百多年後的今年，這首詩如一片閃耀的葉子，沒有絲毫枯萎和暗淡。在今後的幾個世紀，那令人難忘的九月五日將繼續留在德國民族的記憶和感情中。那顆罕見的希望之星，便照耀在這片葉、這首詩、這個人以及這個時刻。

少年維特回來了！

一八二二年二月，歌德病得非常嚴重。他連日高燒，連身體都失去知覺，思緒也受到影響。醫生不知所措，他們無法診斷不出病因，只知道病情非常危急。這場病突然到來，卻也突然消失。六月，歌德整個人煥然一新，還準備去瑪麗亞溫泉市度假。這場怪病使他在心靈上返老還童，彷彿回到青春期。這位內向、強硬、善於咬文嚼字、滿腦子只有詩歌創作的人，在過了幾十年後，又重新開始跟著內心的情感走。

他說道：「音樂打開我的心扉。」尤其是美麗的少女席曼諾夫斯卡（Maria Szymanowska）一彈起鋼琴，歌德便難以控制自己的眼淚。他試著從深處的感官本能中尋找青春。朋友們驚訝地看見，這七十四歲的人直至深夜還在與女士們周旋。幾十年後，他再次跳起了舞，還自豪地說：「交換舞伴時，我總是能牽到漂亮的女孩子。」

在這個夏天，他固執的性格奇妙地融化了，他的靈魂在永恆、古老的魔力召喚中甦醒了。他在日記中私密地寫道：「在那和解的夢中，少年維特又在他內心甦醒了。」他頻繁地與女性往來，並激發了靈感，進而創作短詩、風趣的戲劇和詼諧小品。半個世紀前，他與銀行家之女莉莉・勛納曼（Lili Schönemann）在一起時就是這麼幸福。

只是他還有些搖擺不定，不確定要選擇哪一類型的女友。最初他認識了一位美麗的波蘭女子，但很快地就轉移目標。十九歲的烏爾麗克・馮・萊佛佐（Ulrike Freiin von Levetzow）點燃他蠢蠢欲動的愛火。十五年前，他愛過她的母親；一年前，他像父親那樣逗弄這位可愛的「小女兒」。可現在，他對她的愛慕之情愈加熱烈，已成為一種病，控制他全部的生命。在他火山般的情感世界中，這份情懷深深地撼動他的靈魂。多年以來，他都沒有過這種經歷。

這位七十四歲的人如同情竇初開的少年，只要聽見從大道上傳來的歡笑聲，就會立刻放下工作，甚至忘記戴上帽子、拿起手杖，就飛快奔向那位快樂的女孩。他還像年輕男人那樣大獻殷勤。

怪誕又諷刺的悲劇開演了。他先祕密地跟醫生商討對策，接著對最年長的朋友奧古斯特大公吐露心事，並請對方到萊佛佐太太那裡，替他向烏爾麗克求婚。

大公回想起，五十年前他們和女伴們度過不少個快樂之夜。幸災樂禍的大公暗自嘲笑面前這個備受景仰的老男人。在德國和歐洲各地，眾人都當他是最有智慧、最成熟、最理性的世紀靈魂。大公慎重其事地戴上動章，準備去找那個十九歲少女的母親，問她是否願意接受這位七十四歲的女婿。

萊佛佐太太實際上如何回答，迄今無人知曉，但可想而知，她會找藉口推遲，給彼此多一點考慮的時間。因此，歌德的求婚行動並沒有結果。事實上，他只是被對方的親吻和情話迷住了，因而沉浸在激情和欲望中，期待能再次擁有青春洋溢的戀情。

這位急性子的作家趕著要抓緊有利的時機，於是一步步地追隨著愛人的足跡；從瑪麗亞溫泉市出發，再轉往卡羅維瓦利。他發現內心的烈焰已無法遏制，在不確定性的情勢中燒得更旺。夏季正漸漸落幕，但他的痛苦卻不斷升溫。

終於，告別的時刻到了，沒有任何承諾，更沒有一絲希望。馬車滾動起來時，偉大的先知有種預感，他生命中有一大部分消失了。但是，最深刻的痛苦也會變成永恆的享受，在這陰沉的時刻，古老的安慰者出現了：神靈低頭看著受苦的人。歌德在人間找不到安慰，只好向上帝求援。

歌德再一次逃亡，最後一次從現實逃向詩歌創作。上帝這最後一次的恩典，令他驚喜又感激。這個七十四歲的詩人拿出四十年前所寫的〈托爾夸托．塔索〉（*Torquato Tasso*），並摘取其中兩句作為新詩的開頭，以再次表達心中的感慨：

在痛苦中失語，
只有上帝願意聽我傾訴悲傷。

逐句寫下心中的愛

現在，這位老人坐在行駛中的馬車上冥思，心情苦悶，內心的疑問也沒有得到答案。那天一早，烏爾麗克和她的妹妹在「喧鬧的告別聲」中趕來看他，這位令他迷戀的女孩還親吻了他。可這到底是深情的熱吻，還是女兒的祝福呢？「她會愛上我嗎？她會不會忘了我？兒子、媳婦們不安又急切地在等我拿出豐厚的遺產，他們會接受這樁婚姻嗎？世人會嘲笑我嗎？我是否比她年長太多呢？如果能與她再相見，我該期待些什麼呢？」

這些問題不斷向他湧來。突然，一個最重要的問題構成了一行詩。他內心的疑問和處境形成了詩句，這是上帝給他「傾訴悲傷」的機會。心靈的呼喚直接而不加掩飾地在詩句中呈現出來。他的內心劇烈地震盪著：

重逢時，我可以期望什麼？
那朵如今依然封閉的花蕾？
天堂、地獄都敞開大門；
多麼憂鬱不寧，我的內心！

詩句是如此優美又晶瑩，洗淨了詩人內心的紛亂與痛楚。詩人內心正經歷著混亂和苦難，被「悶熱的氣氛」所包圍，但視野突然開朗了。從行駛的馬車上望出去，他看見晨曦中靜靜的波希米亞風光，那和平的景色與他不安的心靈成一大對比。於是，這畫面立刻注入了詩句中：

世界不是依然如此嗎？懸崖峭壁，
它們不再被神的影子加冕嗎？
收穫不再成熟嗎？綠色田野，
不再穿越河岸邊的叢林草地嗎？
還有這籠罩世界的無限天穹，
形象豐富，卻瞬間無影無蹤嗎？

對他而言，這個世界缺乏靈魂。在這樣充滿情感的瞬間，他只想把一切都連結到愛人的形象。多麼神奇啊，回憶凝聚後，那些美好的畫面於是再次出現：

多麼輕盈與纖細，明亮與溫柔的交織啊！

飄逸，如同天使，來自嚴肅的雲彩合唱，
猶如她，在藍色的天堂——
苗條的身影似一縷香氣繚繞！
就這樣，你看見她翩翩起舞，
美麗身影中最可愛的。
而你只能暫時矇騙自己，
抓住空虛的形象，而不是她；
回歸內心！那裡你更容易找到她，
那裡，她以千姿萬態出現：
一個變幻成許許多多個，
一千倍，一個比一個更可愛。

剛剛想到這些，烏爾麗克的性感形象就出現了。在歌德的描述中，她不斷地靠近，一步一步地讓他感到快樂，在最後一吻後，又將手指按在他的嘴唇上。沉浸在愉快又幸福的回憶中，這位年邁的大師以精湛的技巧譜寫著純潔的詩篇；從來沒有人用德語或其他語言，記錄這種傾心與戀愛的感受：

在我們純潔的內心，湧動著一種
衝動，出於感恩，會甘願將自己
奉獻給一位更高尚、更純真的陌生人，
向始終不署名的人打開你的心扉；
我們稱之為：虔誠！如此之幸福，
我感受到了，當我站在她的面前。

但是，回味極度的幸福時，被拋棄的人更難以忍受現實的別離。此刻，他內心迸發出來的痛苦，破壞了這首偉大詩歌中的愛情，而這正是他內心感受的宣洩。很少有詩人如此自然地將眼前的經歷轉化為詩歌。這段哀嘆感人肺腑：

如今我已遠離——眼前的時光，
你將如何安放？我欲語不能。
她給了我那麼多美好的東西；
這些只是負擔，我必須擺脫。
不可抗拒的渴望，左右著我，

一籌莫展，除了那無盡的淚。

然後，哀嘆繼續探底，直到再也無法下降。這是最後、最可怕的吶喊：

把我留在這兒吧，忠實的同行者，
讓我獨自在岩石邊，在沼澤和苔蘚中！
就這樣吧！世界向你們敞開，
大地遼闊，天穹神聖和雄偉；
觀察、研究、收集每個細節，
自然的祕密將被揭開。
我成了宇宙，我迷失了自己，
這個眾神曾經的寵兒；
他們考驗我，贈與我許多潘朵拉，
如此富足的財物，更多的危險；
他們把我推向心愛之人的嘴唇，
又讓我分離，將我毀滅。

這個平時善於克制的人從未寫過類似的詩句。少年時，他就懂得隱藏感情，成年後更能克制自己，他通常用鏡像和意象的手法來揭示內心的祕密。他成為老人時，才第一次坦率地表達自己的情感。五十年來，這位感情豐富、偉大的抒情詩人，內心從未如此生機勃勃。這一頁令人難忘的詩句，是他一生中值得紀念的轉捩點。

把失戀的痛苦化為東山再起的動力

歌德自己也覺得這首詩很神祕，彷彿是來自命運罕見的祝福。他一回到威瑪的家中，在開始工作與顧及家務前，先寫了一份美麗的悲歌手稿。整整三天，他如同僧侶一般，將自己關在房間裡，在特意挑選的紙上，用端莊的字體謄寫，對最親近的家人和信賴的朋友都保密。他還親自裝訂，不讓這些容易引起非議的消息太早傳播出去。他採用了真絲的繩子，並以紅色摩洛哥革作為封面（後來他又換成藍色漂亮的亞麻封面，今天，人們可以在歌德—席勒檔案館看到它）。

這段日子令人氣惱，歌德的結婚計畫在家中遭到蔑視，甚至引起兒子的反感。歌德只有在詩意的詞語中才能與心愛的人纏綿。直到漂亮的波蘭鋼琴家席曼諾夫斯卡來訪，他才重新體會到在瑪麗亞溫泉市的美好時光。他又變得健談起來了。

十月二十七日，歌德終於把愛克曼叫了進來，莊重地向他朗誦這首詩的開頭，這足以展示出他多麼鍾愛這首詩。僕人必須先在書桌上擺兩盞蠟燭，然後愛克曼才可以在燭光前坐下，朗讀這首悲歌。

其他的朋友陸續聽到這首詩，當然只局限在歌德最信賴的人。正如愛克曼所言，歌德把它當成聖物那樣守護著。這首詩在他生命中的重要意義，在後來幾個月中顯露了出來。不久之後，這位重新煥發青春的人，逐漸好轉的精神和身體又發生突變。他似乎又離死亡不遠了，從床上挪到沙發，又從沙發移回床上，怎樣都覺得不舒服。兒媳去旅行，兒子心懷憤恨，這位老人被拋棄又重病在身，更沒人來幫他主意。

這時，在朋友們的請求下，歌德的知己策爾特（Carl Friedrich Zelter）從柏林趕來了，他立刻發現了老友內心的烈焰。「我看見了什麼？」他驚訝地寫道：「我看見一個男人，彷彿是遇上愛情，就像年輕人一樣，內心充滿折磨和痛苦。」他滿懷深切的同情心，為了幫助歌德康復，他一遍又一遍為老友朗讀這首詩，歌德不知疲倦地聽著。「這真是有些奇怪，」歌德康復後寫道：「你那充滿感情又柔和的聲音，令我感覺到，我心中的愛有多麼深沉，而我卻不願承認。」然後他繼續寫：「我對這首詩愛不釋手。既然你跟我住在一起，那一定要多多朗讀和吟誦它，直到能背出來。」

於是，策爾特發現：「他被長矛刺出的傷得到了治癒。」可以說，歌德用這首詩來療癒自己。他終於克服痛苦，戰勝人生最後的絕望，不再妄想與親愛的「小女兒」過婚姻生活。他不會再回到瑪麗亞溫泉市，不會再回到卡羅維瓦利，不會再回到快樂又無憂無慮的遊樂場。從現在開始，他的生命只屬於工作。這位閱歷豐富的人放棄了人生的新希望，現在，他的生命出現更重大的任務：完成工作。

他嚴肅地回顧自己六十年來零零碎碎的作品，雖然自己不能再有新作，但至少要將這些舊作整理起來。他簽了出版全集的合約，為著作申請了版權。他錯愛了一個十九歲的少女，幸好他再次把感情放到年輕時的兩個老夥伴身上：《威廉．麥斯特的學徒歲月》和《浮士德》。

他充滿活力地工作，在泛黃的紙張上重溫上個世紀訂下的計畫。他在八十歲前完成了《威廉．麥斯特的學徒歲月》。這位八十一歲的人以英雄般的勇氣繼續生命中的「主要工作」。在那哀傷的戀情消逝七年後，他完成了《浮士德》，也同樣像守護〈悲歌〉那樣，虔誠、敬畏地對世人封存這個祕密。

情感有兩極：渴望或放棄，開始或結束。九月五日這一天，歌德告別了卡羅維瓦利，揮別了愛情。這是他創作的分水嶺，是他人生難忘的轉捩點。那悲傷的哀悼之日成為永恆，是值得紀念的一天。這首偉大的詩歌洋溢著激動的感情；德國詩歌界再沒有出現過更偉大的感性時刻。

07

我是加州的國王

在華府街道上度過餘生的拓荒者蘇特爾

關鍵時刻

▼

一八四八年一月

逃離歐洲

一八三四年，一艘遠洋輪從法國的利哈佛（Le Havre）開往紐約。幾百個亡命之徒中有一位名叫約翰·奧古斯特·蘇特爾（Johann August Suter）的人，他原籍是瑞士巴塞爾附近的呂嫩伯格，才三十一歲就得面對歐洲好幾個法庭的審判。他不但破產，還被指控有竊盜、造假幣等罪行。他丟下妻子和三個孩子，憑一張假的身分證在巴黎騙到錢，從此走上尋找新生存空間的旅途。

七月七日，蘇特爾在紐約上岸，用兩年時間做過各種生意（包括非法的）。他當過包裝工人、藥劑師、牙醫、藥材商，後來他安頓下來開了間小酒館，但又變賣出去。當時，他跟著狂熱的拓荒潮流往西部遷徙，到了密蘇里州。他在短時內賺得一小筆財富，並擁有自己的農莊，過著穩定的生活。

但是，他家門口的路上絡繹不絕，皮草商、獵人、冒險家和士兵，當中有的從西部來，有的到西部去。「西部」這個詞逐漸有了一種神奇的魔力。不過，人們只知道那裡有龐大的水牛群和無邊無際的草原。無論你走多少天、多少個禮拜，只會碰到慓悍的紅膚色原住民，以及空曠無垠的大地、高聳不易攀登的山脈。接下來，你會抵達另一片曠野，一片無人知曉的地區，地底下藏著神奇的財寶；此地後來非常出名，那就是尚未開發的加利福尼亞。

那片大地上流淌著奶與蜜，任何人都可以自由汲取，只是路途無限遙遠，必須冒著生命危險才能抵達。

但蘇特爾的身體裡流淌著冒險家的血液，「安穩定居和肥沃的土地」對他沒有一點吸引力。在一八三七年的某一天，他變賣全部的財產，組織了一支有車、馬匹和水牛群的探險隊，從密蘇里的獨立堡向著未知世界出發了。

穿越美洲的長征

一八三八年，蘇特爾帶領兩名軍官、五位傳教士、三個婦女坐著水牛車駛向無際的遠方。他們穿越一片又一片的大草原，最後翻越高山，繼續前往太平洋。十月底，在跋涉了三個月後，他們終於到達了溫哥華堡（Fort Vancouver，編按：位於今日美國的華盛頓州）。兩名軍官早已離隊，傳教士們也不想繼續前行，三個婦女更是由於艱苦的旅程而離開了人世。

現在只剩蘇特爾獨自一人了，人們想要說服他留在溫哥華堡，還打算給他一個職位。但是，那個名詞的魔力和誘惑力已在他的血液中紮根，因此他拒絕一切的優待。他駕駛一艘破舊的帆船穿越太平洋，先是到了夏威夷，然後又歷經千難萬險，沿阿拉斯加海岸南下，最後，他在聖法蘭西斯科（San Francisco，編按：即今日的舊金山）這個荒無人煙的地方上了岸。

在一九〇六年的大地震後，聖法蘭西斯科增長成百萬人口的城市，但它在十九世紀中只不過是個貧窮的漁村。此地名稱起源於聖方濟會的傳道團，後來墨西哥獨立後，它還曾經是其轄下上加利福尼亞省的首府。不過，在十九世紀這個新大陸的廣袤原野上，它只是個無人管理的未開墾地。

當地的政權不斷變換，叛亂四起，牲畜和人力都很缺乏，難以產生繁榮的能量。西班牙所統治的這個區域，混亂正在加劇。蘇特爾租了一匹馬，速速趕到沙加緬度的肥沃山谷。他只用了一天的時間就發現，這裡大到可以建立農場、莊園甚至王國。第二天，他騎馬到了貧窮的首府蒙特瑞（Monterey），並向總督阿爾瓦多（Juan Bautista Alvarado）自薦，表示想要開墾這塊地。他已從夏威夷島帶來了一些原住民，他們勤奮又刻苦耐勞，希望以後能來得更多。他還承諾，將建立殖民地、移民區、小王國，就如同新的「赫爾維蒂婭」（Helvetia，編按：瑞士的古名）。

「為什麼叫赫爾維蒂婭？」總督問。

「我是瑞士人，也是共和主義者。」蘇特爾回答。

「好，放手去做，我給你十年的土地使用權。」

不難看出，在那個地方很快就能有所成就。在離文明世界和家鄉幾千公里遠的地方，個人的能力更能有所發揮，因而得到更好的獎賞。

成為加州的國王

一八三九年，一支車隊緩慢地沿著沙加緬度河岸北上，領頭的是蘇特爾，他騎在馬上，身上背著槍，身後還有兩個人，一共只有三個歐洲人。一百五十個穿著短袖衫的原住民跟在後頭，緊接著是三十輛牛車，上頭裝著食品、種子和彈藥；再來是五十匹馬、七十五頭騾子和成群的乳牛、羊；最後則由一支小衛隊壓陣。現在，這支大部隊將去征服新赫爾維蒂婭。

一陣巨大的火浪在他們的前面翻滾：放火燒森林，比砍伐更簡便而省力。熊熊烈火燒過大地後，樹根還在冒煙，他們就開始工作。他們建造倉庫、挖井，在不需要翻土的農地下種，為無數的牧群設置護欄。周邊有許多傳教士開墾的殖民地，但廢棄已久，所以當地人力都奔向新的拓荒地。

成果十分豐碩，新種子帶來了五倍的收成，糧倉滿得快要溢出來，牧群很快增加到幾千頭。新赫爾維蒂婭開發有成，雖然不斷出現新問題，包括遇到剽悍原住民的襲擊，但是開墾地的幅員已相當遼闊。運河、磨坊、工廠都已建造完成；船隻來來往往，貨物不斷運到溫哥華堡和夏威夷，在加利福尼亞靠岸的船隻也都能得到補給。蘇特爾還種植了水果，變成今日知名又歡迎的加州特產。

「看吧！植物茁壯成長。」他又請人從法國和萊茵河岸運來葡萄藤蔓，幾年之後，它們便覆蓋在大片的土地上。他為自己蓋了房子和豪華農莊，還花了三個月從遙遠的巴黎運來「普萊耶爾」鋼琴。他用了六十頭牛，從紐約穿過整個大陸運來一臺蒸汽機。英國和法國的各大銀行都有他的貸款和儲蓄。

現在，僅僅四十五歲的他已站在事業頂峰。於是，他想起了十四年前，他在世界某個角落所拋下的妻子和三個孩子。他寫信去尋人，請他們到他的王國來。此刻，他才感覺到手中有了真正的財富，他是新赫爾維蒂婭的主人，是世上最富有的人，人生永不匱乏。

一八四八年，美國從墨西哥人手中奪回這塊被遺棄、被忽略的殖民地。現在，蘇特爾的財產有新政府可靠的保護。幾年之後，他就會成為世界首富。

一夜致富

一八四八年一月的某一天，蘇特爾的木匠馬歇爾（James W. Marshall）突然激動地跑回農莊，表明有急事要馬上報告。蘇特爾感到驚訝，昨天他才把馬歇爾派到科洛馬

（Coloma）的農場，以準備建立新的鋸木廠，怎會沒經他同意就擅自跑回來。

馬歇爾非常激動，渾身顫抖地站在蘇特爾的面前，接著把他推進房間並鎖緊房門。馬歇爾從口袋中拿出一把沙子，其中看似有幾顆黃色的顆粒。原來昨天在挖地的時候，這些特殊的金屬引起了馬歇爾的注意，他認為是金子，不過隨即被眾人嘲笑。

蘇特爾馬上變臉，趕緊拿這些顆粒去檢測：果然是金子。他打算第二天跟馬歇爾騎馬去農場，但木匠已成為淘金熱的第一位感染者。得到肯定的結論後，馬歇爾等不及了，當夜就頂著風暴騎馬回去。不久這狂熱席捲了全世界。

第二天上午，蘇特爾到達科洛馬，並指揮眾人堵截水渠，檢查河沙。只要拿篩子在水裡來回搖晃一下，就會在黑色的網子上看到亮晶晶的金沙。蘇特爾召來幾個白人，並要求他們一定要保守這個祕密，直到鋸木廠完工。眾人做出承諾後，他才平靜地回到莊園。

那晚他思緒萬千，在過往的記錄中，從未有人如此輕易得到黃金，但現在，它們就這樣明晃晃躺在地上，而這塊土地正是他蘇特爾個人的財產。一夜間他賺到十年的光陰，成了世界上最富有的人。

一夜破產

世界首富？不，他馬上就成了地球上最窮、最痛苦、最失望的乞丐。

八天後，這個祕密就被洩露了，又是紅顏禍水！有位女子把這事告訴了路人，還給他幾顆金粒。隨後史無前例的事件發生了。蘇特爾的工人立即放下工作、鎖匠離開鐵匠鋪、牧羊人離開羊群、釀酒人離開葡萄藤、士兵丟下武器。所有人都走火入魔，迅速找來篩子和平底鍋、奔向鋸木廠，想要從沙子中搖出金子。

一夜之間，大片田地被拋下了。牧場裡，沒有人去擠奶，乳牛哞叫著死去；牛群闖出護欄，踩踏耕地。沒多久，莖稈上的果實枯萎了，乳酪坊沒人工作、糧倉坍塌。各行各業構成的巨輪停止轉動。

在大地和海洋上，電報撒下金色的預言。很快地，人潮從四面八方的城市和碼頭湧來，有人徒步、有人騎馬，水手棄船、官員擅離職守；狂熱的淘金者像蝗蟲一樣席捲而來。

這群野蠻人像脫韁的馬，全部湧向繁榮的殖民地。他們不懂法律，只認拳頭；不聽命令，只認自己的槍。他們認為這些財富沒有人管，先搶先贏。當然，也沒有人敢抵抗這些亡命之徒。

為了自己的榮華富貴，他們宰了蘇特爾的牛、拆除他的糧倉、踐踏他的農田、偷盜他的機器。一夜間，蘇特爾變得像乞丐一樣窮，就像希臘神話中的邁達斯國王一樣，被自己點石成金的能力害慘了。

這場史無前例的淘金風暴越刮越猛，消息甚至傳遍全世界，僅僅在紐約就有一百艘船啟航。從一八四八到一八五一年，大批探險家從德國、英國、法國和西班牙蜂擁而至。他們大多得繞過南美洲的合恩角，但航程太遠了，有些人更為心急，只好選擇穿越危險的巴拿馬地峽。有家貿易公司果斷地做出決定，立刻在巴拿馬地峽鋪設鐵路。為了讓心急的淘金客節省下三到四周的時間，那段時間裡有幾千名鐵路工人死於熱病。

隨著龐大的車隊，操著不同語言的各民族橫跨大陸來到這裡，在蘇特爾的土地上東敲西挖，彷彿在自己院子裡工作。當年，政府白紙黑字把聖法蘭西斯科的土地使用權簽給蘇特爾，但現下已成廢紙。一座城市正以夢幻般的速度形成。外來客在這裡自由買賣土地，新赫爾維蒂婭——蘇特爾的王國——消失了，取而代之的是夢幻神奇的「加利福尼亞黃金國」。

蘇特爾再次破產了。他麻木地看著這些禍害的起源。起初他還打算自己挖掘黃金，想與僕人和夥伴們一起享受財富，但是他們都離開了。於是，他退出這個黃金地帶，離開被詛咒的河流和邪惡的沙子，回到他在山邊的偏僻農莊，他的隱居所。妻子和三個成年的孩子終於來了，但剛到達不久，妻子就由於旅途勞累而離開人世。至少他還有三個兒子，四人加起來有八條臂膀，於是蘇特爾和兒子們一起種地，再次默默地在肥沃的土地上積極工作。

請政府主持公道

一八五〇年，加利福尼亞併入美國。在政府的嚴格管理下，這塊眾人渴望又豐饒的黃金之地終於有了秩序。法律終結了無政府狀態，再次宣示它的權力。

此時，蘇特爾突然提出要求。他說，聖法蘭西斯科所在的這片土地，在法律上完全屬於他個人所有，市政府有義務賠償他遭到掠奪而蒙受的經濟損失。他主張，從他土地上所採集的黃金，有一部分是屬於他的。於是訴訟開始了，其規模之大，前所未有。

蘇特爾對一萬七千二百二十一位農民提起告訴：這些人在他的農地上定居，等於是竊佔他的財產，應即刻搬離。他還要求政府要賠償他兩千五百萬美元，因為他所建造的道路、運河、橋樑、水壩、磨坊都被充公了。聯邦政府應該再支付他兩千五百萬美元，以賠償他受損的財務。此外，只要有人開採黃金，蘇特爾就應該得到部分收益。

他讓大兒子艾米爾去華盛頓學法律，以便在訴訟中代表他們家的立場。新農場的巨額收入全被蘇特爾用來支付這場昂貴的訴訟。他用了四年時間才走完所有司法程序。

一八五五年三月十五日，判決終於下來了。廉潔公正的加利福尼亞最高法官湯普森認為，蘇特爾的請求完全合法，其私人土地的權益不容侵犯。

就在這一天，蘇特爾終於達到目的，成了世界上最富有的人。

劇終

世界首富？不，差得遠了，他仍是最窮，最不幸、最失敗的乞丐。命運再次跟他開了致命的玩笑，可說是要置他於死地。這次判決引起極大的反彈，不光是在聖法蘭西斯科，全國各地都刮起風暴。成千上萬的人聯合起來，包括不動產受到威脅的業主、流浪的暴民、以搶奪他人財物為樂的痞子流氓，通通衝到法院，縱火焚燒公部門，甚至找出那位法官並加以虐待。他們為了搶奪蘇特爾的財產而組成龐大的部隊。

蘇特爾的大兒子在土匪的威脅下開槍自盡，二兒子被謀殺，三兒子逃亡並在回家的途中淹死。大火如波浪般滾過新赫爾維蒂婭，蘇特爾的農場被燒成灰燼，葡萄藤被踩壞，傢俱、收藏品、錢財被盜走。在暴民無情的憤怒踐踏下，蘇特爾的鉅額財富化為烏有，但僥倖撿回一命。

在這次的沉重打擊後，蘇特爾再也無法恢復元氣。他的事業被毀滅，妻子、孩子都死了。他腦袋漸漸呆滯，精神變得錯亂，只有一個念頭還不斷地在閃動：打官司、爭權益。

後來，這位神智不清、衣衫不整的老人在華盛頓的法院外瘋癲地轉悠了二十五年。公務員都認識這位身穿髒大衣、腳踩破鞋的「將軍」；他宣稱全國欠他幾十億美元。在這些年裡，總有幾個律師、商人和詭計多端的流氓慫恿他一次又一次地提起訴訟，以便撈走他最後一點退休金。他不想再賺錢了，他恨黃金，是它害自己又苦又窮，是它殺害了他的三個孩子，毀了他的人生。

他已成為狂人，一心一意只想要討回公道、捍衛自己的權利。他向國會議員、政府官員申訴，並相信所有願意幫助他的人，但後者卻利用這件事大肆宣揚，把這位不幸的人當作怪胎，讓他穿上可笑的將軍制服，帶著他繞遍各部門、訪視各大議員。在一八六〇年到一八八〇年這二十年間，他人生只剩下可悲的乞討歲月。

他曾經擁有世上最富饒的土地，後來卻只能日復一日坐在國會大廈前，被官員嘲笑、被流浪漢戲弄。在他當年打下的地基和耕耘的土地上，已聳立起大帝國的第二大都市，分分秒秒都還在發展和壯大。

在一八八〇年六月十七日的下午，蘇特爾終於得到了解脫；他死於心肌梗塞，並倒在國會大廈的臺階上。人們抬走這個死去的乞丐時，發現他的口袋中有一份狀書：依照世界各國的法律，他和他的繼承人一定能得到全球最豐厚的財富。

至今沒有人去申請繼承蘇特爾的遺產，他的後代也從未提出任何要求。至今，聖法蘭西斯科依然屹立在屬於他的土地上，但沒有官員代為宣布他應擁有的權利，除了法國作家桑德拉爾（Blaise Cendrars）。蘇特爾精彩的一生被遺忘了，唯一獲得的權利是成為小說《蘇特爾的黃金》（*Sutter's Gold*）的主角，並留給後世無限的驚詫與緬懷。

08

行刑前的那一刻

嘗過死神之吻的
杜斯妥也夫斯基

關鍵時刻

▼

一八四九年十二月二十二日

夜，他們把他拽出睡夢，
砍刀的鏗鏘聲穿透地牢，
聲音發出命令，恐慌中
受驚擔憂的身影在顫抖。
他們向前推他，深深的
過道又長又暗，又暗又長。
一道鎖喀嚓，一道門叮噹；
然後他感覺到天和冰冷的
空氣，一輛馬車靜候著，一座
滾動的墓穴，他被匆忙推進去。

他的身旁，被鐵銬緊鎖著，
沉默的九位同志，
臉色慘白；
沒有人說一個字，
每個人都感覺到，

囚車將把自己帶向何方，
身體下滾動的車輪
他們的性命夾於輻條之間。

突然，嘎吱的車
停住了，門砰得一聲：
透過打開的柵欄門
用迷糊困倦的目光，
他們凝望黑暗的世界一角。
四周的房屋形成正方形，
屋頂低矮骯髒，被霜覆蓋，
一個陰森森和積雪的廣場。
霧用它灰色的帷幕
籠罩著刑場，
只有在金色教堂的周圍，
晨曦射出一道冰血的光。

所有人沉默地走上前。
一名少尉宣讀判決：
以叛國罪處以死刑，槍決，
死刑！
這個詞像沉重的石塊
落入寂靜的冰面，
聲音生硬，
彷彿有東西被劈成兩半，
然後，空的回音
滲入無聲的墳墓，
那冰冷的清晨寧謐。

彷彿是夢境，
他體驗著身上發生的一切，
只知道現在他必定會死。
一個人走過來，無聲地

給他套上飄墜的白色死囚衣。
他向同志們致以最後一個問候，
和熱烈的目光，
以無聲的吶喊，
他親吻十字架上的耶穌，那是
神父嚴肅地遞給他的；
然後三人一組，三組，
他們這十個人將被繩索
死死地捆在木柱上。

立刻
一名士兵迅速走向他，
把他對準槍的眼睛蒙上。
他立刻醒悟：最後一次！
在他徹底失明前，將目光
貪婪地抓住那世界的一個小角，

那從上面向他伸出手的天空：
晨曦中他看見教堂的光芒：
彷彿那是最後的聖餐
閃耀的餐盤，
盛滿神聖的曙光。
他抓住它，這突然的幸福
彷佛抓住死後天堂的生活……
他們給他的眼睛蒙上夜色。

但是內心
流淌的血液開始變色。
在反照的洪水中，
從血液裡升起了
有形象的生命，
他感覺到，
此刻，在這面臨死神的時分，

所有遺忘的過去
再一次沖洗著他的靈魂：
他的一生再次甦醒，場景
如幽靈穿過他的胸膛；
童年，蒼白、失落和灰色，
父母、哥哥、妻子，
三段友誼，兩杯歡欲，
一場成名美夢，一堆屈辱；
失去的青春如一幅幅畫卷
沿著血管烈火般燃燒。
他的內心
依然感到自己的存在，
直到他們把他綁上木柱。
然後，一段深思
悲傷和沉重地
將它的影子投向心靈。

這時

他感覺到有人走近，

一個威脅和沉默的腳步，

近，很近，

感覺到那人把手放在他的心上。

心跳漸漸弱……漸漸弱……

甚至不再跳動——

再過一分鐘——然後一切將結束。

哥薩克士兵

在對面站立成射擊隊形……

槍帶甩動……手指發出喀嚓聲……

鼓點將空氣劈成兩半。

這一秒如一千年之久。

忽然，一聲大喊：

住手！

一名軍官
走上前來，一張白晃晃的紙，
他的聲音清晰響亮地
切入等待中的寂靜：
沙皇
以他聖意的恩典
收回判決，
將死刑改為輕判。

這些話令人半信半疑，
他思考不出它的意義，
但是，血
在他的血管中又變得鮮紅，
上升，開始輕聲歌唱。
死神
緩緩地爬出僵硬的關節，

眼睛感覺到，雖然蒙著黑暗
它將擁抱永恆之光的問候。

執法官
默默地幫他解開繩索，
兩隻手剝開白色的綳帶
彷彿撕開他火熱的太陽穴上
有裂縫的樺樹皮。
雙眼恍惚地逃離墳墓，
遲緩、目眩和無力地
再次觸摸進已經永別的
世界。

這時
他看見剛才那金色的教堂頂，
現在它正在初升的霞光中

神祕地發出光芒。

朝霞，紅如盛開的玫瑰，
擁抱著教堂頂，
彷彿虔誠的祈禱，閃耀的塔尖，
曾釘在十字架上的手
如一把神聖的劍，高高指向
被快樂染紅的雲朵。
那裡，在輝煌的曙光中，
教堂上的天堂正在擴大。

光線
將自己燃燒的光波
拋向歡唱的天穹。

一片片浮霧

如煙升起，彷彿帶著
人間所有的黑暗，
飄向上帝的晨輝，
從底層向上的聲音
在膨脹，如千萬個聲音
匯成一個合唱。
此時，他第一次聽見
整個塵世的痛苦，
將所有刻骨的悲傷
向蒼天哭訴。

他聽見聲音，來自弱小者，
來自徒勞地要奉獻自己的婦女，
來自嘲笑自己的娼妓，
來自沮喪者陰沉的怨恨，
他們孤獨，沒有微笑，

他聽見孩子抽泣地哭訴，和
被姦汙的人之喊聲多麼無助，
他聽見所有受苦受難的人，那些
被遺棄的、低沉的、被嘲笑的人，
那些小巷中日夜受難的
平民百姓，
他聽見他們的聲音，
以一個強大的旋律
直衝寬廣的天空。
他看見，
只有痛苦飄向了上帝，
而其他坎坷的人生
依然將苦難留在大地。
但天上的光無限擴大，
雲層之下，
上升的合唱

來自人間的悲傷；
他知道，這一切，這一切
將被上帝聽到，天主的殿堂
已經響起悲憫之歌！

上帝
不審判窮人，
而是用祂無限的悲憫
照耀天堂。
啟示錄中的四騎士散去，
將死之人再一次經歷人生，
痛苦變成欲望，幸運卻是折磨。
此刻，熱情的天使
降臨大地
將神之光和痛苦中孕育的愛
深深地、燦爛地

刺入他寒冷顫抖的心。

於是，
他踉蹌地跪下。
突然真實地感覺到整個
世界和其中無盡的苦難。
他的身體顫抖，
白沫洗滌著牙齒，
面部抽筋到變形，
然而，淚水
幸福地浸濕了他的死囚衣。
因為他體會到，只有在
觸碰過死神苦澀的嘴唇後，
心靈才感受到人生的甜蜜。
他的靈魂渴望受到折磨和創傷，
他清楚地意識到，

就在這一時刻，
他成了另一個人，
那個一千年前在十字架上的人，
而那個人，就像自己一樣，
在那燃燒的死神之吻後
必須為受難而熱愛生命。

士兵們將他從木柱上拉開。
慘白
他的臉色猶如死人。
粗暴地
他們把他推回佇列。
他的目光
異樣，陷入了沉思，
在他抽搐的唇邊掛著
卡拉馬助夫的苦笑。

09

在大西洋鋪一條海底電纜

通訊革命的第一人
美國企業家菲爾德

關鍵時刻

▼

一八五八年七月二十八日

交通傳播技術大爆發

在數以千計乃至萬計的年月中，地球上出現「人類」這種特殊生物。除了奔跑的馬、轉動的輪子、划動或揚帆的船之外，人類還沒有發明更高速的移動方式。從人類有意識以來所涉及的狹隘空間來看（也就是所謂的世界歷史），跟交通有關的技術，一直沒有明顯的進步。

在十七世紀，哈布斯堡王朝的華倫斯坦（Albrecht von Wallenstein）行軍速度還比不上西元前的凱撒。到了十九世紀初，拿破崙部隊的推進速度還是比不上十三世紀的成吉思汗。在十八世紀末，英國海軍名將納爾遜（Horatio Nelson）的護衛艦也只比維京人的海盜船和腓尼基人的商船略快了一點。

在英國作家拜倫勳爵的長詩〈恰爾德．哈羅爾德遊記〉中，主角每天行走的路程，也沒有比羅馬詩人奧維德被流放的路途還長。在十八世紀時，歌德出外旅行的速度跟舒適度，等同於西元一世紀初使徒保羅的宣教之旅。自羅馬帝國到拿破崙執政的時期，各國國土的大小與彼此的距離也沒有多大改變。人的意志力還是無法戰勝物質條件。

到了十九世紀，人類才真正改變移動的方式和速度。比起之前一千年，在十九世紀的前二十年，各個民族和國家更迅速地互相靠攏。火車和蒸汽船出現後，以前要花上幾天的旅行，現在一天內就能完成；以前幾小時的路途，現在一刻鐘以內就能到達。火車和蒸汽船展現出前所未有的速度，致使人們洋洋得意，但這些發明都還在人們能理解的範疇中。比起馬車、帆船等舊式的交通工具，新式的交通工具只是把速度提高了五倍、十倍、二十倍，但就其外觀和內部結構來看，在經過解說後，一般人依然能夠理解這些「奇蹟」。

不過，第一批電氣設備所產生的效果就完全出乎人們的意料。「電」就像希臘英雄海克力斯一樣強大又有神力。人類剛認識它沒多久，就馬上推翻迄今為止所有的定律，還得重新設定常用的度量單位。

當年電報發明時所展現的驚人效果，我們後來的人根本無法想像和體會。最早的電容器是「萊頓瓶」，透過它，人們就能看到一英吋長又感覺不到的電火花「劈啪」一下跑到手指上。但此時此刻，它獲得了一股魔力，能飛越國家、山脈和整個大陸了。

如今，幾千公里外的人能在同一時刻收到、閱讀和理解尚在構思的想法，以及墨跡未乾的字句。無影的電流在小伏特電棒的兩極間振動，它能夠延伸出去，從一端穿過整個地球到達另一端。這個儀器好比是物理實驗室裡的玩具，本來它只能透過摩擦玻璃來吸引幾張小紙片，如今卻已擁有超出人類幾百萬倍乃至幾億倍的力量和速度。人類用它來傳遞消息、驅動電車、照亮街道和房屋，它像精靈那樣漂浮在透明的空氣中。自上帝創造世界以來，空間和時間的關係一直很穩定，等到人類能控制電後，兩者的關係便有決定性的改變。

一八三七年，這一年對世界具有重要意義：摩斯（Samuel Morse）發明了電報，人類開始能同時體驗到彼此的經驗。但遺憾的是，我們很少能讀到這些歷史，教科書根本都沒提到。顯然教育官員認為，講述將領、民族的戰爭和勝利比較重要，而人類真正的共同成就不值得一提。然而，就其廣泛的心理影響而言，近代歷史上的任何一天，都無法與發明電報所引起的作用相提並論。

此後，巴黎的人能同時知道阿姆斯特丹、莫斯科、那不勒斯和里斯本這些地方在同一分鐘內發生的事情。世界因此就變得不一樣了。人類只需跨出最後的一步，其他地區的人就能融入這個偉大的聯盟，全人類的共同意識也將會實現。

可是，大自然仍然在抵抗，它設置了一個障礙，所以這個大聯盟遲遲無法成立。電報發明後二十年，許多國家仍被海洋分割，無法用電訊聯繫。我們有了陶瓷絕緣體，以確保電信訊號能暢通。可是水會吸收電流，人們還沒有發現方法，讓銅絲和鐵絲在海水中完全絕緣，所以製造不出穿越海洋的電纜。

幸運的是，在科技發展的時代，一種新發明會帶來其他的新發明。電報在陸地上普及了幾年後，人們就發現了古塔膠（Gutta-percha）：這種材料從膠木樹中獲取，能在水中發揮絕緣的作用。由此，人們開始將英國（歐洲大陸對岸最重要的國家）連接到歐洲的電報網中。

夢想需要臨門一腳的推動者

有一位名叫布雷特（John Brett）的英國工程師鋪設了第一條電纜，而這個地方正是後來法國飛行員布萊里奧（Louis Blériot）第一次飛越海峽的地方。就在布雷特快要成功之際，意想不到的愚蠢行為發生了。有個叫布洛涅的漁民以為自己找到了一條特別肥胖的海鰻，還把剛剛鋪設完成的電纜拉了上來。

一八五一年十一月十三日，布雷特第二次嘗試成功了。從此，英國和歐洲大陸連接起來。歐洲第一次統一了，猶如一個完整的人，有大腦、心臟，身心能同時經歷每分每秒所發生一切。

從人類歷史的長河來看，十年不過是一眨眼的工夫。在這短短幾年中，人類所取得的非凡成就，喚起了那一代人無限的勇氣。只要努力嘗試，一切都會實現，並以夢幻的速度發展下去。僅僅花了幾年時間，英國又與愛爾蘭建立電報線路，然後丹麥與瑞典、科西嘉島與義大利都連接上了。於是，人們立即開始嘗試把網路延伸到埃及、印度。但是還有一塊大陸，從實際意義上來說更為重要——美洲，卻一直被排除在全球的電報圈之外。人們不知道如何讓電線穿越大西洋與太平洋，海洋那麼遼闊，根本不可能設立中繼站。

在電力發展的孩提時代，許多因素仍屬未知。海的深度還沒有被測量，人們對海洋結構的瞭解也很有限。人們沒有在如此深的海底進行過測試，不知道電纜能否承受海水無限堆積的重量。即使當時的技術很先進，有辦法讓巨長的電纜安全地下沉到海底，但還得找到一艘巨大的船，才能承載三千兩百公里長、內部都是鐵和銅的電纜。此外，人們還得製造一臺強大的發電機，好讓電流不間斷地傳送到兩三周航程外的遠方。

但以上這些條件都還沒實現。人們也不知道，海洋深處是否有改變電流的磁場，也沒有可靠的絕緣體、精確的測量儀器。人們只瞭解基本的電學定律，而它才剛從千百年沉睡的無意識中睜開眼睛。

「不可能！荒唐！」每當有人提及跨越海洋的計畫時，學者們就提出強烈的反對。勇敢的工程師也頂多認為：「以後也許可行吧。」摩斯本人（對電報科技的貢獻最大）也認為這個計畫風險高又難以預測。不過他預言道，若跨越大西洋的電纜真能鋪設成功，那一定是「世紀壯舉」，人類的偉大事業。

想要創造奇蹟，成就了不起的事業，其先決條件必定是：團隊中有個人相信一定會成功。學者們猶豫不決時，固執的人才有勇氣在因緣際會中推動事業前進。

一八五四年，英國工程師吉斯伯恩（Frederic Newton Gisborne）想從紐約鋪設電纜到美洲最東端的紐芬蘭島。這樣一來，人們就能提前幾天接收到輪船抵達的資訊，但這項工程還沒完成就耗盡資金了。於是他前往紐約，看看能不能找到金主。純屬偶然，這位發明大王遇到了一位年輕人菲爾德（Cyrus West Field）。菲爾德是牧師的兒子，經商的運氣很不錯，年紀輕輕就擁有豐厚的財產，所以很早就過著退休的生活。然而，長期無所事事，他覺得很空虛。吉斯伯恩前來找他，希望能得到資金，以完成從紐約到紐芬蘭島的電纜鋪設。

這就是人們所說的好運氣！菲爾德既不是技術人員，也不是專家，不懂電子技術，也從未看見過電纜。但是，這位牧師的兒子既熱血又有宗教情懷，是個奮發勇敢的美國人。工程師吉斯伯恩只看到眼前的目標：紐約與紐芬蘭島的電報線路，但熱情有活力的菲爾德卻馬上萌生遠大的理想：用海底電纜連接紐芬蘭島與愛爾蘭。

不管要克服多少障礙，菲爾德都一定要完成夢想。精力充沛的他，在那幾年裡往返歐美兩地三十一次。從那時起，他決心要為這個事業投入心力和自己所擁有的一切資源。就這樣，決定性的火苗被點燃了，這個想法得到具體而有爆炸性的力量。此刻，嶄新、如奇蹟般的電子能量與人類的意志（生命中最強大的元素）結合起來了。這個男人找到了自己人生的使命，而這個使命找到了實現自己的人。

製作巨大的纜線

菲爾德以難以置信的精力投入到工作中。他聯繫所有的專家，也去政府機構申請許可證。為了籌措資金，他還在歐美兩地發起募款。這個名不見經傳的人內心有強烈的信念，深深相信電力就是新時代的力量。他大力推動電報事業，僅僅幾天裡，就在英國籌到三十五萬英鎊的初期資金。

在利物浦、曼徹斯特和倫敦，他號召當地的富商成立「電報建設和維護公司」，於是資金滾滾而來。連署的人還有英國小說家薩克萊（William Makepeace Thackeray）和名媛拜倫女士（Lady Baron），他們沒有商業目的，純粹出於熱情和道義而願意援助這項工程。在火車之父史蒂芬生（George Stephenson）、英國工程大師布魯內爾（Isambard Kingdom Brunel）的時代，人們對技術和機器的發展都高度樂觀。因此，鋪設大西洋電纜這麼理想化的事業，才能募集到不計得失的巨額基金。

計畫啟動之初，眾人唯一有把握的預算，就是鋪設電纜的費用，而實際上執行的技術層面，卻沒有可作參考的先例。在十九世紀，人們從未設想過規模如此巨大的工程。英國多佛和法國加萊間的海峽很窄，施工沒那麼難，但橫跨整個大西洋就是另一回事了。

在多佛海峽，只要找來一艘普通大小的輪船，就能從露天甲板上一圈圈地放下六十多公里的電纜，就像鐵錨那樣，從絞車向下滑落，沉入大海。只要在風平浪靜的日子，就能在多佛海峽鋪設電纜；人們瞭解它的深度，海岸的狀況也看得到，於是能避免各種危險和意外。只需一天的時間，工人就能順利地完成鋪設和連線的工作。

然而，不停頓的跨洋航行至少需要三到四個星期的時間，那一百倍長、一百倍重的線圈也不能在露天甲板上接受嚴酷天氣的考驗。

此外，當時也沒有一艘船的儲藏空間大到能存放這條由鐵、銅和古塔膠製成的巨大電纜，就算有，船本身也不一定能承載此重量。因此，人們至少需要兩艘大船，而且必須有其他船隻隨航，以便大船維持在最短的航線上，並在遇到困難時及時得到援助。

英國政府提供了自己最大的戰艦「阿伽門農號」（HMS Agamemnon），它是英國在克里米亞戰爭的指揮艦；美國政府也提供一艘五千噸的護衛艦「尼亞加拉號」（USS Niagara，當時最大噸位的船）。但是這兩艘船都必須改裝，才能存放一半的巨長鏈條，完成連接地球兩大洲的任務。

當然，主要的問題還是電纜本身，它就像歐美兩洲間的巨大臍帶，是這項計畫中最不可思議的施工項目。這條電纜必須結實到像鋼索一樣，不會被扯斷，又要夠柔軟才容易鋪設。它必須能承受各種壓力和重量，但又要像真絲線那樣可以光滑地盤旋開來。它必須是實心的，但又不能太笨重；一方面要堅固耐用，另一方面又要很精密，以便把最微弱的電波傳送到兩千多海浬外。歐美兩地的單次航程為十四天，這條巨大的繩子只要有一處出現細小的裂縫或凹凸不平，傳訊品質就會受到影響。

但團隊人員放膽地去做了！各家工廠不分晝夜地趕工，一個人的強大意志推動所有的輪子滾滾向前。為了製作這巨大的電纜，整座山的銅鐵礦都被挖空；為了生產古塔膠護圈，還得從整座森林的橡膠樹取出乳膠。

為了具體、充分地描述這一事業的規模有多宏大，在此我做個類比。這條繩索是由五十八萬七千兩百公里長的單股銅鐵絲繞起來的，而這個長度足以繞地球十三圈，或是將地球和月球連成一線。從技術上說，在巴別塔之後，人類再也沒有過如此宏偉的工程。

眾人期待的首航

機器轟鳴地運轉了整整一年，細密的電線延綿不斷地從工廠流淌出來，並被捲入兩艘船的內艙。經過成千上萬次的旋轉後，巨大的線圈繞成了，兩艘船各自裝上一半的電纜。新設計的龐大絞車也組裝完畢，可緊急停止或盤回電纜。它可以連續運轉三周，讓電纜沉入海洋的底部。

優秀的電工和工程師，包括摩斯都聚集到船上；在整個鋪設過程中，他們要用儀器監控電流是否中斷。記者和畫家也擠滿船艙，希望能用文字和圖像記錄下這次令人期待的航行，自哥倫布和麥哲倫後，再也不曾有這麼偉大的壯舉。

終於，一切準備就緒。英國民眾本來都抱持懷疑的態度，但現在則是興致勃勃地關心起來。一八五七年八月五日，在愛爾蘭的小港口瓦倫西亞（Valentia Island），數百艘大小船隻圍著電纜艦隊，希望能一起經歷這歷史性的時刻。眾人都想目睹電纜的一端如何從船上運到岸上，並固定在歐洲大地上。這次啟航自然形成一場盛大的慶典。政府派來代表致辭，牧師則發表令人感動的演說，請求上帝保佑這一大膽行動。

「永恆的上帝，」他開始祈禱：「是祢獨自擁有天穹，是祢主宰海的波濤；風和洪水屈從於祢。請憐憫地望著祢的僕人……將祢的命令施於地上一切事物，並清除所有障礙和阻力，讓我們完成這重要的工作。」隨後，在岸邊和海上，成千隻手、上千頂帽子一起揮舞。海岸線慢慢地消失了。在眾人的努力下，這個大膽的夢想即將變為現實。

第一次失敗

按照原定計畫，阿伽門農號和尼亞加拉號各裝載一半的電纜，並一同航行到事先計算出來的海洋中點，並在那裡連接部分電纜。然後，一艘船向西，往紐芬蘭島航行；另一艘船向東，朝著愛爾蘭航行。可是，眾人又認為，這些電纜很珍貴，不該在第一次試驗時全部投入。為了謹慎起見，最好還是從大陸端先鋪設一段電纜；畢竟人們也不知道，長距離的海底電報傳輸是否可行。

尼亞加拉號分配到這項任務：從陸地開始，沿途鋪設電纜，直到大西洋的中點。這艘美國護衛艦小心謹慎地緩慢航行，像蜘蛛那樣，從龐大的身體不斷往後吐出線絲。船上的輸送機器緩慢、均勻地發出嘎吱聲，水手們都熟悉這種聲音；絞車旋轉放下鐵錨時也會如此作響。幾個小時後，船上的人不再關心那摩擦的噪音，就像他們也不會注意到自己的心跳。

航程繼續，電纜一段段地不斷往下沉，這項壯舉看來沒什麼意外。電學專家在房裡專注地聽著儀器發出的訊號，不斷與愛爾蘭岸上的接收站交換訊號。很奇妙，船員早已望不見海岸，但海底電纜的訊號依然十分清晰，就好比在歐陸的城市間傳送。很快，船離開淺水區，接著越過愛爾蘭後方的海底山脈。在船的龍骨後面，這條金屬線不斷地下沉，猶如沙子在沙漏中均勻地下滑。與此同時，兩端的訊號也在繼續交流。

很快，三百三十五海浬的電纜鋪設完成了，比多佛到加萊的距離長十倍。菲爾德不安地度過了五天五夜，終於來到第六個夜晚，也就是八月十一日，在數十個小時的工作和興奮情緒後，他終於可以躺下來休息了。忽然間，好像有什麼事發生了？嘎吱嘎吱的噪音消失了。舉例來說，行駛中的火車突然停下來，車上睡覺的乘客會跳起來；磨輪突然不轉，磨坊主人會在床上驚醒。同樣地，船上所有人都醒了，紛紛衝上甲板。

首先檢查機器。眾人看一眼就明白問題在哪：轉盤空了，電纜突然脫離絞車。就算工人在場，也不可能及時抓住斷裂的尾端；更不要說從海底找到丟失的那一頭，然後將它捲回絞盤。

太嚇人了，光是技術上一個小小的錯誤，就能毀掉好幾年的工作成果。這些大膽冒險的船員和專家失敗了，只能打道回府；岸上的技術人員突然失去所有的訊號，準備接受壞消息。

再接再厲

菲爾德是唯一沒被打敗的人。他是意志堅定的英雄，也是精打細算的商人。他估算自己的損失：四百六十公里長的電纜，大約十萬英鎊的股本，但更令他憂傷的，是不可彌補的一年時間。只有在夏天，眾人才能等到有利出航的天氣，而現在已經到了夏末。他在另一張紙上寫下其他的收穫。在這次首航的實驗中，人們得到一些寶貴的經驗，至少證明電纜在海底能傳輸訊號。他請人捲好剩下的電纜，以備下一次的任務。不過，船上的鋪設機器需要改進，以免再次不幸地斷裂。

就這樣，在等待和準備中一年又過去了。終於，在一八五八年六月十日，同一艘船帶著新的勇氣和舊的電纜再次出海。在上次航行中，人們發現訊號在海底的傳輸暢通無阻，於是回到原先的計畫：由大西洋中點朝著兩個大陸鋪設電纜。

第二次啟航後，最初幾天沒有發生特別的事。根據估算，他們第七天才會到達中點，這時再開始鋪設電纜的工作。在這之前，整個航程就像旅行一樣。機器不用運作，水手們可以休息和享受美好的天氣。天空萬里無雲，大海風平浪靜；一切都好像太順利了。

但是到了第三天，阿伽門農號的船長隱約地不安了起來。他看了一下氣壓錶，水銀柱的下降速度令人擔憂；特強的風暴一定正在迫近。就在第四天，風暴真的來了，哪怕是老經驗的水手也很少體會過這種風速。

最致命的是，颶風正衝著阿伽門農號而來。這艘船是優秀的航海工具，在各個海洋和大小戰役中承受過嚴峻的考驗，它應該能熬過這次惡劣的天氣。但不幸的是，為承載電纜巨大的重量，這艘船被徹底改造了。一般來說，船上的貨物會平均分配在各個角落，但這巨大線圈只有一部分放在船頭，其餘部分重重地壓在船中心。後果非常可怕：每一次隨波浪上下搖擺時，船身晃動的幅度會增加一倍。於是，這場風暴跟它的獵物玩起各種遊戲：前、後、左、右，船身傾斜達四十五度，風浪淹沒了甲板，各種物品都被打碎了。

禍不單行。船身不斷撞擊巨浪，力道之大，從龍骨到桅杆無一完好；甲板上堆放煤炭的簡易木棚也垮了，猶如岩石塌方，煤炭像黑色的冰雹打向鮮血直流、精疲力竭的水手。一些人摔倒時受傷，另一些人在廚房裡被打翻的鍋爐燙傷，還有個水手在持續十天的風暴中發瘋了。

於是，眾人打算採取最極端的自保措施：將一部分要命的電纜扔進大海。幸運的是，船長拒絕承擔這個責任。他的決定是正確的，阿伽門農號在難以形容的十天颶風中倖存下來了。雖然晚了幾天，但它終於還是到達預定的地點，可以開始鋪設電纜了。

然而，人們在這一刻才清楚看到，這珍貴、脆弱、繞了幾千圈的電纜，在被數天的不斷拋甩後已經體無完膚。有些電纜纏在一起，古塔膠的保護層也有磨損和裂縫。雖然眾人信心不足，但還是想要鋪設看看。結果，三百二十多公里長的電纜等於扔進海裡，根本沒有發揮效果。他們只好再次放棄，以失敗者的姿態，默默地回家。

第三次航行

股東們已經得知這一不幸的消息，他們面色蒼白地在倫敦等著帶頭的騙子菲爾德。一半的股本已浪費在兩次航行中了，但他沒有證明任何理論，也沒有實現任何承諾。不難理解，大多數人一定會說：「夠了！」

董事長建議，能挽救的資產要趕快取回。他同意從船上取下未用過的剩餘電纜，就算虧本也要變賣掉，並就此終止這跨越海洋的瘋狂計畫。副董事長站在他那邊，並提出辭呈，表明他不願再與這項荒唐的事業有任何瓜葛。但是，菲爾德的堅韌和理想主義精神不可動搖。他聲稱任務沒有失敗。電纜順利通過這場考驗，而且船上還有足夠的電纜來進行新計畫，艦隊集合了，船員也已雇到。上一次航行遇見不尋常的壞天氣，因此，這次他們更期待風平浪靜的出航日。

只需再次鼓起勇氣！最後一次挑戰夢想，否則就會永遠失去機會。

股東們越來越不安，對這整個計畫更加質疑：是否該把所剩的資金繼續託付給這個傻瓜呢？但是，堅定的意志最終會打動遲疑的人，菲爾德說服他們再次同意新的啟航計畫。一八五八年七月十七日，第二次失敗又過了五周後，艦隊第三次離開英國的海港。

古人的經驗此時再次得到證實：關鍵的行動要低調進行才會成功。這次出海完全沒有受到關注，沒有小帆船、小木船圍繞著大船表示祝福，沒有人群聚在海岸，沒有慶典般的歡送宴會，沒有演講，也沒有牧師祈求上帝的恩典。船隊彷彿是去進行走私活動，膽怯而沉默地出海了。幸好大海友善地等待著他們。阿伽門農號離開愛爾蘭的科夫（Cobh）港十一天後，照計畫在七月二十八日和尼亞加拉號會合，在大西洋中點進行偉大的工程。

那可是非常罕見的畫面：兩船的船尾相對。在兩艘船之間，電纜的兩端接好了。沒有任何儀式，船上的工作人員也不太激動（失敗太多次所以有點麻木）。在兩艘船之間，鐵和銅製成的纜索開始下沉，直達最深的海底（人類尚未用重錘探索過）。然後，雙方再次透過旗語致意並道別，英國的船回到歐洲，美國的船駛向北美洲。在遼闊的海洋上，它們像兩個小點，慢慢離開彼此，但卻始終以電纜連在一起。有史以來，兩艘船第一次穿過風浪和空間，在看不見對方的情況下進行交流。

每隔幾個小時，其中一艘船就會透過海底的訊號，向另一艘船報告自己已航行的里程數，每次都能得到對方的回覆：「感謝這好天氣，我們也完成同樣的里程。」一天、兩天、三天、四天，日子就這樣過去了。終於，在八月五日，尼亞加拉號報告說，它到達紐芬蘭島的三一灣（Trinity Bay），已能看見美洲的海岸了，船員也鋪設了至少一千零三十海浬的電纜。阿伽門農號也興奮地回覆說，它也已安全地在海底鋪設了一千多海浬的電纜，而且從他們那邊看，愛爾蘭的海岸也在視線之內了。

現在，人類的詞語第一次從某個大陸傳送到另一個大陸，從美洲抵達了歐洲。偉大的事業完成了，但只有兩個船艙裡的幾百人知道。世人早已忘記這個冒險行動，也還沒有收到這個消息。沒有人在海岸迎接他們，不論是在紐芬蘭或愛爾蘭。

但是，當海底電纜連上陸地電纜的那一秒，所有人就會知道，全人類共享的偉大成就已實現。

成為國民英雄

這個喜悅如晴天霹靂，所以能點燃巨大的火焰。八月初，新大陸與舊大陸同時得知這項工程已完成，而它所引起的反響，筆者難以形容。在英國，一向謹慎的《泰晤士報》甚至在頭版頭條寫道：「哥倫布發現新大陸後，不曾有任何一件事能與這項偉大的壯舉相比較。人類的生活空間此後就更加廣大了。」

倫敦全城沉浸在歡樂和興奮的情緒中。英國人自豪又喜悅，但仍有些矜持與羞怯。美國人得到消息時非常激動，就像刮起颶風一樣，商店立刻停止營業，街道上擠滿打聽消息的喧嘩人群。一夜間，不為人知的菲爾德成了全國的民族英雄。人們把他與富蘭克林和哥倫布相提並論。大小城市的居民激動和喧鬧，盼望能親眼見一下這個男人。在他的堅定信念下，「年輕的美洲與古老的歐洲結為連理」。

不過，民眾的情緒尚未達到高潮，畢竟消息只停留在電纜剛鋪設完成而已。但兩岸是否能通話呢？這項偉大的事業還差一步才算真的成功。整個城市和國家都在等待從大西洋那邊傳來的第一個詞。人們知道，英國女王會發出首則訊息，獻上她的祝賀。隨著時間一天天過去，人們越來越焦急。原來出了個不幸的意外，從紐約連到紐芬蘭島的電纜故障了。八月十六日的晚上，維多利亞女王的賀電才終於抵達紐約。

當然，這期待已久的消息還是來得太晚了，報社來不及排上隔天的頭版，工作人員只能先把消息傳送到電報局和編輯部。成千上萬的人立刻聚攏起來，抓著報童問消息，後者的衣服都被抓破了，還得在擁擠的人群中穿行。人們在劇院、飯店宣讀消息。很多人還是不敢相信，電報比世上最快的船還早了幾天到達。他們湧向布魯克林區的港口，去迎接在和平時期立下大功的英雄尼亞加拉號。

第二天，八月十七日，報紙以特大的字體表達歡呼之意：「電纜展現完美的效用」、「人人瘋狂又喜悅」、「全城轟動」、「全世界最值得紀念的時刻」。這是無與倫比的勝利，自從地球上出現了思想，這是第一次，思想以它自己的速度穿越海洋。不久後，美國總統也用電報回覆女王，並派砲兵團發射了數百響禮砲。

現在，再也沒有人敢質疑了。晚上，成千上萬的明燈與火把照耀著紐約等各個城市。每扇窗閃著光，哪怕市政廳圓頂起火，都絲毫不會影響到人們的喜悅。第二天，人們又歡慶另一樁喜事：尼亞加拉號入港了！菲爾德終於成為偉大的英雄！人們歡天喜地，將剩餘的電纜拖進城市，並設宴招待船員。從大西洋到墨西哥灣的每個城市，這個場面每天都在上演，眾人彷彿在慶祝重新發現美洲大陸。

這還不夠，遠遠不夠！凱旋的遊行規模應該更壯觀，要創造新大陸上史無前例的場面。準備工作進行了兩星期，終於在八月三十一日這一天，整個城市都在為唯一的英雄菲爾德歡呼，比起歷史上的皇帝和統帥，人們更加崇拜這位勝利者。

在一個明朗的秋日，慶賀的遊行隊伍花了六小時才從城市的一頭走到另一頭。軍隊作為先鋒，士兵揮舞著旗幟穿過一片旗海的街道，隨後是樂隊、合唱團、聲樂家、消防隊、學生和退伍軍人，眾人組成望不到盡頭的漫長隊伍。

所有會走路的都參加了，會唱的都開口了，會歡呼的都在大聲喝采。一輛四駕馬車載著菲爾德出場，氣勢如同凱旋回歸的大將軍，尼亞加拉號的船長則在另外一輛馬車上，第三輛馬車上才是美國總統，之後才跟著市長、官員、教授。

後來人們還舉辦各種演講、宴會。民眾拿著火把遊行，教堂敲響了鐘聲，禮砲轟轟隆隆。人們一次次地歡呼和簇擁著這位新哥倫布，因為他連起兩個世界，戰勝空間的限制。此時此刻，最著名的和最受崇拜的美國人就是菲爾德。

瞬間身敗名裂

這一天，成千上萬的聲音在喧嘩和歡呼。在這場慶典中，唯獨一個要角卻沉默無語，而它也是最重要的功臣：電報。在這一片歡呼聲中，菲爾德猜想到，可怕的事實發生了，而且應該只有他知道。這對他來說實在是太殘酷了，因為恰好就在這一天，大西洋的電纜停擺了。前幾天工作人員就發現，訊號越來越混亂，越來越無法辨認。電線吐出了最後一口氣，現在連喘息聲都消失了。

此時，除了在紐芬蘭島負責收發電報的少數工作人員，全美國的人都料想不到，電纜正逐步失靈。這幾個人非常猶豫，因為民眾的熱情與喜悅久久不退，所以他們不願把這個壞消息公諸於世。不過顯而易見的是，跟電報有關的消息越來越少。美國人期待，每個小時都有訊息從海洋另一頭傳來，但現在儀器偶爾才會收到一些模糊而無法辨識的訊號。

沒多久，謠言四起。人們急於得到更好的傳輸效果，所以加強電流，導致原本就不耐用的電纜有所損壞。工作人員希望能及時解除故障問題，但紙包不住火，因為訊號斷斷續續，變得無法解讀。在歡慶後的隔天早上，九月一日，大西洋彼岸再也沒有傳來清晰的訊號，收發儀器不再有明顯震動。

人們從單純的喜悅中清醒後，便無法原諒菲爾德；他們的期待太深，所以覺得自己被欺騙了。前一天他們還在大肆讚美電報有多神奇，但現在故障失效的傳言已獲得證實，於是歡呼的巨浪急速變成惡毒的評論。埋怨的箭頭都指向無辜的罪人菲爾德，人們說他欺騙了整座城市、整個國家、整個世界。紐約民眾指責說，他早知道電報失效了，但出於自戀的心態，還讓人們繼續為他歡呼，並趁機從自己的股票獲取巨額利潤。

還有更惡毒的誹謗，不但令人匪夷所思，而且完全沒有事實根據：大西洋的電報系統沒有運作成功，相關的消息都是騙人的，全都是主辦單位故弄玄虛，英國女王的電報之前就寫好了，而不是透過越洋電報傳送的。還有謠言說，在這段時間裡，電報所傳遞的訊號太零碎了，工作人員解讀不出來，只好用瞎猜的方式拼湊出電文。

醜聞爆發了。昨天那些大聲歡呼的民眾，今日都成了怒氣衝天的批評者。紐約市的居民和全國民眾都感到很羞愧，認為自己太熱情、高興得太早了。

菲爾德成了這場怒火的祭品，他昨天還被當成民族英雄，被捧為富蘭克林的兄弟和哥倫布的後繼者，但現在他像罪犯一樣，得到處躲避朋友和支持者。那唯一的一天造就了一切，也毀滅了一切。失敗是不可預料的，但失去了資本，毀掉了信任，這條無用的電纜像神話中的巨大海蛇一般，躺在深不可測的海底。

六年的沉默

六年來，這條被遺忘的電纜毫無利用價值地躺在海洋中。在某個歷史時刻裡，這條歐美兩洲間的脈搏同步跳動，但如今卻冰冷地保持沉默。就在那一天，美洲和歐洲猶如面對面，只相距幾百字的長度，現在又回到以往幾千年的狀態，被無法克服的遙遠距離隔開。十九世紀最勇敢的計畫，昨天已實現，但現在又成了傳說和神話故事。

不言而喻，人們不會重啟這成功一半的工程。失敗的痛苦麻痺了所有人的精力，澆熄了大家的熱情。在美國，南北戰爭分散了人民的注意力。在英國，相關的專家有時會召開研討會。他們煞費苦心，花了兩年的時間，只有證實一個枯燥乏味的結論：從理論上說，海底電纜是可行的。從學術報告到實際行動又是一條漫長的路，沒有人想要去嘗試。這六年間，所有相關的工作都處於休眠狀態，如同那條被遺忘在海底的電纜。

六年，在歷史長河中是可以被忽略的瞬間，但對於電學這樣年輕的科技領域來說，卻卻意味著一千年。在這個領域中，每年、每個月都會出現新的發明。發動機越來越強大、越來越穩定，應用範圍更廣泛，相關的設備因此更為完善。此時，電報網已經覆蓋整個歐洲大陸，還跨越了地中海，連接了非洲與歐洲。在不知不覺中，跨越大西洋的計畫不再是個幻想。重新挑戰的時間來到了，只是還缺少一個人來給那個老計畫注入新能量。

突然，那個人出現了，看，還是那個老面孔，他以同樣的自信和勇氣出現了。菲爾德復活了，被放逐、排擠、藐視和噤聲了這麼多年，他又回來了。他第三十次越海來到倫敦，也再次順利地注入六十萬英鎊去申請施工的許可證。

緊接著，一艘夢寐以求、能獨自負載巨大貨物的巨輪也到位了，那就是布魯內爾所設計製造的「大東方號」（Great Eastern），排水量達二萬二千噸，有四個煙囪。奇蹟一再出現。這艘船的設計過於大膽和超衛，被閒置已久，然而就在一八六五這一年，菲爾德考慮了兩天就買下它，並重新改裝為任務專屬的貨運船。

從前很困難的事情，現在都變得簡單了。一八六五年七月二十三日，這艘巨輪載著新的電纜離開了泰晤士河。他們達到鋪設進度的兩天前，電纜斷裂，所以失敗返航；永無饜足的海洋又吞噬了六十萬英鎊。但是，這些專家在自己的領域中已有足夠的自信，遇到失敗也不會再氣餒。

一八六六年七月十三日，大東方號第二次出航。這次任務大獲成功，船上的工程人員透過電纜向歐洲傳送出清晰明確的訊號。

幾天後，船員還找到過去遺失的那條舊電纜。靠著這兩條電纜，新舊兩個世界連成一體了。昨天的奇蹟在今日已是順理成章的事。從這一刻起，地球有了一致的心跳；某個角落的人能同時聽到、看到和理解另一邊人的生活了。

只要發揮創造力，人類的奇蹟就無所不在。綜觀歷史，這麼多位冒險家想拉近空間和時間的距離，感謝他們的努力。人類總是執迷於致命的妄想，不斷嘗試破壞團結和平的大地，還用大自然所賦予的力量毀滅自己。但只要放下執著，人類就能結成光明的聯盟，永保長治久安。

10

逃出家庭
奔向上帝

托爾斯泰人生的最後一站

關鍵時刻

▼

一九一〇年十月

引言

一八九〇年，俄國文學大師托爾斯泰開始創作一部自傳性質的戲劇，題名為《光在黑暗中閃耀》（*The Light Shines in the Darkness*）。雖然他沒有完成而留下遺稿，但還是有搬上舞臺。從第一幕開始，作者就要讓大眾看到他最私密的一面，包括其家庭悲劇。顯然地，作者也把它當作人生的辯解，包括他的逃家之舉，以及對妻子的歉意。由此可知，作者內心發生極度的衝突，並想在道德上獲得完美的平衡。

主角薩雷索夫是作者自己的寫照；評論家認為，在各大悲劇中，這的角色的虛構成分最少。托爾斯泰創作這部悲劇，無疑是想預告他人生的必然結局。但是，無論是在作品還是在現實生活中，無論是在一八九〇年還是十年後的一九〇〇年，托爾斯泰都沒有勇氣和決心與內心的矛盾決裂。在薄弱的意志與絕望中，他沒有完成這部作品，只留下劇中無助的主人公；薩雷索夫伸出雙手向上帝祈求，期盼獲得幫助，以結束他內心的衝突。

托爾斯泰沒有完成作品的最後一幕，卻在人生中親身經歷它。在一九一〇年十月底，他終於放下二十五年來的猶豫不決，決心要擺脫困境。跟家人發生幾次戲劇性的爭執後，托爾斯泰離家出走了，而且時間點非常剛好。他想死得光榮又有代表性，而上天也用完美和有尊嚴的方式結束他的生命。

因此我認為，為這部未完成的作品加上作者個人的悲劇，非常合理。不過，我一定會尊重歷史和事實，懷著敬畏之心完成。我有自知之明，我不敢媲美托爾斯泰的才華。因此，我不是為了要幫他彌補不足之處，也不是幫他代筆完成結局，只是想向他致敬。希望讀者不要將這項嘗試當作圓滿的結尾。這只是一部獨立的篇章，讓這部悲劇有嚴肅的結局，並交代作者內心未解決的衝突。這就是最後一幕的意義，也是我懷著恭敬的心所努力追求的宗旨。

另外，我也需要為表演者說明。從時間上來說，這幕尾聲的情節發生在《光在黑暗中閃耀》的十六年後，因此托爾斯泰的外形一定會有明顯的變化。他那些保存完好的晚年肖像可以作為底本，尤其是他與妹妹在夏馬迪諾修道院和他在病榻上的照片。同樣，為了尊重歷史，他的書房也會以其原樣重現，它簡樸到令人肅然起敬。主角的名字我會直接改為托爾斯泰，而不是將其隱藏在薩雷索夫的背後。最後，為了劇情所需，我希望這幕尾聲緊接在《光在黑暗中閃耀》的第四幕之後，而且兩幕的間隔時間要長。此外，我並不樂見這幕尾聲獨立上演。

人物介紹

托爾斯泰：主角，時年八十三歲
伯爵夫人索菲亞：妻子
列弗烏娜（暱稱：莎夏）：女兒
格奧爾格維奇：祕書
彼得羅維奇：托爾斯泰的家庭醫生和朋友
奧索林：阿斯塔波沃（Astapovo，編按：今日已改稱托爾斯泰站）車站的站長
格里戈維奇：阿斯塔波沃的警察局長
大學生甲
大學生乙
三名旅客

第一場和第二場發生於一九一〇年十月底，就在托爾斯泰的住家亞斯納亞—博利爾納（Yasnaya Polyana）莊園；最後一場發生於一九一〇年十月三十一日，在阿斯塔波沃車站的候車室內。

第一場：兩位大學生的質疑：坐而言不如起而行

時間：一九一〇年十月底。

場景：亞斯納亞—博利爾納，托爾斯泰的工作室，簡樸、無任何裝飾，與人們熟悉的照片完全一致。

祕書帶著兩名大學生走進來（下稱甲、乙）。他們穿著俄羅斯風格的高領黑襯衣，兩人都很年輕，表情嚴肅，舉止有自信又盛氣凌人，一點也不害羞。

祕書：「請先坐下，托爾斯泰不會讓你們久等。但記得他的年紀不小了！托爾斯泰太喜歡與人討論學問，常常會忘記自己有多疲勞。」

甲：「我們沒有多少問題要問托爾斯泰。只有一個對我們來說至關重要的問題，對他也是。我向你保證，我們只會待一會兒，前提是我們可以自由發言。」

祕書：「沒問題。形式不用太拘謹，但最重要的是，不要叫他『老爺』，他不喜歡這種稱呼。」

乙微笑說：「這一點不必擔心。我們可能會犯其他錯誤，但唯獨這一點絕對不會出錯。」

祕書：「他上樓了。」

托爾斯泰走進來，步伐飛快猶如一陣風，儘管他已年邁，卻行動自如，情緒也時而激動。說話時，他不斷轉動手中的鉛筆或者將紙捏成一團；他性子急，有時會搶話。他迅速走向兩位同學，伸手致意，敏銳而犀利地掃視對方，然後坐到對面的扶手皮椅上。

托爾斯泰：「就是你們兩個吧？委員會派你們來找我……（他在一封信上搜尋）。對不起，我忘了你們的名字。」

甲：「不必在意。我們只是成千上萬人中的兩個凡人，前來拜訪你而已。」

托爾斯泰嚴肅地看著他：「有什麼問題要問我嗎？」

甲：「是有一個。」

托爾斯泰轉向乙：「那麼你呢？」

乙：「同樣的問題。我們所有的人都想問你那件事。托爾斯泰先生，所有的人、所有的俄羅斯革命青年，只想問這個問題。你為什麼不跟我們站在同一邊？」

托爾斯泰平靜地回答：「我已盡力在我的著作和公開信件中明確表達我的態度。不知道你們是否讀過我的書？」

甲激動地說：「是否讀過你的書？托爾斯泰先生，你這個問題就有些奇怪。不光是讀過，我們從小就在你的書中生活。成為青年後，你喚醒了我們內心的良知。是你教我們看到，人類的財富分配有多不公平。這個國家、教會和統治者不保護民眾，反而都在坦護世間不公正的一切。你的書解救了我們。就是你，在你的啟蒙下，我們決定要奉獻全部的人生，直到徹底摧毀這荒謬的制度……」

托爾斯泰想打斷他：「但不是透過暴力……」

甲無禮地回應說：「我們現在已有自己的觀點。除了你，我們從未信賴他人。我們只相信你所說的一切。我們常常自問，誰會剷除這不公平的體制？而答案只有一個：那個男人！我們還問：誰會站起來推翻這邪惡的政權？答案還是一樣：他，托爾斯泰。

「我們可說是你的學生、助理、僕人。當初若你出來領導大家，你只要做個手勢，連死我都願意去。要是幾年前我有機會走進這棟房子，我會向你鞠躬，就像面對聖人那樣。托爾斯泰，這就是你在我們心中的地位。多年以來，你對於成千上萬的民眾、俄羅斯青年以及我們兩人的意義就是如此。

「但如今我恨你，其他所有人都是。從那段日子以後，你疏遠我們，還差點成了我們的敵人。」

托爾斯泰態度變溫和了，接著問：「那你們認為我該做些什麼，才能與你們結為同盟？」

甲：「我不敢斗膽地指正你。但你應該知道俄羅斯青年疏遠你的原因。」

乙：「我們為何不直截了當地說出來？革命事業很重要，不需要再顧及禮節。政府打壓人民、罪大惡極，先生你必須立刻睜開眼睛，而非猶豫不決。你必須立刻從書桌上站起來，公開、明確和無條件地站到革命這一邊。

「你知道的，托爾斯泰先生，政府殘酷地鎮壓革命分子。如今，監獄中被殺害的人比你花園中的樹葉還多。你看著這一切發生，卻不寫一點評論。聽說你會在英文報紙上發表文章，談論人類生命的神聖性。但是你也知道，那些文章動不了血腥暴政一根寒毛。你和我們一樣清楚，現在社會急需徹底的變革，而你的話語足以號召眾人投入革命。

「當年你把我們教成了革命家。現在時機成熟了，而你卻小心翼翼地在一旁觀望，這就意味著你認同暴政！」

托爾斯泰：「我從未贊成使用暴力，從未！三十年來，我放下工作，只為了反抗統治者的惡行。那時你們還沒有出生，三十年來，我一直都比你們更激進，我不只要求政府改善社會現況，還要它打造全新的社會制度。」

乙打斷他的話：「那又怎麼樣？統治者給了什麼承諾，三十年來他們又怎麼對待我們？杜霍波爾派教徒（Doukhobors）聽了你的話對抗教會，卻被政府驅趕，六枚子彈射入了胸口。你溫和地對政府壓力，還寫書和小冊子，但俄國在哪些方面得到改善呢？你是否意識到，你還在助紂為虐，因為人們聽了你的話，還在用寬容和忍讓的精神期待這千年帝國的恩賜。

「不，托爾斯泰，用愛喚起統治者的良知，用天使之音說服驕縱的貴族，已經無濟於事了！除非用拳頭擊中對方的喉嚨，否則這些沙皇的僕人絕不會從口袋裡掏出盧布，更不會退讓一步。人民一直在等你發出兄弟情誼。但我們不能再等了。行動的時刻到了。」

托爾斯泰激憤地反駁：「我知道，你們在革命宣言中說，激起仇恨是神聖又莊嚴的行動。但是，我不認識仇恨，也不想跟它有什麼瓜葛。我不會仇視壓迫人民的兇手。因為，作惡之人比承受惡果的人更不幸。我同情那些惡徒，但我不恨他們。」

甲憤怒地說：「我痛恨所有的不公不義。面對那些壓迫者，我就像一頭血腥的野獸，準備殘酷地獵殺他們。不，托爾斯泰，我不會聽你的話去同情這些罪人。」

托爾斯泰：「罪人也是我的兄弟。」

甲：「哪怕他是我的親生兄弟，我母親的孩子，只要他給人類帶來痛苦，我就會像兇猛的狗，一口咬死他。不，絕不能同情冷血之徒！只要沙皇和眾男爵們的屍體還沒有被埋葬在俄羅斯大地下，世間永無寧日。只要我們還沒有打敗皇室，人類的道德秩序就無從建立。」

托爾斯泰：「透過暴力去強制執行就不叫道德秩序。每種暴力行為都必然會觸發新的暴力行動。拿起武器，就等於創造新的專制政權；你們沒有摧毀它，反而讓它得到永生。

甲：「但除了推翻政權，沒有其他反對統治者的手段。」

托爾斯泰：「我承認，但人絕不能採取連自己都鄙視的手段。請相信我，真正的力量不是以暴制暴。那只是打暈對方，逼迫他們順服。《福音書》上寫著……」

乙打斷他：「呵呵，就別再提《福音書》了。為了麻痺人民的精神，東正教的神父早就把它調製成白蘭地了。那是兩千年前的東西，當時就管用的話，今日世界也不會充滿痛苦和血腥。不，托爾斯泰，被剝削者與剝削者之間慘劇、主人和奴僕之間的痛苦，已不是《聖經》能掩蓋的。幾百個……不，這幾千個樂善好施的信徒，如今都在西伯利亞的荒原和地牢中承受煎熬。明天，更會有成千上萬的人被送去。那麼我就問，這幾百萬無辜的人，真的該為少數罪人而繼續受苦受難嗎？」

托爾斯泰克制自己的情緒，接著說：「受苦受難總比血流成河好。正是有些這些無辜的受害者，才能抵擋不公不義的狂潮。」

乙暴怒起來：「這幾千年來俄羅斯人民永無止盡的苦難，你還看成是助力？好啊，你到監獄去問問！托爾斯泰，去問問被欺壓的人，問問城鎮裡挨餓的人，受苦受難的滋味有多好！」

托爾斯泰憤怒地回答：「肯定比用暴力好！你們真的相信，用炸彈和革命，就能徹底消滅這世上的罪惡嗎？不，那只會製造罪惡。我再次重申，為一個信念承受苦難，比為它去殺戮好一百倍。」

甲憤怒地說：「既然承受苦難如此美好，又能展現仁慈，那麼托爾斯泰先生，你為什麼自己不去嘗試呢？你表彰他人的犧牲，自己卻坐在溫暖的宅邸中，還用銀餐具吃飯。而你最關心的農民缺衣少食，還在棚屋中受凍。為什麼你不去代替杜霍波爾派教徒，去承受暴政的壓迫呢？他們可是聽了你的學說才備受折磨。

「你應該離開這座宮殿，走上大街，站在風中、霜凍和雨中，體會一下你所謂的貧窮之美。你總是紙上談兵，不照你的學說去行動。你總該做個榜樣吧！」

托爾斯泰啞口無言。祕書跳到大學生面前，想替老闆辯護，但此時，托爾斯泰振作起來，並把祕書輕輕推到一邊。

托爾斯泰：「不必幫我！這些年輕人質疑我的良心。這是很好的問題……他們問得很精彩，也都切中要點。我應該盡自己所能，認真回答。」

他走近對方一步，遲疑了一下，然後振作起來，但他的聲音變得沙啞而委婉。

托爾斯泰：「你們問道，為什麼我不依照自己的教誨和言論去承受痛苦？我只能羞愧地承認，我的確沒有履行那些神聖的職責。而那是因為……因為我是一個……懦弱、無能而虛偽的人，也是一個弱小、卑微的罪人……上帝至今還沒有賜予我力量，來完成那些急迫的任務。你們，年輕的陌生人，你們的話直指我的良心。我知道，那些急需完成的事，我連千分之一都沒做到。我感到很羞愧，這本來就是我的責任。我應該走出這棟豪宅，離開這可恥而有罪的生活方式，正如你們所說的，踏上朝聖者的路。我不知道該如何做。我內心深處感到羞恥，為自己的卑鄙而抬不起頭。」

兩名大學生退後一步，沉默、停頓了幾秒鐘。然後，托爾斯泰以更低沉的聲音繼續說。

托爾斯泰：「但是……也許我也承受著某種痛苦……我不夠堅強和誠實，不能實現我對大眾的承諾。也許，良心上所承受的痛苦，比身體所受的折磨更難熬。上帝為我鑄造了這個十字架，建了這棟令我飽受煎熬的房子，讓我猶如戴著腳鐐住在監獄中……但是，你們說得沒錯，內心的痛苦是無用的，那是我個人的問題，我卻自以為是地把它當成大事。

甲略為羞愧地說：「請原諒我，托爾斯泰先生。我剛剛太激動了，所以有所冒犯……」

托爾斯泰：「不，剛好相反，我要感謝你們！只要能喚醒良心，哪怕是用拳頭，都對我們有好處。」

眾人沉默了一下。托爾斯泰繼續用平靜的聲音說。

托爾斯泰：「你們還有問題要問我嗎？」

甲：「沒有了，這就是我們唯一的問題。我認為，你不願支持我們，其實是俄羅斯的不幸，也是全人類的不幸。沒有人能夠阻止這場革命。我感覺到，這波起義的浪潮會比地球上任何一次災難都更加可怕。這場革命的領導者，一定會是鐵面無私、堅定無畏又殘酷無情的男人。如果你站在眾人的前頭，你將成為數百萬人的榜樣，進而減少無謂的犧牲。

托爾斯泰：「我的良心絕不允許有任何人因為我的過錯而死去。」

此時，樓下的鈴響了。祕書打斷眾人的對話，提醒托爾斯泰午餐的鈴聲響了。

托爾斯泰無奈地說：「對，吃飯、閒聊、吃飯、睡覺、休息、閒聊——我們就這樣慵懶地度過生命，而別人卻在努力工作、為上帝服務。」

他重新轉向年輕人。

乙：「除了你的拒絕，我們還想帶給朋友其他東西。你不給我們一句鼓勵的話嗎？」

托爾斯泰嚴肅地看著他，思考了一會兒說：「請以我的名義告訴你們的朋友。俄羅斯的年輕人，我愛你們，尊重你們。你們深深關心同胞的苦難，並願意付出生命來改善他們的境況……」

他的聲調突然變得堅定而有力。

托爾斯泰斬釘截鐵地說：「但是，我不會繼續支持你們。你們否認世上有普遍的人性和友愛情誼，所以我無法同你們站在一起。」

兩位學生沉默。然後，乙信心十足地站到前面。

乙：「感謝你接待我們，也感謝你的真誠。我想，我永遠不會再站在你的面前了，所以請接受我這個無名之輩告別時的真心話。托爾斯泰先生，你錯了，人際關係光用愛是不能改善的。這或許適用於富人和無憂無慮的人。但是，有些人從小就忍飢受凍，整個人生都被主人掌控，只能苦苦等待基督降下同胞的博愛之情。他們早已累了，寧願信任自己的拳頭。因此，在你告別人世前，我要對你說，托爾斯泰先生，世界將在鮮血中窒息。人們會殺死貴族的老爺們，還將殺死他們的孩子，並將之五馬分屍，好讓人類不必再面對他們的暴行。希望你不會目睹這些畫面，不會見證自己所犯下的錯誤。我衷心地祝福你！願上帝保佑你平靜地死去！」

在年輕人激動地猛攻下，托爾斯泰愣住了，還退了一步。然後，他冷靜下來並走向對方。

托爾斯泰平淡地說：「感謝你，尤其是最後這一番話。我三十年來都在期望，在與上帝和全人類的和解中離世。」

這兩個人鞠躬後離開。托爾斯泰凝望著他們的背影，然後激動地來回走動。

托爾斯泰對祕書說：「這些年輕人真優秀，他們勇敢、驕傲又有能力。這些年輕的俄羅斯人，偉大、了不起！有信仰又有熱情！六十年前我參加克里米亞戰爭時，在塞瓦斯托波爾（Sevastopol）見過這樣的人。他們以自由和高傲的目光面對死亡，迎向每一個危險。他們笑著支持虛無的理念，頑強地面對挑戰。為了空殼和空話般的偽理想，以及奉獻所帶來的快樂，他們獻出美好的年輕生命。

「真精彩，不朽的俄國青年！憑藉著自身的熱情和力量，他們把復仇和謀殺當作神聖的事業！其實，今天他們上門來，對我有益！這兩個人把我搖醒了。他們說得沒錯，我應該從懦弱中重新振作起來，去實現我的諾言！離死亡只兩步之遙，我卻還在猶豫！真實而正確的東西，只能從年輕人身上學到，他們才是好老師！」

這時門被推開，伯爵夫人猶如一陣風闖了進來，神情緊張、迷茫。她的動作缺少自信，目光總是不安地到處巡視。她說話彷彿心不在焉，內心在驚恐不安中拉扯著。她在無意間忽略祕書的存在，彷彿把他當成空氣，而只顧著與丈夫說話。在她身後，女兒莎夏迅速走了進來。她好像在跟蹤母親，以便監視她。

伯爵夫人：「午飯的鈴聲已響，為了你那篇反對死刑的文章，《每日電報》的編輯也在樓下等了半個小時，結果你卻為這些年輕人而把他晾在一邊。他們都是厚顏無恥之徒！進門時，僕人問道，你們是否有預約要會見托爾斯泰伯爵，其中一個回答說，我們不用預約，是托爾斯泰要找我們。

「你居然與這些自以為是的紈綺子弟攪在一塊。他們只想把世界變得像自己的腦袋那樣混亂！」

她不安地環顧房間。

伯爵夫人：「房裡一片混亂，到處都是東西，書堆在地上，還落滿灰塵。若有體面的人來拜訪，我們全家都會蒙羞。」

她走到椅子邊，扶住它。

伯爵夫人：「皮面全都破了，你應該感到羞愧。不，我看不下去了。好在明天裝潢師傅會從圖拉（Tula）過來。我會請他先修好椅子。」

沒有人出聲應答。她不安地來回看著。

伯爵夫人：「就這樣，趕緊下樓，不能再讓編輯先生等了！」

托爾斯泰突然面色蒼白而不安地說：「我馬上來，我這還有……一些東西要整理……莎夏會幫我的……妳先陪那位先生聊聊，替我說聲抱歉，我立刻下去。」

伯爵夫人用閃爍的目光看了一眼房間後就走了。她還沒有跨出房間，托爾斯泰就關上門，並迅速鎖上。莎夏被他的大動作嚇到，直問出了什麼事。托爾斯泰情緒激動，把手壓在心上。

托爾斯泰結巴地說：「室內裝潢師傳明天才來……感謝上帝……還有時間……感謝上帝。」

莎夏：「到底怎麼了……」

托爾斯泰激動地說：「一把刀，快，小刀或剪刀都好……」

祕書疑惑地從書桌上拿一把剪刀給他。托爾斯泰緊張、慌忙又生氣地看一眼緊閉的門，接著把皮椅的破口剪得更大。然後，他雙手不安地在鼓起來的馬鬃中摸索，最後取出一封密封的信。

托爾斯泰：「在這兒，不是嗎……可笑又荒唐……如此虛幻的情節，彷彿是一部糟糕的法國廉價小說……一輩子的恥辱……我，擁有清楚的頭腦，在人生的第八十三年，不得不將我最重要的文件藏起來。有人會亂翻我的東西，還時時盯著我，想從字裡行間找出祕密。啊！多麼無恥，我在這房子裡的生活如地獄一般。我的人生是一場謊言啊！」

他心神不安，打開那封信，並對莎夏說明緣由。

托爾斯泰：「十三年前我寫了這封信。當時，我打算離開妳母親和這地獄般的房子。我寫信表達內心的想法，接著要向她告別，但我沒有勇氣……」

他用顫抖的手捏著信，聲音不高不低地讀了起來。

托爾斯泰：「……六十年來的生活，我再也無法繼續下去了。我不想再跟妳們作對、再說話刺激妳們了。我決定去做我早就該做的，也就是說，離家出走……我沒辦法開誠布公地說，那會令我非常痛苦，接著我就會心軟，最後放棄這個決定。然而，我一定得堅持到底。因此，請原諒我。我請求妳們，如果這個決定給妳們帶來痛苦，尤其是妳，索菲亞，我的夫人，請妳發自內心，心甘情願地放棄我，不要找我、不要抱怨我，更不要審判我。」

讀完信，他沉重地呼出一口氣。

托爾斯泰：「啊，十三年了，我還在忍受著痛苦。當年每句話還是那麼貼切，今日我的人生依舊如此懦弱。我還是、還是沒有出走，總是等啊等，不知在等待什麼。我總是明白一切，卻又做錯一切。我總是太軟弱，缺少對抗她的意志！信藏在椅子裡，猶如小學生把弄髒的書藏起來，深怕被老師看到。還有遺囑。當年，我打算將作品的版權送給全人類，她也同意了。後來為了家庭和睦，我最終放棄了，而我的良心也得不到安寧。」

托爾斯泰開始休息。

祕書：「托爾斯泰先生，請允許我發問。出於不可預期的原因……如果……如果上帝召喚你……那麼你這個最後、急切的願望是否會實現？你真會放棄作品的版權？」

托爾斯泰驚慌而不安地說：「當然……不過……不，我不知道……妳怎麼看，莎夏？」

莎夏轉身並沉默。

托爾斯泰：「天哪！這一點我真沒有想到。不對，我又對自己說謊了。我並非沒想到這一點，而是因為我不願面對。我又逃避了，不敢直截了當地下決定。」

他嚴肅地看著祕書。

托爾斯泰：「不，我知道，我當然知道，妻子和兒子們不會在乎我最後的意願，反正他們也從不在乎我的信仰和我靈魂的重擔。他們會把我的作品當作棋子。因此在我死後，我還是會站在人民前面，繼續說著口是心非的話。」

他做出下定決心的動作。

托爾斯泰：「這絕對不行！最終必須有個決定！今天那個大學生，那個正直的人，他是怎麼說的？世人要我開始行動，以表現最終的誠心；我得做出直接、純粹和明確的決定。這是信號！當你八十三歲時，就不能在死神面前緊閉雙眼，你必須面對它，做出令人信服的決定。

「是的，這些陌生人的警告非常珍貴：在不作為的表象下，隱藏著懦弱的靈魂。坦承和真實的人多麼珍貴，我希望自己最終能成為那樣的人，就在我人生的十二點鐘，在第八十三年，現在。」

他轉向祕書和女兒。

「莎夏、格奧爾格維奇，明天我要寫遺囑，內容必須明確而有約束力，絕不可讓人推翻和反駁。我會清楚說明，我所有作品的收入，也就是靠文學牟利的髒錢，要送給每一個人。我所說的話、所寫下的句子都是出自良心的要求，是為了獻給全人類，不可作為商品販售。你明天上午來，再帶一個證人。我不能再猶豫了，難保死神不會向我招手。」

莎夏：「父親，等一下。我不打算勸退你，但我擔心會遇到麻煩。如果母親看見我們四個人站在這裡，她會立刻起疑心，而那會動搖你最後一刻的意願。」

托爾斯泰想了一下，回答道：「妳說得對！在這棟房子裡，任何純潔和正直的事都做不成，在這裡的生活就是一場騙局。格奧爾格維奇，請你另做安排。明天上午十一點，你們到魯蒙森林與我碰頭，就在黑麥田後左邊的那棵大樹旁。我假裝像平時一樣去騎馬。準備好一切文件，希望上帝將賜予我堅強的意志，讓我能擺脫最後的束縛。」

午飯的鈴聲第二次響起。

祕書：「但你現在絕不能讓伯爵夫人察覺出異樣，否則一切都會告吹。」

托爾斯泰嘆了一口氣，沉重地說：「悲哀啊！只能不斷偽裝、不斷隱藏。你想在世人、上帝和自己面前展現真實的一面，但卻不能先對妻子和孩子們坦承一切！不，人不能如此活著，不能如此活著！」

莎夏驚慌地說：「母親上來了！」

祕書迅速轉開門鎖。為了隱藏自己激動的情緒，托爾斯泰走到書桌，背對著進門的人。

托爾斯泰嘆息道：「這個家充滿謊言，毒害我的心情。啊！人一生至少要做一次真實的自己，至少在臨死前實現！」

伯爵夫人匆忙進門，接著說：「你們怎麼還不下去？你總是需要那麼多時間準備。」

托爾斯泰對著她，面部表情已經變得柔和。他緩慢地用他人能聽懂的語調說話。

托爾斯泰：「是的，妳說得沒錯。每件事我都花了太多時間去準備。但最重要的是：只要還有時間，就應及時去完成自己想要做的事。」

第二場：對於家庭與妻子心死

同樣的房間。第二天深夜。

祕書：「你今天應該早點躺下，托爾斯泰先生，你騎了一天的馬，心情又那麼亢奮，現在一定累了。」

托爾斯泰「不，我一點都不累。只有一件事能讓我疲勞：意志動搖和不安。每個行動都是解脫，哪怕犯錯，也比不作為強。」

他在屋內來回走動。

托爾斯泰：「我不知道今天的做法是否正確，所以必須先問自己的良心。把作品還給人民後，我靈魂的重擔放下許多。但是我認為，我不該私下完成遺囑，最好還是懷著堅定的勇氣，將其公諸於大眾。私了並不妥當，為了展現它的真實性，我應該更加光明磊落。

「但總之，感謝上帝，這件事完成了，我的生命總算向前跨了一步，也離死亡更近了。現在只剩下一件最艱難的終極任務。末日來臨時，我要及時像動物那樣爬進叢林。在這棟房子裡，我的死亡將如同我的人生一樣不真實。我都八十三歲了，但依然找不到力量來擺脫世俗的眼光，也許我在大限之日前都做不好。」

祕書：「誰又能知道自己的告別時刻！要是能知道就好了。」

托爾斯泰：「不，格奧爾格維奇，這樣一點都不好。你是否曾聽過一個古老的傳說？那是某個農夫告訴我的：上帝是後來才不讓人知道自己的死亡時間。從前，人人都知道自己的死期，可是，有次上帝來到人世間，發現有些農民不再耕地，過著罪人般的生活。於是祂質問當中一個懶散的農民，然而那個混球卻哼哼地抱怨，在田裡播種又是為了誰，反正他也活不到收成日。上帝立刻意識到，人類知道自己的死期並不是好事，於是收回這項權利。從此以後，農夫必須耕地到人生最後一天，彷彿長生不老那樣。這樣很好，因為唯有辛勤地工作，人類才能體會到永生。這是我的日記本，今天我也要耕耘我的田地。」

門外有急促的腳步聲，伯爵夫人進來，穿著睡袍，對祕書投以惡意的眼光。

伯爵夫人：「啊呵……我以為終於只剩下你一人……我想與你談談……」

祕書鞠躬告退：「我現在就走。」

托爾斯泰：「祝好運，親愛的格奧爾格維奇。」

祕書身後的門剛剛闔上，伯爵夫人就迫不及待開口了。

伯爵夫人：「他總是在你左右，像牛蒡一樣纏著你……他恨我，想把我從你身邊趕走，這陰險惡毒之人。」

托爾斯泰：「妳對他並不公平，索菲亞。」

伯爵夫人：「我不要公平！他擠進我們之間，從我身邊偷走你，還導致你疏遠孩子。自從他進入這棟房子，我沒了地位。而你，現在屬於全人類，唯獨我們，你的親人被排除在外。」

托爾斯泰：「但願我真能這樣過！依照上帝的旨意，一切屬於世人，無須為自己和親人保留什麼。」

伯爵夫人：「我知道這都是他教你的。這個惡賊，他來偷留給我孩子的財產。我也知道，他讓你更加討厭我們。我不能讓他再來這個家，這個慫恿者，我不想看見他。」

托爾斯泰：「但是，索菲亞，妳也知道，我需要他幫我做事。」

伯爵夫人：「外面還有一百個人可以找！我不能忍受他再次靠近，不想他擋在你我之間。」

托爾斯泰：「好，索菲亞，請妳先不要激動。來，坐過來，我們心平氣和地談一談，就像我們剛一起生活的那些日子。妳想想，索菲亞，我們還剩多少好的日子！」

伯爵夫人不安地看看周圍，顫抖地坐下。

托爾斯泰：「索菲亞，我需要他來幫忙，也許原因在於，我在信仰上太軟弱了。索菲亞，我沒有自以為的那麼堅強。世上成千上萬的人在向我證明，他們與我的信仰一樣。但妳也知道，這就是凡人的心情：為了自身的安全，需要親切、有生命力、看得見、可觸摸、能抓住的愛。

「不需要別人的請求，聖人獨自在禁閉室中也能濟世救人，甚至沒有聽眾也不會絕望。但是，索菲亞，我不是聖人，只是個身體虛弱的老人。我需要有人在身邊與我一起討論信仰，這是孤獨的老人生活中最珍貴的東西。如果妳，我四十八年來最感激的人，能與我一起擁有宗教信仰，那將是我最大的幸福。索菲亞，但妳從來都不願意加入我。信仰是我靈魂中最珍貴的東西，妳非但不用愛去看它，甚至可能還仇視它。」

伯爵夫人動了一下。

托爾斯泰：「不，索菲亞，請不要誤解，我不是在抱怨妳。這世上妳能給的一切都獻給我了，包括用心持家、付出母愛。我不會再要求妳犧牲心力，去支持一個妳不在乎的信念。我也不會責怪妳不理解我內心的想法。

「每個人的精神生活以及內心深處的想法，是他與上帝之間的祕密。但是，那個人出現了，來到我們的家中，他曾為了信仰而在西伯利亞受難。他與我有共同的信仰，還成為我的助手和朋友。他幫助我，給我的內心世界增添力量。為什麼他不能留下來呢？」

伯爵夫人：「你因他而疏遠了我，我再也無法忍受了。我失去理智、心慌意亂，因為我真真切切地感覺到，你們所做的一切都是針對我而來。今天又是這樣。中午，我發現他迅速地藏起一張紙，而且你們兩個都不敢直視我的眼睛，就連莎夏也眼神閃爍！你們所有人都有所隱瞞。是的，我知道你們做了對不起我的事。」

托爾斯泰：「我希望，在我離死亡只剩一隻手的距離時，上帝能原諒我的惡行。」

伯爵夫人得意地說：「看吧，你無法否認你們私下的勾當……準備打倒我。啊，你也知道，你騙得了別人，但這招對我沒用的。」

托爾斯泰激動地說：「妳說我在外人面前撒謊？還不是因為妳，我才不得不欺騙世人。我要冷靜。我祈求上帝，不要讓我犯下欺騙的罪行。懦弱的人沒辦法總是說真話，但是我相信自己不是騙子，沒有欺騙世人。」

伯爵夫人：「那麼告訴我，你們做了什麼壞事。那封信寫些什麼，用途何在……不要讓我再承受折磨……」

托爾斯泰走近妻子，溫柔地說：「索菲亞，不是我在折磨妳，而是妳在折磨自己。因為妳不再愛我，否則妳會相信我，哪怕有不能理解的事，妳也會信任我。索菲亞，請妳提醒自己：我們一起生活了四十八年！經歷這麼多個日子，還有那些被遺忘的歲月，妳難道無法從自己人性的皺褶處，找到一點對我的愛嗎？請妳抓住這火花，點燃它，試著再次成為過去溫柔的妳。以前，妳對人有愛、有信任感，願意奉獻一切。然而，索菲亞，妳現在對我的態度，有時會讓我感到震驚。」

伯爵夫人驚慌而激動地說：「我不知道我怎麼了。是的，你是對的，我變得醜惡了。但是，誰又能忍受你的生活態度；過度自我折磨、憤世嫉俗、只想與上帝同在。這是罪孽、罪孽啊！是的，這就是罪人的態度：傲慢、自負和不謙卑，急於走向上帝，為了尋找對人類毫無用處的真理。

「過去的一切美好又清晰，大家的生活都一樣，做人正直又純潔，人人安居樂業。孩子平安長大，老年人也有安全感。突然間，一切都變了，讓人感到不自在。在三十年前，這可怕的妄想，所謂的信仰，給你我帶來了不幸的災禍。我又能做什麼？

「我至今還不能理解，世人擁戴你，將你視為最偉大的藝術家，你卻自己清洗火爐、擔水和修補靴子。這些行為有什麼意義？我至今無法理解，我們做人正直、勤勞又節儉，過得簡單而平靜，卻突然間卻被當作上帝眼前的罪人！這太奇怪了，我努力過，但就是無法理解。」

托爾斯泰溫柔地說：「妳看，索菲亞，我們無法理解的事情正是這個。我們必須發揮愛的力量去信任彼此。人類如此，上帝也是。妳以為我真懂得什麼是正確的事，不，我只是相信人們必須行事正直。因此，在上帝面前，人們受苦受難，不是毫無意義和無價值。索菲亞，就算妳不理解的事，也請試著相信我。我真心想追求世間的公平正義，若妳願意信任我，一切就會好起來。

伯爵夫人不安地回答：「但是，你也要告訴我一切……特別是你們今天所做的一切。」

托爾斯泰平靜地說：「我會交代一切，但等到我離死亡只剩一隻手的寬度時。我不想再有所隱瞞，也不想偷偷再有什麼舉動。我只是在等待，直到塞爾約斯卡和安德列回來，然後我會站在大家面前，並真誠地說出這些天做出的決定。但未來這短短的幾天，索菲亞，放下妳的懷疑，不要跟蹤我。這是我內心唯一的請求，索菲亞，妳做到嗎？」

伯爵夫人：「我做得到……當然……當然。」

托爾斯泰：「感謝妳。妳看，只要敞開心扉、信任彼此，一切都簡單多了！我們平心靜氣地交流，這多好啊！妳又溫暖了我的心。妳剛進來時，臉上有一層深深的懷疑，這不安和仇恨令人感到陌生，我看不到過去的妳。現在，妳的額頭又舒展了，我又看到妳的眼睛了。索菲亞，妳再次向我展現善良少女的眼神。不過妳該休息了，親愛的，已經很晚了！衷心地感謝妳。」

他親吻她的額頭。伯爵夫人離開前，在門旁激動地再一次轉身。

伯爵夫人：「妳會告訴我所有的事，對吧？毫無保留？

托爾斯泰依然平靜地說：「一五一十，索菲亞，妳也要記得自己的承諾。」

伯爵夫人慢慢地離開，並向書桌的方向投去不安的目光。

托爾斯泰在房間裡來回走了幾次，然後坐到書桌前，在日記本上寫了幾行字。過了一會兒，他站起來又大步走了幾次，接著又回到書桌前，若有所思地在翻看日記本，並壓低聲音讀著寫下的內容。

托爾斯泰：「我努力在索菲亞的面前保持冷靜和堅定。我的目的達到了，她應該是放心了……今天，我第一次發現，她也許在財產和愛情方面會做出讓步……啊，如果……」

他放下日記，感到呼吸困難，於是去點亮隔壁房間的燈火。然後他再次回到工作室，有點勉強地脫下沉重的農夫靴子和大衣。他熄燈後離開，只穿著寬鬆的褲子和睡衣，走到隔壁的臥室。

工作室裡始終保持安靜和黑暗，沒有事情發生，無聲無息。突然，房門輕聲地被悄悄推開，彷彿有賊來了。有人赤腳摸進漆黑的房間，手拿一盞燈，光柱射向地板。那是伯爵夫人。她膽戰心驚地環顧四周，先去臥室的門上偷聽，然後躡手躡腳、不安地走向書桌。黑暗中，放在桌上的那盞燈散出白色的光圈，照亮書桌附近的空間。

在微弱的光線中，只見伯爵夫人雙手顫抖，她先拿起放在桌上的本子，開始緊張不安地讀日記。然後她一個接一個，小心翼翼地拉開抽屜，急匆匆地在紙堆間翻找，但沒有發現什麼。最後，她顫抖地拿起燈籠，摸索著離開。她的表情迷茫又驚恐，猶如夢遊症患者。

房門在她身後一關上，托爾斯泰便一下子拉開臥室的門。他手中拿著一支蠟燭，它不斷晃動。這位老人激動又顫抖；其實他剛剛都在監視妻子的舉動。他本打算衝上前去找她，手也已抓住了門把。但他猛然轉身，平靜而堅決地將蠟燭放在書桌上，走到另一邊的房間，並輕聲而小心翼翼地敲門。

托爾斯泰低聲地說：「杜沙恩．彼得羅維奇……」

彼得羅維奇的聲音從隔壁房間傳來：「是你嗎，托爾斯泰先生？」

托爾斯泰：「小聲一點，杜沙恩！快出來……」

彼得羅維奇從隔壁房間出來，只穿著很少的衣服。

托爾斯泰：「叫醒我的女兒莎夏，請她馬上到我這兒來。然後你趕緊去馬棚，叫格里戈爾套上馬，但他動作一定要輕，不要驚醒房子裡的人。你也必須謹慎一點！不要穿鞋子，不要讓門發出嘎吱聲。我們得趕緊離開，不能耽擱，沒有時間可浪費了。」

彼得羅維奇匆匆離去。托爾斯泰態度堅定，坐下後穿上靴子，接著拿起大衣，匆忙穿上。他找到幾張紙，並把它們疊在一起。他的動作有力，但時而慌亂急躁。他還在書桌上振筆疾書，肩膀還在顫動。此時莎夏走進來。

莎夏：「發生什麼事了，父親？」

托爾斯泰：「我要走了，我要離開……終於……下定決心了。一個小時前，她發誓要相信我，但現在，半夜三點，她偷偷潛入我的房間，翻找紙張……不過這樣也好，也很好……這不是她的意願，而是某個人在後面推動。我多少次祈求上帝，如果時機到了，請祂賜予我信號，現在來了。我有理由把留下她獨自一人了，因為她拋棄我的心。」

莎夏：「但妳想去哪裡，父親？」

托爾斯泰：「我不知道，我不想知道……隨便什麼地方，只要離開這不真實的生活……任何地方……地球上有許多街道，總有個地方有一堆草或一張床等著讓一個老人平靜地死去。」

莎夏：「我陪你去……」

托爾斯泰：「不。妳必須留下來安慰她……她一定會發瘋的……啊，她將忍受多少痛苦，可憐的人……而我是那個始作俑者……但我沒有其他選擇，我不能繼續忍受……在這兒，我會窒息。妳留下，等到安德列和塞爾約斯卡到家，妳再來找我。我先到夏馬迪諾的修道院去與我的妹妹告別。我感覺到了，告別的時間已經來臨。」

彼得羅維奇匆匆進門說：「馬車已經備好。」

托爾斯泰：「你也去準備吧，杜沙恩，拿著，把這幾張紙藏在你那裡……」

莎夏：「但是父親，你得帶著皮大衣，夜裡天很寒冷。我馬上幫你多裝幾件暖和的衣服……」

托爾斯泰：「不，不，不要了。我的上帝，我沒有時間可以耽擱了……我不想再等了……為這一時刻，為這一信號，我已等了二十六年……快，杜沙恩……否則會有人來阻止我們。拿著這幾張紙、日記、鉛筆……」

莎夏：「還有坐車的錢，我去拿……」

托爾斯泰：「不、不再需要錢！我不想再碰它。火車站的人認識我，他們會給我票的，之後上帝會幫助我。杜沙恩，快準備好。莎夏，把這封信給妳母親，這是我的告別，請求她原諒我！往後寫信給我，告訴我她是如何承受這一切。」

莎夏：「但是父親，我如何寫信給你？如果我在郵局說出你的名字、你的地址，那麼母親也一定會知道，而且立刻去找你。你必須有個假名字。」

托爾斯泰：「啊，又要騙人！我一直都在說謊，用祕密貶低自己的靈魂……但妳是對的……快來啊，杜沙恩……妳想得很周全，莎夏……這也是為我好……那麼我該叫什麼名字呢？」

莎夏想了一下：「我會在電報上署名弗羅洛娃，並稱你為尼古拉耶夫。」

托爾斯泰慌亂又急躁，他抱著女兒。

托爾斯泰：「尼古拉耶夫……好……該跟妳告別了，祝妳幸福！尼古拉耶夫，我應該這樣稱自己。又一個謊言，又一個！上帝，希望這是我在人世間的最後一個謊言。」

他匆忙離去。

第三場

三天之後（一九一〇年十月三十一日）。阿斯塔波沃火車站的候車室。右邊有一扇通往月臺的玻璃大門，左側有一扇小門，從候車室通往站長奧索林的房間。候車室裡旅客不多，有些坐在木製的長椅上，有些圍著桌子，正等待著從丹洛夫開來的快車。幾個農家女用布包著頭和身體在睡覺，小商販穿著羊皮襖，還有幾個都市人，顯然是公務員或商人。旅客甲正在讀份報紙。

旅客甲突然大聲說：「這樣做太偉大了！這老頭的絕妙好計！誰都沒有料到啊！」

旅客乙：「發生了什麼事？」

旅客甲：「他離家出走了。托爾斯泰逃家了，沒有人知道他去了哪裡。他在夜間離開，穿著靴子和皮大衣，但沒有帶行李，沒有告別。他走了，只有他的醫生彼得羅維奇陪同。」

旅客乙：「那個老女人被他丟在家裡了。這對索菲亞來說可不好玩。他應該已經八十三歲了。誰想到他會離家出走呢？但他到哪裡去了？」

旅客甲：「民眾和報社裡的人也想知道。他們正在發電報到全世界。有人看見他在保加利亞邊境，也有人說在西伯利亞。但是，沒有人瞭解實情。他思考得很周全，這老傢伙！」

年輕的大學生旅客丙問道：「你們在說什麼？托爾斯泰離家出走了？報紙借我一下，我讀看看……原來如此……哦，這個好，他終於振作起來了。」

旅客甲：「為什麼說好？」

旅客丙：「像他一樣違背自己的理想而活著，可說是種恥辱。他們一直在強迫他演伯爵的角色，還用恭維的話語扼殺他的發言權。現在，托爾斯泰終於可以自由地、發自內心地發表意見。感謝上帝，因為有他，全世界才能瞭解到俄羅斯人民所承受的一切。是的，這是好事，這位聖人終於解救了自己，這是俄羅斯振興的福音。」

旅客乙此時轉過頭，看看是否有人聽到他們的對話。

旅客乙低聲地說：「你們談論的事都也許不是真的……也許有人在報紙上杜撰消息以迷惑世人。事實上，他被揪出來、被帶走了……」

旅客甲：「帶走托爾斯泰對誰有利……」

旅客乙：「他們……所有的人。他是那些人的絆腳石……教會、警察和軍隊……都怕他。有幾個人就這樣消失了，聽說是到國外去了。但是，我們都知道，國外指的是哪裡……」

旅客甲也低聲地說：「非常有可能……」

旅客丙：「不，我諒他們不敢。這個人的一言一句比他們所有的人還強大。他們不敢抓他。他們知道，我們會用拳頭救他出來。」

旅客甲慌張地說：「小心……注意……格里戈維奇來了……快把報紙收起來……」

警長格里戈維奇制服筆挺，從月臺方向的玻璃門後走進來。他直接走向站長的房間，準備敲門。站長正好從房間走出來，頭上戴著工作帽。

站長：「啊，是你啊，格里戈維奇……」

警長：「我必須立刻與你談一談。夫人在房間裡嗎？」

站長：「是的。」

警長：「那還是在外面這裡說吧！」

警長用嚴肅和命令的口氣告知旅客，從丹洛夫來的快車要到了，請立刻離開候車室到月臺上去。於是所有人站起來，慌忙走出去。

警長：「剛才來了幾封加密電報。已經確認，前天，托爾斯泰在他逃亡的路上去過他妹妹居住的夏馬迪諾修道院。有跡象表明，他打算從那裡繼續旅行。因此，從前天起，每一輛從夏馬迪諾開出的火車，都有警察乘坐。」

站長：「請解釋一下，格里戈維奇，為什麼要抓他？托爾斯泰沒有煽風點火、製造紛亂。對俄羅斯來說，他是真正的國寶和偉人，是全民的榮耀。」

警長：「但他比革命團體製造更多不安和危險。何況，我不負責解釋，我只是執行公務，監視每輛火車。不過，莫斯科希望我們的行動要低調。拜託你，奧索林，替我到月臺上去接收訊息，因為我的制服太顯眼了。火車到了之後，會有一個便衣警察下車，他會報告一路上所觀察到的事。我會立刻將這消息往上稟報。」

站長：「我一定使命必達。」

從進站處傳來警鈴聲，火車將駛近月台。

警長：「記得，像問候熟人那樣與便衣警察打招呼，不可讓旅客察覺到自己一路上被監視。這對我們兩個人都有利。每一份報告都會送到彼得堡的最高層。只要順利地完成任務，我們其中一人就能撈到喬治十字勳章。」

火車轟隆地開進來。站長立刻衝出玻璃門。幾分鐘後，第一批旅客走了進來，有男有女、還有農夫提著沉重的籃子穿過玻璃門。有幾個人在候車室坐下，準備休息或泡茶。這時站長突然穿過門，激動地對坐著的人們大喊，請立刻離開這裡！所有的人！立刻！

驚訝的旅客們驚訝抱怨說：「為什麼……已經買票了……為什麼不能坐在候車室……我們在等下一班慢車到站啊！」

站長繼續喊叫：「立刻，我說了，所有人立刻出去！」

他趕走旅客後，又急忙到門邊，把門開得很大。

站長：「往這裡走，請伯爵進來！」

托爾斯泰由莎夏和彼得羅維奇攙扶著，勉強地走進來。他把皮大衣拉得很高，脖子上圍著圍巾。人們注意到，他被裹住的身體依然冷得發抖。他後面有五六個人擠了進來。站長請那些人在外面等。

眾人：「讓我們留下吧……我們想要幫助托爾斯泰先生……也許一點白蘭地或者茶……」

站長激動地說：「任何人都不許進來！」

他兇猛地把眾人推回去，鎖住通往月臺的玻璃門，但人們向裡張望，可以看到玻璃門後有幾張好奇的臉在晃動。站長迅速抓起一把椅子，放到桌子邊。

站長：「老爺想要坐下來休息一下嗎？」

托爾斯泰：「請不要稱我為老爺……謝天謝地，我也不再是了……已經結束了。」

他激動地望著四周，注意到玻璃門後的人。

托爾斯泰：「走開……請那些人離開……我想獨自待著……總有許多人要……我只

想一個人待著……」

莎夏迅速走向玻璃門，接著掛上大衣以擋住眾人的視線。

彼得羅維奇低聲跟站長說：「我們必須立刻讓他躺到床上。他在火車上突然發起高燒，四十多度，情況很不好。這附近有幾間像樣的旅館嗎？」

站長：「沒有，完全沒有！整個阿斯塔波沃沒有一家旅館。」

彼得羅維奇：「他必須立刻躺下。看他燒得多厲害。這很危險。」

站長：「我的房間就在另一邊。能讓托爾斯泰休息一下，我會感到很榮幸……但請你原諒……但這是間簡陋的值班室，很小的平房……我怎敢請托爾斯泰住……」

彼得羅維奇：「沒關係，不惜一切代價，都要先讓他躺到床上去。」

托爾斯泰哆嗦地坐在桌邊，被突如其來的寒意驚嚇到。

彼得羅維奇：「站長很友善，他把房間讓給我們。你立刻去休息，明天就又精神抖擻了，然後我們再繼續旅行。」

托爾斯泰：「繼續旅行……不，我想我會不再往下走了……這是我最後的歸宿，我已經到了終點。」

彼得羅維奇安慰他：「不必擔心發燒的問題，這不代表什麼。你只是有點感冒——明天就會好了。」

托爾斯泰：「我現在就覺得好多了……感覺非常好……昨夜的夢才叫可怕，我夢到他們從家裡跟蹤我，接著追上我，並把我帶回那個地獄。我嚇到不得不把你們叫醒，我太震驚了。一路上，我的恐懼感還是沒消失，發燒又讓我牙齒發抖。現在我到了這裡……雖然我不知是何處……我從來沒有見過這個地方……但感覺都不一樣了。我不再恐懼，我相信他們追不上我。」

彼得羅維奇：「當然不會，請放心。你就靜靜地躺在床上，沒有人會發現你在這裡。」

他們兩人扶著托爾斯泰站起來。

站長：「請求你的原諒……我只有一間陋室……是我唯一的房間……那張床也不太舒適……只是一張鐵床……但我會安排妥當，立刻發電報叫下一班火車運張床來……」

托爾斯泰：「不，不用其他的床了……長久以來，我都過得比別人好！狀況越是糟糕，對我就越有益處！想想農夫怎樣死的……看他們死得多安詳。」

莎夏扶著他：「來，父親，你一定累了。」

托爾斯泰：「我不知道……妳說得對，我是累了，四肢乏力，非常疲憊。但我還有所期待……我已疲憊不堪，但卻無法入眠，彷彿想到一件即將來臨的好事，所以不想在睡眠中失去這個想法。奇怪，我從未這樣……也許這是死亡的一部分……你們都知道，多少年來，我一直畏懼死亡，所以我躺在床上總是無法安眠，像隻動物那樣吼叫和蜷縮起來。可是現在，也許死神就在那個房間裡，他在等我，而我會毫不畏懼地走到他身邊。」

莎夏和彼得羅維奇扶著托爾斯泰走到門口，他在門前停下並往裡面張望。

托爾斯泰：「這兒不錯，很好。狹小、低矮、破舊……我似乎夢見過這樣一張床，在某地方的陌生人房間裡，上面躺著一個人……是個精疲力竭的老男人。他叫什麼名字，幾年前我好像已寫過了。他到底叫什麼呢？那個老男人……他曾經很富有，但後來窮到一無所有，沒有人認識他。

「他爬到壁爐旁的床上……啊，我的腦子，我的腦子真笨……他到底叫什麼呢，那老人？他本來很有錢，而如今卻只剩下身上穿的襯衣。他的妻子，那個折磨他的女人，在他死的時候不在他身邊。對、對，我想起來了，我在那短篇小說裡叫這個老男人為瓦西里耶夫。就在他臨死的那個夜晚，上帝喚醒了他妻子瑪爾法的心，她來了，來看他最後一面。

「可她來得太晚了，他已經緊閉雙眼，僵硬地躺在陌生人的床上。她不知道丈夫還在生自己的氣，或已經原諒她了。她沒機會知道了，索菲亞……」

托爾斯泰突然清醒過來。

托爾斯泰：「不，她叫瑪爾法……我搞混了……是啊，我想躺下了。」

莎夏和站長仍然扶著他。

托爾斯泰：「站長，謝謝你。這位陌生人，你給了我一個棲身之處，正如一隻野獸在森林需要的……上帝把我，瓦西里耶夫，送到這裡……」

他突然恐懼起來。

托爾斯泰：「請一定要緊鎖房門，別讓任何人進來，我誰都不想見……只想獨自與祂在一起，完全奉獻給祂。此生中最虔誠的一次。」

莎夏和彼得羅維奇扶他進去臥室。站長把門仔細鎖好後，迷茫地站著。沒多久，玻璃門外出現急促的敲門聲。站長打開門，警長匆忙走進來。

警長：「他對你說了什麼？我必須立刻向上級報告，一字一句都不能有所遺漏！他只想留在這裡嗎？要待多久？」

站長：「他不知道。其實誰都不知道，只有上帝才明白。」

警長：「但是，你怎麼能讓他住在公家的房舍裡？這是你的值班室，不能讓陌生人進駐。」

站長：「托爾斯泰在我心中並不是陌生人。他比親兄弟還重要。」

警長：「但你有義務要請示上級。」

站長：「我已請示了良心。」

警長：「那麼這事你必須自己負責。我會立刻向上彙報……太可怕了，突然會有那麼大的責任落到我的頭上！要是我能知道上頭對托爾斯泰的想法……」

站長平靜地說：「我相信，最高層的人對托爾斯泰的態度應該始終很友善……」

警長驚愕地望著站長。接著彼得羅維奇和莎夏從房走出來，並小心地關上門。警長迅速離開。

站長：「你們出來時，伯爵先生的情況好嗎？」

彼得羅維奇：「他平靜地躺著。我從未見過如此安詳的表情。他終於在這裡找到人們不願給他的東西——安寧。他第一次單獨與上帝在一起。」

站長：「請原諒我這個簡單的人，可我的心在顫抖。我不明白，上帝怎麼能在托爾斯泰身上堆積那麼多的痛苦，致使他離家出走，在我可憐卑微的床上死去……那些俄國人怎麼能打擾如此神聖的靈魂，他們應該虔誠地愛他……」

彼得羅維奇：「正是那些忠實的擁護者，才會阻擋偉人去實現他的使命。他會離家，也是為了逃離身邊親近的人。現在這樣正好，當他死去，將獲得永生。」

站長：「但是……我的心不願也不能理解。這個人，俄羅斯土地上的珍寶，他為了我們而受苦受難，而我們卻無憂無慮地在過日子……我們光吸一口氣，都應該感到慚愧……」

彼得羅維奇：「親愛的好人，不必抱怨他人。平淡寒酸的命運並不有損於他偉大的形象。他為了我們而受苦受難，所以今天才會成為全人類的瑰寶托爾斯泰。」

11

南極攻略

探險家史考特的悲壯命運

關鍵時刻

▼

一九一二年一月十六日

地球最後的祕境

二十世紀所俯視的世界沒有祕密。陸地上各個角落已被探索，船隻也已乘風破浪到最遠的海洋。六十年前還充滿野性、未被命名的地區，現今都已被開發成平和的地方，以配合歐洲人的需求。蒸汽船開去尋找尼羅河遙遠的源頭；半個世紀前歐洲人在非洲第一次看見的維多利亞瀑布，如今已可用來發電。亞馬遜雨林中的最後一片祕境也有人去伐木；唯一的處女地西藏也被敲開大門。

在古老地圖和地球儀的「未知領域」標示已經過時了，二十世紀的人已完全認識自己所生存的星球。擁有夢想的探險家很快開始尋找新的征途，他們要向下探索深海的奇妙動物，或者向上飛往無垠的天空。地球已經沒有祕密了，引不起人類的好奇心，未經之路只有到天空去尋找。於是，鐵鳥爭相衝上雲霄，不但達到新的高度，也去到新的遠方。

但是，進入到我們這個世紀後，地球上最後一個謎仍在人類面前遮掩自己。在被切割和折磨的大地上，依然有兩個微小的地方倖免，躲過地球所創造的貪婪生物。南極和北極，地球的脊樑，這兩個點無人察覺。幾千年來，它們串起地球旋轉的軸線，而地球也保護它們的純潔，使其不受侵犯。地球用冰塊作為障礙，堆在這最後的祕境前，還以永恆的冬季為守衛，來抵禦貪婪的人類。冰霜和風暴死守著入口，恐怖、危險和死亡的威脅驅趕勇者。太陽只能短暫地瞥一眼這封閉的地區，人類更是無從投入目光。

幾十年以來，探險隊接二連三地前往，卻無人到達終點。直到現在，人們才在某處發現英勇探險家安德魯（Salomen August Andrée）的屍體，他躺在冰晶棺材中已有三十三年，他乘坐氣球飛越北極，卻永遠沒有回來。冰霜築起赤裸的牆，因此人類每次進攻都失敗了。幾千年來，地球遮掩自己這一處的容貌，並一再戰勝高等生物的強烈欲望。它依然保持處女般的羞澀與純潔，抗拒世人的好奇窺探。

但是，年輕的二十世紀心急火燎地到處伸手。它在實驗室裡鑄造新武器，發明抵禦攻擊的新盔甲；在各種艱難與困苦下，它的貪欲反而倍增。它想要知道一切真相，而過去幾千年來它無法抵達的地方，也要在第一個十年內征服。各個勇者也加入國家間的競爭，他們不但要征服極地，還要搶先讓國旗飄揚在新的土地上。這些地區因人類的渴望而變得神聖，各民族和國家於是掀起火熱的探險運動。

很快，地球各大洲的探險家急不可耐，又開始向極點出發。他們知道，這是人類生存空間的最後一個祕密。皮里（Robert Peary）和庫克（Frederick Cook）從美國向北極整裝出發，而向南航行的也有兩艘船，其中一艘由挪威人阿蒙森（Roald Amundsen）領航，另一艘由英國人史考特（Robert Falcon Scott）艦長帶隊。

平凡而堅定的領導者

史考特，英國海軍艦長，普普通通的人。他的從軍生涯就是他的履歷，他工作認真，上司一直都很滿意。他曾參加沙克爾頓（Ernest Shackleton）的探險活動，但沒有任何事蹟可看出他將來會成為英雄。從照片中看來，他的臉與成千上萬的英國人一樣，冷峻、堅定、不動聲色，彷彿被內心的力量深深凝固。鐵灰色的眼睛，緊閉的嘴唇，表情不帶一絲浪漫，不帶一點愉快的光澤，顯然有過人的意志力及豐富的人生經歷。

他的筆跡很普通，工整易讀，流暢又清楚。他的文章清晰又精準，有引人入勝的事實，正如報導文學那般不帶遐想的成分。史考特寫的英文類似於羅馬史家塔西陀所寫的拉丁文，是一方未經雕琢的石碑。他完全沒有浪漫情懷，只想追求客觀，可說是道道地地的英國人。他工作恪盡職守，各方面的才能就像教科書那樣標準。

在英國歷史上，這樣的史考特已出現了上百次：出征過印度、征服過無名島嶼、到非洲殖民、參加過多次國際戰爭。每次他都帶著不可動搖的意志力、全民的意識以及那張冷峻、克制的表情。在此次南極行動前，人們就已感受到他那鋼鐵般的堅強意志。

史考特立志要完成沙克爾頓所開啟的事業。他準備籌組探險隊，雖然資金不足，但他不肯放棄，不但拿出自己的財產，還到處貸款，並承諾任務一定會成功。他與年輕的妻子剛生了兒子，但他沒有猶豫。在希臘歷史上，特洛伊第一勇士赫克托耳也是頭也不回地離開妻子安德洛瑪刻。很快，史考特就找到了一些朋友和夥伴：地球上沒有什麼東西能讓他的意志屈服。

這艘名叫「新世界」的奇特之船將帶他們去南極，重點在於它的兩大配置，一半是裝滿活體動物的「諾亞方舟」，而另一半則是現代化的實驗室和成千上萬的工具和書籍。他們必須帶著身體和思想上的所有必需品，才能去那個空曠無人的世界。因此，除了史前人類會用的原始武器、皮毛和牲畜，更令人驚奇的還有一些現代化的精密設備。如同這艘船的雙重配置，整個行動也有兩面性。一方面，這是研究計畫，如同商業行為那樣，有經過周密的計算；另一方面，它是一項大膽的挑戰，得面對不可估量的意外。

一九一〇年六月一日，他們離開了盎格魯—撒克遜這個島國。那天明媚晴朗，草地鬱鬱蔥蔥，太陽溫暖地照耀在沒有雲霧的世界。看到海岸正在不斷消失，令他們心情激動。隊員們都知道，幾年內不會再看到溫暖的太陽。對有些人來說，這也許是永遠的告別。船頭飄揚著英國國旗，他們在心中安慰自己，這象徵文明世界的標誌正隨同他們一起遷徙，去地球上唯一還沒有主人的地區。

南極世界的生活樣貌

他們在紐西蘭做了短暫休息後，於一月在南極大陸埃文斯角的邊緣登陸，那裡一年四季都結冰。為了便於過冬，他們搭建了一棟房子。十二月和一月算是那裡的夏季，只有在這段日子裡，太陽才會照耀這片白色金屬般的天空，一天中有幾小時而已。

如同早期探險家的做法，房子的四壁用木板釘合起來，但室內如今卻很舒適，讓人體會到時代的進步。從前，前輩點著散發腥味的魚油燈，坐在昏暗中的小屋裡，厭倦眼前的一切，以及那些沒有陽光的單調日子。如今，二十世紀的現代小屋非常先進，呈現出世上所有科學的縮影。乙炔燈發出溫暖的白光；電影設備放映著遠方迷人的熱帶風景；自動鋼琴演奏著音樂；留聲機中有歌唱聲；圖書館裡有當代的知識；打字機不停地敲打；另外一個房間作為暗房，用來沖洗電影膠片和彩色照片。

地質學家檢測岩石的放射性；動物學家在捕捉到的企鵝身上找到新的寄生蟲；還有其他專家在觀察氣象和做實驗。在那個黑暗的工作環境，每個人都被指派一些工作。在領導者精密的安排與組織下，每個人貢獻所學、教學相長。這三十個人每晚都要做報告，在這個位於冰窟和極地的大學課堂上，每個人都要將自己的知識傳授給他人。在熱烈的討論中，他們對世界的認識也更加完整了。憑著專業的研究精神，大家放下自己的傲慢，在團體中互相交流。在這個原始古早的世界中，時間彷彿凍結了，這三十個人遠離塵世，專心討論二十世紀的最新研究成果。不過在他們的內心，不僅能感覺到時鐘上的每一個小時，甚至每分每秒都能感受到。

這些嚴肅的專家也有一些溫馨的舉動，不但搭了聖誕樹來歡慶佳節，還編輯幽默的《南極泰晤士報》來娛樂彼此；一條小鯨魚突然出現、一匹矮種馬摔倒了……這些小事都變成他們生活的趣聞。不過，在他們大部分的日常生活中，只有強烈閃爍的極光、駭人的冰霜以及無窮的孤獨。

雖然如此，他們的任務還是有所進展，包括測試機動雪橇、學習滑雪、訓練狗，還為了長途旅行修建儲藏庫。可是，日曆還是慢吞吞地翻動，到了夏天（十二月）才有船破冰送來家人的書信。接下來，小分隊也勇敢地展開訓練，在寒冷嚴峻的氣候下行軍數日、測試帳篷的韌性。他們不斷積累和深化各種經驗，雖然訓練不一定會有成果，然而這些難題讓他們的勇氣一再提升。他們渾身凍僵、精疲力竭地從任務中歸來時，迎接他們的是歡慶的掌聲和溫暖的爐火。在幾天的饑寒交迫後，這小小的、南緯七十七度上的溫馨小屋，就是世界上最舒適的居所。

有一天，探險隊從西邊回來。他們所彙報的消息卻令眾人陷入沉默。他們在途中發現了阿蒙森的冬季宿營地。史考特突然醒悟過來，除了面臨冰霜等各種危險，還有別人在與他爭奪榮譽。那就是挪威人阿蒙森，他想要成為史上第一人，破解這個最難挑戰的地球關卡。史考特在地圖上測算距離，才突然意識到，阿蒙森的冬季宿營地距極點比自己的更近，足足少了一百一十公里。他驚呆了，但沒有感到氣餒，而是豪邁地在日記中寫道：「為了祖國的榮耀，出發！」

阿蒙森的名字在史考特的日記中僅僅出現過一次，此後再也沒有提及。但是你能感覺到，從那一天起，可怕的陰影籠罩著這孤獨又被寒凍包圍的房子。此後的日日夜夜，這個名字時時刻刻都令史考特感到恐懼。

往南極的最後一波衝刺

距木屋一點六公里的山坡上，有個經常在換人駐守的瞭望站，上頭裝著一個儀器，彷彿像加農砲一樣瞄準無影的敵人。它孤獨地站立在陡峭的高地上，準備測量太陽送來的第一絲暖意。幾天來，眾人都在等待陽光的出現。在早晨的天空中，太陽的反射光變幻出火焰般的多彩奇觀，可是那個圓盤卻始終沒有搖擺到地平線上。沒過多久，天空中那片魔幻的光彩開始宣告陽光來了。反射光所帶來的序曲令焦急等待的人們興奮不已。終於，山頂上有電話打過來，人們聽見了幸福的聲音：「太陽出來了」。幾個月以來，太陽第一次出現，準備在冬夜裡露臉一個小時。

太陽的光很弱，很蒼白，無法給冰凍的空氣一點生機，它的振動光波也不能觸動儀器發出訊號。然而，僅僅望一眼它，眾人就已幸福滿滿。這片刻意味著春、夏和秋，然而從一般人的生活經驗來看，它依然是嚴寒的冬季。為了充分利用這陽光照射的短暫時間，探險家們緊張地整裝出發。先頭是機動雪橇，緊隨著的是西伯利亞矮種馬和由狗牽拉的雪橇。

他們把路程仔細分成幾個階段，每移動兩天就要設立一個儲藏庫，以便回程時有儲備物資可用，包括衣服、食品等。最重要的是煤油，在無極限的寒冷氣候中，更需要這種液態化的熱量。整個團隊一起出發，並一一分組，然後沿途遣回，最後一組即為負責征服極點的精英；他們攜帶最多物資，用上最強壯的動物和最好的雪橇。

眾人精心擬定計畫，連可能的意外都設想到了，當然那是不可避免的。出發兩天後，機動雪橇故障了；它停止不前，當場成為無用的包袱。矮種馬的性能也不如預期，但是動物仍然優於機械。在途中，倒下的馬不得不殺掉，但至少還有用處，因為雪橇犬需營養豐富的食物以增強體力。

一九一一年十一月一日，他們分成幾組一起出發。從照片上我們可以看到，一開始，三十人組成神奇的大篷車隊，接下來是二十人，再來是十人，最終只剩五個人，他們徒步穿越沒有生命的原始世界及白色荒野。領頭的男人始終用毛皮和布緊緊裹著身體，看來野蠻又瘋狂，唯獨露出鬍鬚和眼睛。他戴著毛皮手套，緊抓著矮種馬的籠頭；牠拖著承載重物的雪橇。他後面還有一個人，裝束和動作都一樣，那個人的身後又是一個人。二十個黑點在強烈顯眼的白雪中組成行進的直線。夜晚，他們鑽進帳篷。為了保護矮種馬，他們堆出一堵堵雪牆來擋風。第二天早晨，他們繼續辛苦而單調的旅程。他們穿行在冰冷的空氣中；幾千年來，人類的呼吸第一次在裡面循環。

但是，讓人憂心的事不斷增加。天氣一直都不好，有時他們一天只能走完三十公里。雖然他們沒有看見其他團體，但每一天都變得更加珍貴。因為他們知道，在這孤寂的荒野中，有人從另一邊朝著同樣的目標挺進。在這種地方，每件小事都會造成巨大的危險。狗走失了、矮種馬不想吃東西了……所有的變數都令人恐懼。在這荒野上，事物的價值有巨大的轉變，正如每頭牲畜比平常重要千百倍，其功能無法替代。世人不朽的成就全要靠矮種馬的四個蹄子了。只要天空密雲籠罩，或是風暴來襲，千古偉業便會毀於一旦。

與此同時，團隊的健康狀況也逐漸受到影響。有幾個人得了雪盲症，另外幾個人凍傷了四肢。矮種馬的飼料不得不減量，所以牠們也越來越虛弱，在快到比爾德摩爾冰川（Beardmore Glacier）前就倒下了。這些勇敢的動物，在這孤寂的荒原中，與人類共同生活了兩年，早已成為團隊的朋友。牠們每一隻都有名字。馬匹與隊員一路上互相陪伴、安慰彼此，而人類現在必須狠下心來殺死牠們。他們稱這個傷心地為「屠宰場營地」。幾個隊員從這個血腥的地方回基地，另外一組人則整裝待發，準備做最後的努力。他們得踏上最艱辛的道路，也就是翻越冰川。這是一堵危險的冰牆，極點用它來保護自己，唯有懷抱熱情的人才能憑著意志之火融化它。

他們的行軍速度越來越慢。在這個地方，飄落的雪會很快變成堅硬的冰粒，所以隊員無法輕鬆地拉著雪橇，而是必須大力拖行。堅硬的冰破壞雪橇的表面，隊員在沙粒般的雪地上行走，腳也被磨出傷口，但他們沒有打算屈服。

十二月三十日，他們終於到達了南緯八十七度，即沙克爾頓到達的最遠地點。接下來，只有精選的五人小組能前往極點，剩下的人必須返回。被史考特挑出的遣返人員不敢抗拒，但心情都十分沉重，因為南極的目標近在眼前，卻必須放棄，把歷史第一人的榮耀留給同伴。

選擇的骰子落下後，他們再次互相握手，用男性的克制力掩飾自己的情緒。然後，團隊分成兩支小分隊，一支向南前往未知，另一支向北返回家鄉。他們一次次回頭眺望，目送遠去的朋友。很快，彼此最後的身影都消失了。

那五個精英孤獨地繼續走向未知，以實現偉大的事業。他們就是史考特、鮑爾斯（Henry Bowers）、奧茨（Lawrence Oates）、威爾遜（Edwark Adrian Wilson）和埃文斯

（Edgar Evans）。

一月十六日那一天

在極點周圍，指南針的藍色指針不斷顫抖，團隊最後幾天的記錄也令人不安。「前方的身影從右移到前，然後又從前移到左，就如此繞了一天，這段時間真是無比漫長啊！」有時，明朗的希望也會突然閃爍起來，正如史考特會熱情地計算走完的路程：「還剩一百五十公里就到極點了，但再走下去的話，我們恐怕就撐不住了。」

他也記下成員的疲憊。兩天後他又寫道：「還有一百三十七公里就能到達極點，但這個距離對我們來說實在很不容易。」有時也會有令人興奮的消息：「只剩九十四公里就能到達極點！哪怕我們沒有完成目標，但也非常接近了。」一月十四日，成功的機率增加了：「只剩七十公里了，目標就在我們的前方！」第二天，歡呼的字句滾滾而來，日記裡充滿激動的情緒：「只剩短短的五十公里了，我們必須到達終點，不惜一切代價！」文字彷彿長了翅膀，讀者能由衷地感覺到，在希望的疾呼之下，他們的肌腱繃緊，神經在震顫，彷彿獵物就在附近。他們雙手伸向地球這最後的祕密，只要最後加一把勁，就將到達終點。

史考特在日記中記下：「情緒高昂。」為了更快看見這神祕和無限的美，大家迫不及待，一早就掙開睡袋，比平時更早出發。到了下午，這五個堅定的人已走完十四公里，他們興奮地走在無人的白色荒野中。成員絕不會錯過目標，寫下人類歷史的關鍵行動即將完成。

突然，有個隊員變得心神不安，他就是鮑爾斯。他緊緊盯著前方，在巨大的雪地上，有個很小的黑點。他不敢說出自己的猜測，但是，所有人一想那到那個可怕的念頭，都在顫抖。看來，已有人在此地豎立了路標。他們試著穩定自己的情緒。魯賓森在荒島上把陌生人的腳印當成是自己的，試著安慰自己。隊員們也對自己說，那只是一根冰柱，或者是一個幻象。他們緊繃著神經前進，逐漸靠近它，並繼續互相欺騙，哪怕他們都知道真相了：挪威人阿蒙森已率先一步到達此地了。

很快，在不可動搖的事實面前，最後那一點懷疑也消散了。在聳立起來的雪橇架上，綁著一面黑色旗幟，周圍有陌生人的腳印和遺留下來的基地，還有雪橇板和許多狗爪印。顯然阿蒙森在這裡紮營。地球極點，幾千年來不曾有生命進入；也許從地球誕生的那一天起，就不曾有人類看見這個地方。在歷史長河中，這十幾天像分子那麼小，竟然有兩個隊伍來到此地。然而，他們是第二批。人類的歷史有幾百萬個月，但這晚到的一個月，卻令他們成為第二人。而對於人類來說，第一意味著一切，第二什麼都不是。

所有的努力都徒勞無功，千辛萬苦成為笑話。幾個星期、幾個月，甚至幾年來的期盼都成為泡影，令人心神狂亂、難以保持理智。「所有的艱辛、苦難、折磨，究竟是為了什麼呢？」史考特在他的日記中寫道：「只為了一個夢想，而現在這個夢結束了。」淚水充滿他們的眼睛，儘管已經疲憊不堪，但他們依然夜不能寐。他們如同囚犯一樣鬱悶、失望，踏上通往極點的最後征途。本來他們想要歡欣地往前衝刺，但現在誰都不願說出安慰的話，只能無聲、沉重又緩慢地向前走著。

一月十八日，史考特隊長和他的四名同伴到達極點。之前已有人來過，所以極地不再那麼光彩而遼闊，他那雙漠然的眼睛只看見一片淒涼。「這裡看不到任何東西，就跟前幾天的景象一樣，寒冷又單調。」這就是史考特對南極的全部描述。

他們在那裡所發現的唯一特別之物，並不是大自然形成的，而是來自於敵人之手：阿蒙森的帳篷和挪威國旗。國旗傲慢地、帶著勝利和喜悅飄揚在人類所征服的壁壘之上。征服者留了一封信在這裡，請求第二個到達這裡的陌生人，將這封信交給挪威國王哈康七世。史考特把信收好，打算盡責地完成這最棘手的任務。他要在世人面前，為他人的成就做見證；雖然那是他原本熱切想要實現的目標。

他們傷心地在阿蒙森的勝利標誌旁邊插上晚到的「聯合王國國旗」。然後他們離開這個無情的地方，「我們的雄心壯志被辜負了」。他們身後刮過陣陣冰冷的風。史考特在日記中以不祥的預感寫道：「回程讓我畏懼。」

不再與死神抗爭

回程的危險性增加了十倍。去極點的路有指南針可依靠，然而回程時必須時刻注意，不能錯過來時的足跡。在接下來幾個星期，他們不可出現任何一次失誤，也不得錯過儲藏庫，因為那裡有食品、衣服以及能產生熱能的幾加侖煤油。暴風雪蒙住了他們的視線，每走一步都令他們心驚膽戰，只要有個閃失，必死無疑。同時，他們也缺少了來時的新鮮活力，那時體內還儲藏足夠的營養與熱量。在南極家園的溫暖基地裡，他們的身體得到充足的照顧。

然而現在，他們內心鋼鐵般的意志鬆弛了。在出發的路上，有非凡的希望支撐著他們，它體現了人類的好奇和渴望。一想到要那實現不朽的目標，他們身體產生超人般的毅力。而現在，艱苦撤退只是為了保全這凡人的軀殼，而不是為了追求榮譽。在他們的內心，回程的恐懼多過渴望。

那幾天的筆記令人感到害怕。天氣越來越糟糕，冬天來得比平時更早。鬆軟的雪在他們的鞋子下面結成厚厚的積冰，令他們寸步難行。寒冷消耗他們的熱量，於是身體更加疲憊不堪。在迷路和徘徊幾天後，只要到達某個儲藏庫，他們就會小聲歡呼。這時，在他們的字裡行間，總是會再次燃起小小的信心火焰。

即使命如懸絲，研究員威爾遜還繼續進行科學觀察。他的雪橇上除了有生活必需品外，還拖著十六公斤罕見的岩石樣本。這足以證明，這幾個人在極度的孤獨中，仍保持著科學的精神。

但是，人類的勇氣漸漸屈服於自然的巨大威力。在這裡，大自然無情地使出千萬年凝聚起來的能量，四處展現地獄般的威力。寒冷、霜凍、暴雪和狂風重創這五個冒險家。他們的腳早已凍裂，每天只有一頓熱餐，所以身體缺少熱量。他們得管控食物的量，所以人變得更加虛弱，開始生病。

某一天，隊員們驚訝地發現，最強壯的埃文思突然出現幻覺、做出一些奇怪的舉動。他止步不前，不停地抱怨當前的狀況有多艱難困苦，當中還摻雜一些幻想。從他詭異的言行中，他們得出令人害怕的結論，他已神智不清了。原因可能是他在路上摔倒過一次，又得面對氣候殘酷的煎熬。但該拿他怎麼辦呢？把他丟在這冰原荒地嗎？可是另一方面，他們必須準時到達下一個儲藏庫，否則就不妙了。

史考特記下這些事情時，內心也十分猶豫不決。二月十七日半夜一點，可憐的埃文斯去世了。此時，他們離屠宰場營地只有不到一天的行軍時間。抵達那裡後，他們終於吃到豐盛的一餐，只能感謝他們一個多月前殺死的矮種馬。

四個人繼續行軍，可厄運還沒離去！下一個儲藏庫令眾人悲傷又失望。那裡的煤油太少，他們缺少了最重要的必需品，無法用此燃料來維持日常生活。這唯一能抵禦嚴寒的有效武器——熱能，只能節約使用。他們沮喪地在冰冷和暴風雪之夜醒來，連毛氈鞋套到腳上都沒力氣。他們最終還是拖著腳步繼續向前。奧茨的腳已經凍壞了，但也不得不堅持下去。風比之前更加凜冽，三月二日，眾人到了下個儲藏庫，悲慘和失望再次上演：燃料的儲量實在太少。

這種恐懼自然體現在眾人的對話中。史考特努力要隱藏內心的恐懼，但絕望的吶喊不斷浮現，破壞他平靜的表象：「不能再這樣下去」、「上帝保佑我們！情況太艱難、超出我們的力量」、「遊戲將以悲劇結束」。最終，眾人悲傷地體認到：「天主保佑！現在，我們不再期待別人的幫助了。」但是，他們還是拖著沉重的腳步繼續前行，沒有希望，只能咬緊牙關。

奧茨越來越跟不上大家，他逐漸成為隊友們的負擔，而不是幫手了。他們不得不在中午零下四十二度時放慢行軍速度。不幸的人總有預感，自己會給朋友們帶來厄運。很快，他們也開始為死亡做準備。研究員威爾遜發給每個人發十片嗎啡，以便在必要時加速終止自己的生命。不過，他們還是帶著病人走了一天路。然後，可憐的病人請求隊員，將他留在睡袋中，讓他去承擔自己的命運。他們嚴厲拒絕了這一提議，儘管他們都很清楚，這麼做的確能減輕他們的負擔。病人繼續帶著他冰凍的腿，蹣跚地跟了幾公里，直到抵達下一個宿營地。他與大家一起睡到天明。清晨，他們往外張望，外面暴風雪肆虐。

突然，奧茨站起來。「我想出去走一走，」他對朋友們說：「我會在外面多待一會兒。」其他人不禁戰慄。眾人心裡都知道，走一圈意味著什麼。但是，沒人敢說一個字來阻止他，沒人敢伸出一隻手與他道別。他們心懷敬畏；這位英國皇家禁衛軍的騎兵上尉要像英雄一樣，正面迎向死神。

三個疲憊虛弱的人拖著腳步繼續穿越寒冷的無限荒野。他們既疲憊又失望，只能靠迷迷糊糊的生存本能來繃緊肌腱，以跨出搖晃的步伐。天氣越來越惡劣，每到一個儲藏庫，只會被失望的心情捉弄；煤油太少，熱能太弱。

三月二十一日那天，他們距離下一個儲藏庫只剩二十公里。但是，狂風帶著毀滅般的力量，致使他們無法離開帳篷一步。為了到達下個目標，每個夜晚，他們都期待著第二天清晨狂風會消散。然而，消失的只有食物，最後的希望也跟著幻滅。他們耗盡燃料，而溫度計顯示為攝氏零下四十度。

任何希望都熄滅了，他們只能在兩種死法間做選擇：餓死或凍死。三個人躲在小帳篷裡，在這片白色的原始世界中，又向不可違逆的結局抗爭了八天。三月二十九日，他們知道沒有奇蹟能拯救自己了，於是下定決心，不再向荒野跨出一步，而是要承受厄運，驕傲地接受死亡。他們爬進睡袋，發出最後那聲痛苦的嘆息，沒有世人知曉。

臨死之人的信

暴風雪瘋狂地從外面刮向薄薄的帳篷。在這一刻，史考特隊長孤獨地面對無形卻又近在眼前的死神。他回想起人生所有的人事物。在這寒冷、從未被人聲衝破的死寂中，他悲壯地意識到自己對國家和全人類的兄弟情誼。在這片白色荒野中，心靈出現各種畫面，帶著愛、忠誠和友誼，與他密切相關的人一一浮現。他要寫幾句話給大家。史考特隊長的手指已僵硬，在他走向死亡的這短短時間，他要寫信給所有還在世的所愛之人。

這些信的內容非常感人。面臨死亡，他沒有絲毫的哀傷；死寂天空中的晶瑩空氣，彷彿也滲透進了這些信。雖然他是要寫給特定的對象，但也是留給全人類的訊息。這些信寫給一個時代，也將具有永恆的意義。

他先寫信給妻子，提醒她要保護好他至高無上的遺產——他的兒子。他請求她要好好教導兒子，首先不能有懶散的惡習。他達成歷史上最了不起的成就，此時卻承認：「妳知道的，我必須強迫自己有抱負、有目標，否則我本性是很懶散的。」離死亡只有一隻手的寬度，他依然沒有後悔，而是再次肯定自己的決心：「關於這次探險，我能講什麼呢？比起坐在舒適的家裡，這趟旅程不知好上幾倍！」

然後，他以忠實戰友的情誼給隊友們的妻子和母親寫信。他們有共同的興趣和愛好，甚至一起面對死亡，他想要為隊友的英勇行為作見證。連他自己都得面對死神了，但為了這一壯烈的時刻以及值得紀念的犧牲，他還要用他強大、超乎凡人的情感，來安慰其他人的家屬。

他還寫信給朋友們。他談到自己時很謙遜，對國家則充滿自豪。身為偉大王國的子民，他認為自己當之無愧，非常得意。「我不敢確定自己是否為偉大的探險家，」他承認：「但我們的結局證明了，英格蘭民族的勇敢精神和毅力並沒有消失。」他個性固執、心思單純，所以一生沒講過感性的話。現在死神來臨了，他才說出自己對友情的珍視：「一生中，我沒有遇到如此欣賞和喜愛的人，唯有你。我從未表達過這段友情對我的意義，因為你對我付出那麼多，而我卻沒有什麼能回報。」

他寫的最後一封信內容最為優美，而訴說對象是英國全體人民。他覺得有必要為自己辯護。在這場爭取國家榮譽的奮鬥中，他並沒有辜負任何人。他列出每件意外，並以一種瀕死又悲愴的語調呼喚英國人民：「不要拋棄我的家人。」他所在意的事情，遠遠超出自己的命運。在最後的話語中，他並沒有談到自己將要告別人世，而是關心他人的生活：「看在上帝的分上，請照顧我們的家人！」後面的紙張就一片空白。

史考特寫到最後一刻，直到手指凍僵、筆掉到地上。他希望有人能在他的屍體旁找到這些紙張，以證明他和英國民族的勇氣；而這個希望給了他超人的力量。在結尾，已經凍僵的手指顫抖地寫下這個願望：「請將這本日記送給我的妻子！」但是，他悲傷而堅決地劃去了「我的妻子」，接著寫上可怕的字眼：「我的遺孀」。

即使失敗，也能激勵人心

探險隊剩下的成員在基地裡等待了幾個星期。最初他們充滿信心，然後有一點緊張，接著日漸擔憂。探險隊兩次派出救援小組，然而，天氣又將他們驅趕回來。整個冬季，這些失去指揮的隊員毫無目的地留在木屋內，災難的漆黑陰影籠罩在他們的心頭。在這幾個月裡，史考特隊長的命運和事蹟被封鎖在冰雪和沉默中，他們被冰封在玻璃棺材裡。為了找到英雄的屍體和相關訊息，十月二十九日，極點的春天開始時，探險隊終於出發了。

十一月十二日，他們抵達了那頂帳篷，找到了睡袋中已經冰凍的英雄屍體：史考特死前，還如兄弟般抱著威爾遜。他們找到了信件、文件，最後為悲壯的英雄堆起墳墓。在一座雪丘上，一個簡潔的黑色十字架寂寞地聳立著，而在此之下，埋葬著這次冒險壯舉的見證人。

然而，事情還沒結束！出乎意料，他們的壯舉如奇蹟般重現了。這是新科技的輝煌奇蹟啊！隊員們把底片和電影膠捲帶回家，在化學溶液中，圖像顯現了出來，人們再次看見在旅途中的史考特和隊員們，以及極點的風光；除了英國探險隊，唯一看過那景象的只有阿蒙森。史考特的筆記和信件所留下的資訊，透過電波飛越到驚異萬分的世界。最後，在帝國的大教堂裡，國王為紀念英雄而屈膝。

這件表面上徒勞的事總算開花結果了。這個失敗的任務喚起全人類的注意力，領導者希望大家集中力量，不要放棄那些未竟的事業。在往後各項壯烈的奮鬥中，更強大的生命將從英雄之死中崛起，奮發向上的意志將從失敗中燃起。只有偶然和輕易得手的成功才會誘發虛榮心。對抗不可戰勝的命運、光榮地犧牲，這樣的事蹟最為激勵人心。在所有悲劇中，這是最有意義的死亡方式。有些文學家能創作出這樣的故事，但有成千上萬的人是以自己的人生當作舞臺。

12

載著革命火苗的列車

列寧返鄉的那一天

關鍵時刻

▼

一九一七年四月九日

住在鞋匠家中的平凡男子

瑞士，這座小小的和平島嶼，在一九一五到一九一八的幾年時間裡，被世界大戰的洶湧波濤所包圍；偵探小說中引人入勝的場景，也不斷在那裡上演。各個敵對勢力的工作人員在豪華酒店裡擦肩而過，表情冷漠，彷彿從未相識。可是這些人一年前還開心地一起打橋牌，去彼此家中做客。

酒店的房間裡不時竄出一些身分不明的人影。國會議員、祕書、外交專員、商人、戴著面紗的貴婦……每個人都肩負著祕密的使命。掛著各國國旗的豪華轎車在酒店門前停下來，下車的是企業家、記者、藝術家和前來度假的遊客。但是，每個人都帶著同樣的使命：打探消息、窺視他人，負責領客人進房的服務生、打掃房間的女傭也被逼著去窺察和偷聽。

在賓館、旅社、郵局和咖啡館裡，到處都有互相敵對的組織幹員。所謂的宣傳活動，有一半是間諜行為；貌似恩愛的情侶，有一半都在背叛對方。他們都是匆匆的過客；在每一樁公開交易的背後，都隱藏著第二樁和第三樁。所有消息都往上彙報，一切活動都被監視。但凡某級別的德國人到了蘇黎世，在伯恩的敵方大使館就會得到消息，一小時後巴黎便對此瞭若指掌。那些大大小小的間諜，日復一日地把整捆真真假假的報告傳遞給外交人員，又由他們轉送出去。所有的牆壁如同玻璃一樣透明，電話被監聽，廢紙簍裡的和吸墨紙上的每一份信函都被復原。邪惡的勾當都失控了，許多人都不清楚自己究竟是獵人還是獵物，是探子還是被窺探者，是被人出賣還是出賣他人。

在那些日子裡，唯獨跟這個人有關的報告寥寥無幾。也許是他太不重要了，他既不住在高級酒店，也不去咖啡館，更不參加宣傳活動，而是與妻子低調地住在修鞋匠的家中。施比格爾巷位於利馬特河岸邊的老城區，是一條狹窄破舊的街，那裡有棟結實的樓房，屋頂呈半圓狀，他就住在三樓。但是，因為建造已久，樓下院子裡又有一家香腸工坊，所以這棟房子看上去就像是被煙燻過。

他的鄰居中有麵包師傅的太太、義大利人和奧地利演員。因為他不善言談，所以鄰居只知道他是俄羅斯人，而且名字很難念。他離開故鄉過著流亡生活好幾年了，他沒有什麼財產，也沒有做些賺錢的生意；房東太太從夫妻兩人寒酸的餐食和舊衣服上有看出來。他們所有的家當和衣服都很少，連他們搬進來時隨身攜帶的小籮筐都裝不滿。

這個矮個子男人非常低調，出入都不引起他人的注意。他避免社交活動，鄰居沒有發現，他細長的雙眼帶著深邃有神的目光，也很少有客人來拜訪他。他唯一的特點是，其生活非常有規律，每天上午九點去圖書館，一直坐到中午十二點午休；過了十分鐘後，分秒不差地回到家中。下午一點不到十分，他又離開家，繼續成為第一個坐在圖書館裡的人，然後一直待到晚上六點。

間諜只會注意滔滔不絕的人，他們並不知道，對於世界各地的革命活動來說，最具煽動力的，一定是那些具有學習精神、大量閱讀的孤獨之人。因此，他們沒有寫到這個不起眼的男人，他只是修鞋匠的房客而已。但在社會主義者的圈子裡，大家對他都不陌生。他曾是倫敦一個小雜誌社的編輯，專門為俄國僑民報導激進的消息。除此之外，他曾在彼得堡帶領某個名不見傳的黨派。不過，他個性嚴肅，又大肆批評廣受尊重的社會主義人士，指責他們的做法不對。總之，他難以溝通又不願妥協，於是人們便冷落他。

某些晚上，他會在無產主義者的小咖啡館裡召集會議，與會者最多只有十五到二十個人，大多數是年輕人。人們覺得，這個古怪的人就像所有的俄國流亡者那樣，只是用許多茶水和會議來加熱自己的頭腦。沒有人覺得這個表情嚴肅的小個子有多重要。在蘇黎世，沒人想要記住這個人的名字，他住在修鞋匠的家，全名為「弗拉基米爾·伊里奇·烏里揚諾夫」(Vladimir Ilyich Ulyanov)。豪華轎車在大使館間飛速行駛，當年若有輛車子撞死他，那麼世人就不會認識烏里揚諾夫，更不會記得列寧這個人。

在海外無法施展身手

一九一七年三月十五日那天，蘇黎世圖書館的館長嚇了一跳。時針已指向九點，而那個最準時的讀者還沒出現，他每天坐的座位卻還空著。九點半、十點，時間一點一滴流逝，這位不知疲倦的讀者還是沒來。他不會再來了，因為在他去圖書館的路上，有位俄國朋友告知他一個消息：俄國爆發革命了！於是他的日常作息便被打亂了。

列寧一開始不願相信這個消息。他嚇壞了，但隨即以短促而堅定的步伐衝到湖岸邊上的書報攤。從此，他一天接一天、分分秒秒地在報社門外等待。「這是事實。這消息是真的。」在他看來，事件的全貌越來越清楚。剛開始，只是有人謠傳皇室發生革命，有些部長被換下來了。接著沙皇倒臺、臨時政府成立並籌組俄國議會「杜馬」、政治犯獲得大赦，俄國即將全面解放，這些都是他二十年來夢寐以求的成果。他成立祕密組織、被捕入獄、被流放到西伯利亞還流亡國外，這一切的奮鬥與犧牲，終於有了成果！

突然間，他發現這場幾百萬人為之獻出生命的戰爭不再是徒勞。在他看來，他們的死不再沒有意義；為了自由的新國家、正義和永久和平，他們犧牲了生命。這位夢想家平時清澈如冰、冷靜善謀，此時沉醉在欣喜的情緒中。

在日內瓦、洛桑和伯恩，還有幾百個俄國僑民聚集在小酒館裡，為了這條鼓舞人心的消息而激動歡呼。「可以回故鄉、回俄國、回家了！」不必用假護照和化名，也不用承受死亡的威脅，就可以回到沙皇的帝國，準備成為自由國家的公民。俄國無產階級作家高爾基（Maxim Gorky）的電文刊在報紙上：「大家回家吧！」

於是眾人準備好少得可憐的行囊，並向各方發出信函和電報：「回家、回家！集合起來！團結起來！」他們要再次為奮鬥了一輩子的事業——俄國革命奉獻生命。

雖然他們的心如同雄鷹展翅般激動，但幾天之後，他們驚愕地發現，這場革命另有內幕。主事者受了英國和法國的外交官煽動，所以才起身反對俄國皇室，其目的是為了阻止沙皇與德國達成和平協議。也就是說，這不是他們所期盼的革命。為了追求和平與人權，他們願意奮鬥、甚至犧牲生命，但現在這場革命，只是列強、帝國主義者和軍閥的陰謀；這些人不願看到自己的計畫被干預。

不久，列寧和同志們就意識到，「大家都該回去」的號召，不適用於所有人；就算是最忠實的馬克思信徒，也不一定受國內人士歡迎。很快，俄國立憲民主黨的領袖米留科夫（Pavel Milyukov）便做出裁示，要阻止眾人回國。

為了延續革命的熱潮，民主黨等溫和派需要像普列漢諾夫（Georgi Plekhanov）那樣的社會主義學者。因此，他們以最熱情的方式，在儀隊的保護下，用魚雷艇把他從英國送到彼得堡。但同時，他們在哈利法克斯拘捕托洛茨基，一些激進分子也在邊境被拘捕。協約國的邊境軍警都有一份黑名單，只要曾去瑞士齊美爾瓦爾德參加第三屆社會主義者的國際會議，都要被列管。

絕望的列寧發一封封電報到彼得堡，但是都被攔截下來，沒有送達收件人。蘇黎世的人不瞭解他，歐洲也很少有人知道他的能力，但俄國的人相當清楚，他們的敵人列寧有多危險；他堅強、有力、頑強，又有明確的目標。

這些革命分子被國人拒之門外卻又無能為力，因而感到非常絕望。多少年來，在倫敦、巴黎、維也納召開的無數次軍事會議上，他們策劃各種版本的俄國革命。他們考慮到組織中的每個細節，並實地試驗一番，接著深入討論。幾十年來，他們在圈內的雜誌上發表文章，從理論與實務去討論革命的困難、危險和可能性。

在列寧的整個人生中，他唯一投入的事業就是不斷修正和思考俄國革命的思想體系，使其結構更完整。現在看來，正因為他被困在瑞士，所以他那套解放人類的神聖革命思想，會被外國人削弱和扭曲，以滿足其自身利益。詭異的是，在這些日子裡，列寧的命運正如同德國元帥興登堡在第一次世界大戰初期的經歷。四十年來，興登堡不斷操練士兵、舉行演習，以準備進攻俄國，當戰爭爆發時，他卻被架空，只能像平民一樣坐在家中，在地圖上用小旗子標註戰爭的進度，觀察繼任的將領犯了哪些錯誤。在這些絕望的日子裡，平時堅定又務實的列寧輾轉難眠，做著不理智又荒唐的夢。

「不如租一架飛機，飛越德國或奧地利？」可是第一個前來幫忙的人事後卻被發現是間諜。逃亡的想法日趨強烈。他寫信到瑞典，希望有人能幫他弄到一本瑞典護照；還想假扮啞巴，以免被盤問。當然，每到清晨，在一夜的美夢醒來之後，列寧還是意識到這些妄想難以實現。但有一點，他在白天清醒時也十分清楚：他必須回俄羅斯去。他得自己去帶領革命，不能依賴別人，如此才能實現真正的、名副其實的革命。他必須回去，儘快回俄羅斯去，不惜一切代價！

與虎謀皮

瑞士在義大利、法國、德國和奧地利的中間。列寧無法穿越那些盟國，因為他是黑名單上的革命家。另一方面，他是俄國的臣民，更不可能穿越敵對的德國和奧地利。但荒謬的是：相比於俄國的米留科夫和法國總理龐加萊，列寧更加受到德皇威廉二世的青睞。在美國宣戰前夕，德國得不惜一切代價與俄羅斯達成和平協議。這位革命家可以在英國和法國的使節間製造麻煩，正好是德國人的好幫手。

然而，這一步對列寧來說責任重大，雖然德國政府要好好跟他談，但他曾在著作中多次譴責和威脅這個帝國。況且，從普世的道德規範來說，戰爭期間在敵方總參謀部的准允下，踏上並穿越其領土，無疑是背叛祖國。不言而喻，列寧也知道，這個行動會弄臭自己的政黨和事業；外人會懷疑，他應該是被德國政府收買了，接受指示回到俄國去從事情報活動。若他真的達成兩國的和平協議，他就會變成阻礙俄國勝利的歷史罪人。

列寧宣布，有必要的話，他會採取妥協但又有風險的手段。那些溫和的革命家以及他大多數的戰友都感到非常震驚。他們慌張地說，俄國的革命家早已拜託瑞士的社會民主黨去協商，希望能用合法和中立的途徑回國。但是列寧認為這條路十分漫長，俄國政府一定會無限期拖延他們回國的時間；他非常清楚，如今每一天和每一個小時都至關重要。列寧只看重目的，而那些缺少魄力和膽識的人，不敢做出重大的決定，深怕會違背現有的法律和道德觀念。但是，列寧已下定決心，要承擔此罪責，於是與德國政府進行談判。

列寧知道，他這一步風險極大，一定會引起騷動，所以他乾脆就高調行事。瑞士的工會祕書長普拉廷（Fritz Platten）代表列寧去會見德國大使，而大使已與俄國流亡者進行過初步會談。普拉廷向大使提交了列寧的條件。這位鮮為人知的流亡者似乎已預料到他今後將取得的地位，所以，他不是前去請求德國政府，而是提出一系列的條件。首先，德國必須承認這班列車有治外法權，俄國旅客才願意接受德國政府提供的幫助。第二，德國政府不許在俄國旅客出入境時查驗護照或檢查身體。第三，俄國人會以正常票價支付自己的旅行費用。最後，德國不可強制人員下車，也不准人員私自下車。

德國大使將這些條件往上呈報，一直送到陸軍最高指揮魯登道夫的手中，後者毫無疑問地同意了。魯登道夫在回憶錄中隻字未提這件事，但這應該是他的人生最重要的決定，也影響了世界歷史的發展。德國大使想修改一些細節，因為列寧故意把協議擬得模稜兩可，這樣一來，不光是俄國人受惠，像拉狄克（Karl Radek）這樣的奧地利革命家，也能夠在免受檢查的前提下同行。

其實，德國政府與列寧一樣著急，因為就在四月五日這天，美國向德國宣戰了。

普拉廷在四月六日中午接到值得紀念的決定：「此事已根據當事人的意願安排好。」一九一七年四月九日下午兩點半，一小隊衣著不整的人提著箱子從策林霍夫飯店朝著蘇黎世的火車站走去。一共有三十二個人，其中有婦女和孩子，男性中有列寧、季諾維也夫（Grigory Zinoviev）和拉狄克。他們一起吃了簡便的午餐，共同在文件上簽字，表示他們瞭解《小巴黎人報》上的通知。那份通知上說，俄羅斯臨時政府打算將「跨境德國的旅行者」當作叛國賊。他們用粗狂沉重的字體在文件上簽名，表明自己對這次旅行負有全部責任，並同意所有的條件。他們平靜而堅決地踏上這趟具有重大歷史意義的旅程。

他們到達火車站時沒有引起眾人的絲毫關注，也沒有記者和攝影師出現。在瑞士，沒有人認識這位烏里揚諾夫先生。他戴著被壓皺的帽子、穿著舊大衣和可笑又厚重的登山鞋（他一路穿到瑞典），跟著一群攜帶木箱和籮筐的男女，不引人注意，默默地找座位。在蘇黎世，這些人看上去與許多從南斯拉夫、烏克蘭和羅馬尼亞來的移民沒有什麼區別，他們通常會坐在木箱上等待和休息幾個小時，然後才到達法國海岸，接著前往海外。

瑞士工人黨不贊成這次行動，所以沒有派出代表，只有幾個俄羅斯人前來，請返鄉人士幫忙帶食物和問候給家人。在這最後一刻，還有幾個人想勸說列寧放棄這個荒謬又錯誤的行動。可是，一切已成定局。下午三點十分，列車長發出信號，列車開始朝德國的邊境車站戈特馬丁根駛去；從這一時刻起，世界時鐘有了另一個節奏。

載著危險武器的列車

在世界大戰中，幾百萬枚毀滅性的砲彈發射出去，這些巨大、有力、射程遠的武器都是軍事專家設計的。但是，在近代歷史中，任何一枚砲彈都比不上這班列車更具深遠和關鍵性的意義。這枚砲彈裝著本世紀最危險、最堅決的革命家，此時此刻正從瑞士的邊境飛越整個德國，它要前往彼得堡，去炸毀舊時代的秩序。

在戈特馬丁根車站，這枚獨一無二的砲彈停在鐵軌上，婦女和孩子坐在二等車廂，男性乘三等車廂。地板上有一條粉筆線，一邊是中立的俄國人領地，另一側是兩名德國軍官的包廂，後者負責押送這輛活砲彈運輸車。

列車行駛了整整一夜，其間沒有發生任何事件。在法蘭克福，幾個德國士兵聽說有俄羅斯革命家會路過，所以前來看熱鬧。還有幾個德國社會民主黨人企圖與旅客交談，但被拒絕了。列寧清楚知道，在德國土地上，俄國人若與德國人有任何交流，都會被他人所質疑。在瑞典，他們受到隆重的歡迎。旅客餓壞了，馬上撲到瑞典的早餐桌上，而抹了奶油的麵包就像天上飛來的奇蹟。然後，列寧不得不換掉他那雙厚重的登山鞋，還去買了新鞋子和衣服。終於，他們抵達俄羅斯邊境。

列寧在俄羅斯土地上的第一個舉動很特別：他沒去探望什麼人，而是把自己埋進報紙裡。他有十四年不在俄羅斯，很久沒見到自己的國土、國旗和身穿軍服的士兵。但是，這位鋼鐵般的理想主義者不像其他人那樣淚流滿面，也不像婦女同胞那樣去擁抱受寵若驚的士兵。

首先是《真理報》，他曾是這份報紙的編輯，所以要確認它是否還堅決地擁護國際主義。他憤怒地將報紙揉成一團。「不，不夠，報紙還一直談論著祖國，還大力鼓吹愛國主義。」在他看來，這離真正的革命還很遙遠。他感到慶幸，自己回來得正是時候。他要扭轉大局，以實現他的革命理想，不管結果是勝利還是失敗。

「但是，我真能實現心願嗎？」這是他內心最深的不安與擔憂。到了彼得格勒（這座城市當時還用這個名字，但不久後就換成列寧格勒），米留科夫會立即逮捕他嗎？他的同志加米涅夫（Lev Kamenev）和史達林到車上接他，但兩人都露出奇怪和神祕的微笑。在三等車廂昏暗的光線下，這種的微笑意義很隱晦。他們不回答，抑或不願有所表示。

不過事實所呈現的結果令人震驚。列車駛入芬蘭車站時，大廣場前聚集了成千上萬的工人，手持各種武器的儀隊正等著這位流亡歸來的人。《國際歌》響徹天空。接著，烏里揚諾夫走出來；這個男人前幾天還住在修鞋匠的家，此刻被數百隻手抱住並抬到裝甲車上。樓房和軍事要塞的探照燈照亮他的身影，然後，他在裝甲車上首次對人民發表演說，街道都在震動。不久後，十月革命爆發，「震撼世界的十天」開始了。這枚砲彈爆炸了，它摧毀了一個帝國，改變了整個世界。

13

政治是條不歸路

政壇老馬西塞羅的最後一舞

關鍵時刻

▼

西元前四十三年

若你是聰明但不勇敢的人，那麼遇到強大的對手時，最明智的舉動就是：迴避其鋒芒並等待轉機，直到前方的道路再次暢通，而且不需感到羞恥。

西塞羅是羅馬帝國的第一位人文主義者、演說家和法律的捍衛者。三十年來，他努力維持法律的傳統，並捍衛共和國的體制。他的演說被載入史冊，他的文學作品奠定了拉丁文的基石。他反對另一位元老喀提林（Lucius Catilina）的無政府主義、痛恨政務官凡爾斯（Gaius Verres）的腐敗。他還認為，要提防那些戰功赫赫的將軍變成危險的獨裁統治者。在那個年代，他的著作《論共和國》是談論國家體制和道德性最完善的典範。

不過，現在出現了更強大的對手：凱撒。西塞羅比較年長、更有名望，也毫不懷疑地提攜對方。之後，凱撒憑著他的高盧軍團，一夜間當上義大利的統治者，並掌握了無限擴張的軍權。他只需伸出手，指揮官馬克・安東尼就會在群眾面前奉上皇冠。後來凱撒率軍越過盧比孔河，劍指元老院，此舉等同於越過法律的界限。於是，西塞羅出面反對凱撒的獨裁，但純屬徒勞。他試圖號召自由的捍衛者來抵抗暴政，但無濟於事。事實證明，一支步兵軍隊總是比詞語更具力量。

集思想家與行動家於一身的凱撒，各方面都取得勝利，幸好他不像其他的獨裁者，並不沉迷於復仇，否則在高唱勝利之歌時，他應該能輕而易舉地清除這頑固的法律捍衛者西塞羅，或者至少把他打入冷宮。然而，在軍事上贏得勝利後，凱撒卻更想炫耀自己的寬宏大度。他饒恕了落敗的敵人，也沒打算羞辱對方，只希望西塞羅能退出政治舞臺，因為此時凱撒是唯一的主角。至於其餘的人，他則要求他們扮演無聲和順從的配角。

求之不得的隱退

不過，對於知識分子來說，遠離公眾和政治生活便是最幸運的事。思想家和藝術家因此能遠離不適合自己的領域，不再需要面對暴力或狡猾手段，而回到內心不可觸及和不可破壞的世界。對知識分子來說，流亡和放逐反而更能集聚能量去壯大自己的內心。值得慶幸的是，西塞羅在此時得到這意想不到的休息時間。

這位偉大的雄辯家正逐漸步入晚年，在他的一生中，不斷地在面對風暴和緊張局勢，所以沒留下多少時間去整理自己的創作。他已經六十歲了，在這有限的一生中，他經歷了許多事情，其中也不乏矛盾之處！

在他還是政治新人時，他以自身特有的堅韌、靈活和智慧，不斷向上爬，並衝破阻礙，獲得了各種公職和榮譽。這一切原本都只留給令人嫉妒的貴族，小地方的平民百姓沒機會接觸到。他不但受到高層的青睞，也獲得庶民大眾的歡迎。打敗喀提林後，他登上政治的高階，民眾給他帶上花環，元老院還授予他「國父」的榮譽稱號。相對地，他也曾被元老院審判、被民眾唾棄；不得不在一夜之間逃亡，去過流放的生活。

政府每個部門的工作他都參與過，而他所擁有官銜，都是日以繼夜地努力爭取來的。他在羅馬廣場上主持過訴訟，在戰場上指揮過羅馬軍團，以執政官的身分管理過共和國。卸任後，他還前去外省擔任長官；數百萬的羅馬貨幣（Sesterce）進他的口袋，又有如流水般地花掉。

在貴族所住的帕拉蒂尼山（Monte Palatino）上，西塞羅擁有宏偉的豪宅，被敵人縱火、摧毀後，他只能看著廢墟興嘆。他寫過值得紀念的論文，發表過經典的演說。他有過孩子，也失去了他們。他勇敢無畏，但也有軟弱的一面。他既固執己見，但也善於恭維。許多人欣賞他，但討厭他的也不少。他個性變化無常，時而輝煌、時而黯然。總而言之，他是那個時代最具吸引力的政治家，令人期待又驚喜。從奧理略到凱撒這四十多年的政治時代，處處都有西塞羅的影子。

沒有人像西塞羅一樣，體驗了羅馬和世界史上的大時代，但唯獨漏了一件重要的事：他一直沒時間回顧自己的人生。他不知疲倦，為了實現自己的雄心壯志，所以從未有足夠的時間來靜心和認真思考人生，也沒機會整理自己的知識和思想。

終於，他碰巧遇到凱撒發動政變，並被排除在共和國的事務之外，所以才有機會來處理私人事務。西塞羅辭去職務，將古羅馬廣場、元老院和統治大權讓給了獨裁者凱撒。被打入冷宮後，他內心開始對公眾事務變得反感和絕望。對民眾而言，角鬥士的競技遊戲比爭取自由更重要。因此，西塞羅決定去尋找和打造自己內心的自由空間。他要向世界證明，自己是為了更深遠的目標而工作和生活。於是，西塞羅在六十歲的時候，第一次有機會默默地沉思人生。

充實的田園生活

其實他是天生的文學家，過去只是從閱讀的天地誤入了陳腐的政治世界。西塞羅現在試圖尋找符合自己年紀的人生，培養他真正的愛好。他從吵吵嚷嚷的羅馬大都市搬回到突斯庫魯姆（Tusculum，在今日羅馬東南方的弗拉斯卡蒂〔Frascati〕）。他住家的四周盡是義大利的美景，山丘上覆蓋著茂密又迷人的森林，並波浪般向下延伸，直達卡帕格尼亞（Campagna）丘陵地帶。在這片遠離塵囂的寧靜中，銀色的山泉奏出美妙的音樂。

多年來，這位富有創意的思想者都在羅馬廣場、軍營和馬車上生活，如今他終於能在鄉間打開心靈。古羅馬這座城市既誘人又使人疲憊，它像一絲煙霧，遠在天邊又近在眼前；朋友們經常過來找他聊天，令他精神為之一振。當中與他最親近的是富商阿提庫斯（Titus Pomponius Atticus），還有年輕的議員布魯圖斯（Marcus Junius Brutus）和凱西烏斯（Gaius Cassius Longinus）。有一次，就連他的死對頭、偉大的獨裁者凱撒也來作客。即使沒有這些羅馬的朋友，他還有其他領域的至交，而且都是一些傑出、不會令人失望的夥伴，當中有些人言簡意賅，有些人喋喋不休：他們都住在書本裡。

西塞羅在他恬靜莊園裡建造了一座漂亮的圖書館，可說是取之不盡的知識蜂巢，布滿了希臘智者的書籍、羅馬史書和法學綱要。這些朋友來自各個時代，操著不同的語言，有他們為伴，他夜晚不再感到寂寞。

早晨是工作時光，學識豐富的僕人會恭敬地記下他所口述的文句。用餐時，有心愛的女兒圖莉亞陪伴，時間匆匆就過去了。他每天親自教育兒子，不但產生許多新的想法，生活也更加精彩。此外，還有一位新的繆斯。這位六十歲的長者做了一件甜蜜的蠢事：娶了一位比女兒還年輕的少女為妻。他要成為生活的藝術家，在大理石的豪宅和感性的詩歌中，享受美好的生活。

因此，西塞羅在六十歲時終於回歸自我。他不再是狂熱的政治宣傳家和演說家，而是哲學家和作家。他不再是為了人民利益而忙碌的公僕，而是能享受閒情逸致的主人。過去，他在古羅馬廣場與那些貪贓枉法的法官激烈爭辯，現在他樂於將演說的藝術與本質寫成《論演說家》（*Orator*），讓後繼者得以學習與仿效。另一方面，在《論老年》（*On Old Age*）中，他則提醒自己，身為一個愛智者，就應該體會到，清心寡欲才能為晚年生活帶來尊嚴。

在這段寧靜的時期，他寫下許多優美而感性的信件。另一方面，心愛的女兒圖莉亞不幸去世，他受到沉重的打擊；但憑著文學素養，他將這份傷痛提升到哲學的境界。他寫下《論安慰》（*Conrofationes*），即使在千年之後的今天，依然能撫慰有同樣命運的人。後人應該感謝凱撒，在這段流放時期，忙碌的演說家才能變成偉大的作家。他為國事操心了三十年，但有這三年的寧靜生活，他才能創作許多作品，進而獲得更多讚賞。

此時，他已過著哲學家的生活。他不再關心每天來自羅馬的新聞和信件，因為他現在隸屬永恆的心靈共和國，而他的祖國已被凱撒的獨裁統治破壞殆盡。這位人世間的法律大師終於發現最令人痛苦的祕密。只要你投身公共事務夠久，就能體會到，自己無法長期為人民爭取自由；最終，你只能捍衛自己的人生和心靈的自由。

就這樣，世界公民、人文主義者兼哲學家西塞羅度過了一個幸福的夏天、一個創造性的秋天、一個義大利的冬天，就像他自己所說的，「永離時代和政治的喧嘩與騷動」。每天來自羅馬的新聞和信件，已不能再引起他的關注；政治彷彿是一場遊戲，但他不需要參與其中。他持續創作，只想像文學家那樣追求文壇的名聲。此時，他是心靈共和國的公民，不想再跟屈從於暴政的腐敗官員和暴徒有瓜葛。但是，三月的某一個中午，突然有位信使滿身灰塵、氣喘吁吁地闖入他家。那個人送來這條消息：獨裁者凱撒在古羅馬廣場上被刺殺了。信使一說完話，就跪倒在地了。

重回古羅馬廣場

西塞羅的臉色頓時慘白。幾個星期前，他還與這位寬宏大度的勝利者坐在餐桌上交談。當然，他痛恨、敵視這個危險的獨裁者，並以懷疑的態度看待他在軍事上的勝利。不過，他打從內心深處尊敬這位唯一可敬的敵人，尤其是此人的自主性、領導才能和人道精神。

然而，令西塞羅厭惡的是，暗殺的預謀者編造了許多卑鄙又狠毒的理由。不過，就算凱撒有許多長處和功績，還被譽為國家之子，但他所掌控的權力太大，功勞又壓過所有人，才會被這種可恥的行動所刺殺。正是他的天賦威脅了羅馬人的自由。從人道上來說，凱撒的死令人遺憾，但此暴力行為卻大大有助於更為神聖的事業。獨裁者死了，共和國就能復活；至高無上的自由理念終於獲勝了。

想到這些，西塞羅剛才的震驚情緒才稍微緩和下來。他並不樂見這類陰險的暴力行為，就算在內心深處或在夢中，他想都不敢想。然而，布魯圖斯從凱撒的胸口拔出血淋淋的匕首時，卻高喊西塞羅的名字，希望共和國的精神導師能見證自己的行動。但關於這次刺殺行動，布魯圖斯和凱西烏斯都沒有告訴他。然而，事情已發生不可挽回了，只好去評估它對共和國有哪些益處。

西塞羅意識到，想要走回古羅馬的自由之路，必定要跨過這個獨裁者的屍體，他有責任為其他人指明這條道路。如此獨一無二的時機絕不能浪費。西塞羅當機立斷，就在這天，他放下了書本以及藝術家神聖又沉著的精神。為了挽救共和國、保護凱撒的政治遺產，以免遭到預謀者和復仇者的破壞，他抱著激動的心情，匆匆趕往羅馬。

到了羅馬，西塞羅只看到慌亂、震驚和手足無措的市民。就在事件發生的那一刻，謀殺凱撒的行為本身就具有重大的意義，而預謀者只是配角。這群幕後策劃的流氓小團體，只是想要剷除比自己更優秀的政治家，才預謀殺人。他們應該好好利用這一事件的後續效應，現在卻毫無頭緒。元老院猶豫不決，對於這樁刺殺事件，不知該贊同還是譴責。另一方面，民眾早已習慣被殘忍的統治者擺布，所以不敢發表意見。包括安東尼在內，凱撒的朋友都很不安，深怕自己就是下一個目標；同樣地，策劃刺殺的小團體也擔心凱撒的同志會來復仇。

舉國上下還在震驚中，顯然只有西塞羅表現出堅定的意志。這位心靈豐盛的智者，以往一向遲疑不決、謹小慎微，此時卻毫不猶疑地站了出來，去力挺他並未參與的刺殺行動。他威武地站立在那片血跡未乾的瓷磚上，對著諸位官員肯定此行動的價值：獨裁者被剷除了，共和國的理念勝利了。他高喊：「啊，我的人民，你們再次回到自由的懷抱……布魯圖斯和凱西烏斯，你們不僅為羅馬人建功，也為世人完成偉大的任務。」雖然這是謀殺事件，但他要賦予它更高的意義。密謀者應該毫不猶豫地奪取政權，重建古老的羅馬憲法，以迅速拯救共和國，因為政府在凱撒死後已陷入癱瘓。他們還應該立即拔除安東尼的執政官職位，把大權交給布魯圖斯和凱西烏斯。獨裁永遠也不能凌駕於自由，為了達成這個目標，這位法律的捍衛者第一次破除僵化的法條，就在世界歷史上這個短短又重要的時刻。

可是，密謀者卻在此刻露餡了。他們只能發動一次陰謀，只能執行一次謀殺。他們的力量有限，將匕首插入無力抵抗的男人身體五寸深，任務就完成了。他們沒有奪取政權，趁此重建共和國，而是與安東尼談判，努力爭取廉價的赦免條件。密謀者錯過了最佳的時機，讓凱撒的盟友有時間重整勢力。

西塞羅預料到這次危機，他知道安東尼正在準備反擊；他們不僅會殺死密謀者，也會摧毀共和理念。他竭盡全力警告、說服和鼓動密謀者和民眾，趕快採取果斷的行動。但是，他卻犯了一個具有重大歷史意義的錯誤：他本人沒有採取任何行動。此時，一切轉機掌握在他手上。元老院準備支持他，民眾也在等待一個勇者，去抓住從凱撒強勁的手落下的韁繩。如果他此刻拿下政權，在混亂中建立秩序，沒有人會反對他，甚至都會鬆一口氣。

這是具有世界歷史意義的時刻。自從他發表《反喀提林演說》後，就熱切盼望這一天到來，也就是三月十五日。如果他知道如何把握良機，那麼我們就會在課本上學到另一個版本的歷史。在羅馬史家李維和普魯塔克的編年史中，西塞羅將不只是令人尊敬的作家，還是共和國的救星，羅馬自由的守護神。他的名聲會千古流傳，成為不朽的英雄：他奪回獨裁者所掌握的權力，並自願歸還給人民。

然而，悲劇總是在歷史中不斷重演，尤其是在智者身上。他內心背負著沉重的責任，所以到了關鍵時刻，就很難展開行動。智者看清了局勢的矛盾之處，所以內心也不斷上演著各種衝突。為了跟上時代的浪潮，有時他會驅策自己馬上行動，激情地投入到政治鬥爭中，但也會猶豫不決，不知是否該以暴制暴。他內心有強烈的責任感，所以不願製造恐怖和流血衝突。但是，在這個獨一無二的時刻，只有採取極端手段一途，但躊躇和顧慮減弱了他的戰鬥力。

從希望走向失望

最初的激情消退後，西塞羅以謹慎和清醒的頭腦審視局勢。他發現，昨天他所讚美密謀者根本不是英雄，只是一群懦弱之徒，只要想要擺脫刺殺行動的陰影。

接著他觀察民眾，他們已不是過去的羅馬人，不具備他想像中的英雄氣概。這群墮落的死老百姓，只考慮自己的利益和快樂，只關心美食和娛樂。第一天，他們為布魯圖斯和凱西烏斯這些殺人兇手叫好；第二天，他們卻為安東尼的復仇行動慶祝；到了第三天，他們又為摧毀凱撒頭像的執政官唐納貝拉（Publius Cornelius Dolabella）叫好。在這個墮落的城市中，他看不到一個忠於自由理念的人。所有的人都只是為了奪取凱撒的遺產，包括他的財富、軍團和權力。為了滿足自己的利益，他們相互勾結、討價還價，甚至鬥垮對方。剷除凱撒是白費工夫，因為這些人只想拿到好處，而不打算恢復羅馬的神聖大業。

西塞羅也是白高興一場，兩個星期後，他漸漸感到疲倦，內心的疑慮也不斷增加。除了他，沒人關心共和國的重建計畫，民族情感蕩然無存，自由的思想已徹底消失。最後，他自己也開始厭惡這陰暗又動盪的局勢。

他不想再欺騙自己，也感到很失望，他的言論完全無效。他必須正視自己的失敗。他所擔任的調解角色已經沒有戲唱了。他太軟弱、也太膽怯，所以無法在祖國陷入內亂時去拯救它，只能把它交給命運。四月初，再次失望、再度被打敗的他離開了羅馬，重返書堆當中，回到他在那不勒斯灣波佐利的那幢孤獨別墅。

西塞羅第二次離開了世界舞臺，躲進自己的孤單生活中。他終於明白，作為一名學者、人文主義和法律的守護者，他一開始就不應該涉入太深，在這個權力大於法律的世界，智慧和寬容派不上用場，肆無忌憚才受歡迎。在震驚之餘，他不得不意識到，在這樣軟弱和放縱的時代，他不可能實現自己所憧憬的理想共和國，也無法恢復古羅馬的道德標準。

最後的傑作：《論責任》

雖然無法拯救世界，但他可以重拾夢想，去啟發追求智慧的後人。六十年的努力和經歷，不該任其徹底消失，應該讓它們發揮作用。於是，這位受屈辱的政治家想到用自己的專長來作為遺產。在這些寂寞的日子裡，他為後來幾代人寫下人生最後、也是最偉大的作品——《論責任》（*On Obligations*）。他要強調，作為獨立、有道德的人，對自己和國家應該承擔哪些責任。西元前四十四年的秋天，也是西塞羅生命的秋天，而他在波佐利完成的這部著作，算是他的政治遺書，也是道德遺書。

本書探討個人與國家的關係，從內容來看，它的確是一本告別之作。這位引退的政治家在遠離了激情的群眾後，用這本書總結他的生涯。這本《論責任》是寫給他的兒子。西塞羅坦率地說，自己會退出政治舞臺，不是因為對公眾生活無動於衷，其真正原因是，倘若他為獨裁者服務，那就會失去尊嚴和名聲，不配稱為羅馬自由以及共和理念的捍衛者。

「只要國家還是被全體所挑選的人管理，那麼我會把自己的力量和思想貢獻給國家。

但是，若國政歸於個人獨裁，那就談不上為公眾服務，權力機構無無法發揮作用。」元老院被架空、法院被關閉，就他的自尊來看，他還有必要待在元老院或古羅馬廣場嗎？公共事務與政治工作已消耗太多他個人的時間。「沒有閒暇留給寫作」，因此他無法系統性地整理出自己的世界觀。而現在，他既然被逼得無事可做，那至少要利用這個機會。偉大的羅馬統帥西庇阿（Publius Cornelius Scipio Africanus）退下政壇後說道：「無所事事時，反而更忙；獨自一人時，反而不寂寞。」

從內容上看來，西塞羅為兒子闡述的公民義務並不新穎，也不是原創的觀念，都是他讀過和摘錄的內容。即使人生活了六十年，雄辯家也不會突然間變成文人；長年抄錄或編輯他人的作品，不會讓他成為原創作家。然而，在他沉痛和悲傷的心情下，西塞羅的觀點更加感性而動人。在血腥的內戰期間，羅馬禁衛軍與那幫兇惡的政客互相爭鬥。在這種時期，不少人文主義者跟西塞羅一樣，在內心喚起永恆的美夢，希望能用道德勸說和政治妥協來實現世界和平。

唯有正義與法律能成為國家的堅強支柱。大權應該交給內心真誠的人，而不是煽動者，這樣才能確保政府運作的公平性。政治家絕不可以武斷地將個人意志加在民眾身上。這是一種責任。為了百姓的安康，我們必須剝奪野心家的權力，拒絕服從他的領導，並把權力還給人民。

不屈不撓的西塞羅具有獨立精神，他始終不肯與獨裁者合作，更不會在其手下服務。他認為，獨裁統治就是侵犯人民的權利。在一個政治共同體中，每個公職人員不牟私利，將個人利益放在第二位，國家才能長治久安。財富不該被奢侈地揮霍、浪費，而是應該在妥善的管理下，轉化為心靈和藝術資產。貴族放棄高傲的心態，平民不再被政客煽動和蠱惑，懂得為自己爭取天賦的權利，社會才能健康地發展。因此，我們絕不能把國家賣給一個政黨。

每個人文主義者都在強調中立的價值，西塞羅也希望各個派系能和解。羅馬不需要蘇拉（Lucius Cornelius Sulla）和凱撒那樣獨裁的執政官，也不需要格拉古（Tiberius Sempronius Gracchus）那樣激進的土地改革者。獨裁是危險的，革命也是。

史上第一個和平主義者

西塞羅提的很多觀念，都可以在更早之前柏拉圖所寫的《理想國》中找到，後來也能在盧梭等烏托邦主義者的著作中讀到。然而，在他政治遺書中，有一種超越時代並令人驚嘆的成分，那是一種新的情感。在基督誕生前的半個世紀，這種人道主義的情感第一次以文字形式呈現出來。

那是個野蠻又殘酷的時期。凱撒只要征服一座城市，就會下令砍下兩千名囚犯的手。每天都有犯人被刑求；有人被釘上十字架，還有人被砍下頭顱。人民把角鬥士的廝殺當成娛樂。在那個暴力肆虐的年代，西塞羅是第一個（也是唯一一個）異議者。

他譴責戰爭，說它是殘酷的手段。他批判羅馬人的軍國主義和帝國主義，更不該剝削各個行省的資源。羅馬人不該用武力去併吞其他國家，而是要透過文化與習俗來同化對方。因此，征服者不該掠奪其他城市的資源。

當時，羅馬人都認為他的想法很荒謬，尤其是他主張要寬厚地善待奴隸，雖然他們是無權力者當中地位最低的一群。他以先知的眼光預見了羅馬的衰落，它用武力征服世界，才會快速得到勝利的果實；但這不是正當的手段。當年，執政官蘇拉為了得到戰利品而開始向外征戰，羅馬帝國的正義也跟著消失。一個民族用暴力剝奪其他民族的自由，除了會引起復仇的行動，也會失去自己神聖的力量。

為了現實虛無縹緲的帝國幻夢，這些野心勃勃的指揮官帶領羅馬軍團向帕提亞（Parthia）、賽普勒斯、日耳曼、大不列顛、西班牙和馬其頓進軍。但此時，一個孤獨的聲音出現了：西塞羅反對這種危險的征戰。

這位失去權力的人性守護者看見，血腥的戰爭種子只會孕育出血淋淋的果實。所以，他在書中懇求兒子，一定要重視人類的合作精神，這是最崇高又最重要的理念。長期以來，西塞羅都是出色的演說家、律師和政治家，為了金錢和榮譽，好事壞事他都代為辯護過。為了自己的生涯，他爭取過許多重要職位，也追求過財富和名望，並接受人民的喝采。但如今，他終於在人生的秋天得到此一深刻的體會。本來只是研究人文主義的這位學者，在生命即將結束之前，成了第一位人道主義律師。

在遠離是非之際，西塞羅以平靜而從容態度思索國家的憲法和道德性，還有政治的形式和意義。然而，羅馬帝國的動盪卻與日俱增。對於刺殺凱撒的兇手，元老院還是不知該讚許或流放，民眾也沒有定見。然而，安東尼已準備要討伐布魯圖斯和凱西烏斯了。出人意料的是，一個新的權力爭奪者出現了，他就是凱撒所指定的繼承人屋大維，而他也確實想要繼承這份政治遺產。

共和國的關鍵時刻

屋大維剛踏入義大利，就立刻寫信給西塞羅，以尋求他的支持。安東尼也請求西塞羅回到羅馬；布魯圖斯和凱西烏斯也在戰場上呼喚西塞羅。所有人都想要討好這位偉大的律師，請他為自己的行為辯護；所有人都想請到這位著名的法律專家，好為他們不理性的舉動找理由。

想要往上爬的政治家，在還沒有得到權力時，都會出自本能地去尋找一位智者做支柱；得手後，又會鄙視地推開他。西塞羅從前是個傲慢、雄心勃勃的律師，所以會被政客說服。但此時的他已體力大不如前、智力也只剩一半，這兩種跡象很類似，也都非常危險。他知道，現在的首要任務是完成著作、調整生活步調以及整理思緒。在希臘神話中，奧德賽得塞住耳朵，以抗拒女妖塞壬的歌聲。同樣地，面對統治者的誘惑，西塞羅關閉了內心的耳朵，而沒有接受安東尼的召喚，當然他也沒有去跟隨屋大維、布魯圖斯和凱西烏斯，以及元老院和其他朋友。他想投入情感好好寫作，畢竟他的文字比行動更加強大；與其在黨羽中周旋，獨自一人更加有智慧。他孜孜不倦地創作，彷彿預料到它將成為對世人的遺言。

完成了政治遺書後，他抬頭望向遠方，突然有所驚醒。在這片土地上，他的國家陷入內戰。安東尼掃光了凱撒的金庫和神殿，還用這些偷來的錢財招募傭兵。但是，他必須面對三支強大的武裝部隊，領導者分別是：屋大維、雷必達（Marcus Aemilius Lepidus）以及布魯圖斯和凱西烏斯。和談的時機已經過了，每個領導者都必須做出決定：要讓安東尼統治後凱撒帝國，還是繼續維持共和國的體制。當然，西塞羅這位小心謹慎、瞻前顧後的學者，最終也必須做出決定。即使他還是猶豫不決，想找到兩全其美、超越黨派的辦法。

此刻，奇蹟突然出現了。自從西塞羅將他的政治遺書《論義務》交給兒子後，便將自己的生命置之度外。他有了一股新的勇氣。他知道，自己的政治及文學生涯已結束，想說的話已說完，將要經歷的事情也不多了。他已老去，也完成了自己的作品，就沒有必要守護這可憐的餘生。

他就像一隻疲於奔命的小動物，而兇猛的野狗在自己身後狂追。這時他突然轉身，迎面撞上追趕上來的野狗，以加快死亡的腳步。於是，西塞羅拿出赴死的勇氣，衝向危險的境地，再次投入戰鬥。這幾個月以來、甚至近幾年來，他只是握著無聲的筆默默寫作，但現在再次拿起演說的利劍，走向共和國的敵人。

智者的最後一舞

令人震驚的場面出現了：十二月，這位頭髮花白的男人再次站在古羅馬廣場，想要再次喚起羅馬民眾對祖先的崇高敬意。他發表了十四篇演說，強力抨擊奪權者安東尼，尤其是他拒絕服從元老院、忽視人民的聲音。他非常清楚自己的處境有多危險。他手無寸鐵，卻得挺身反對獨裁者，而後者已經集結羅馬軍團，準備展開一場血腥的殺戮。

但是，想要喚起別人的勇氣，就得先證明自己是勇者，這樣才有信服力。西塞羅知道，這次不能像從前那樣輕鬆地在廣場上發表議論。為了信念而戰鬥，就必須付出生命。他堅定地在講臺上表示：「年輕時，我捍衛共和國的體制。現在我已老去，更不能棄之不顧。如果我的死去能讓這座城市恢復和平，那我願意獻出生命。我唯一的心願是，當我死去時，羅馬人民能享有自由。永恆的神明賜予我的最大恩惠，莫過於此。」

他再次強調，現在已經沒時間與安東尼談判了。大家必須支持屋大維，儘管他是凱撒的親戚和遺產繼承人，但他代表共和國的體制。這無關個人，而是關係到自由的理念以及神聖的國家大業，最終做決定的時刻已經到了。如果這神聖的珍寶受到威脅，那麼只要有一刻的遲疑，國家必將毀滅。於是，和平主義者西塞羅呼籲共和國的軍隊去反抗獨裁者，雖然他痛恨內戰。後世的人文主義者伊拉斯謨（Desiderius Erasmus）也非常痛恨宗教改革所引發的社會動盪。西塞羅請政府向民眾宣告：國家進入緊急狀態，奪權者的公民權將被撤銷。

現在，西塞羅不再為難以決斷的官司辯護，轉而成為有崇高理想的律師，他在這十四篇演講中發表了偉大又熾烈的言辭。他對同胞們高呼：「也許其他民族願意生活在奴隸制中，但我們羅馬人不願意。若不能獲得自由，那我們寧願去死。」如果羅馬走到終點，那這個統治全世界的民族，也要面對面與敵人奮戰致死。在競技場上，早已不自由的角鬥士不想任人宰割，不願承受恥辱去為敵人服務，寧願有尊嚴地死去。

聽著這位演說家的演講，元老院和在場的群眾都捏了一把冷汗。有些人已有預感，這是他們最後一次在廣場上聽到這樣激動的言論；往後不再有這樣的自由。將來，人們只能對著羅馬皇帝的大理石雕像鞠躬。帝國往後會有更多凱撒，而人民只能竊竊私語，但表面上說些恭維和虛假的謊言，再也不見言論自由。

此刻，聽眾一方面感到恐懼，又很敬佩這位老人，他就像亡命之徒一樣，充滿絕望的勇氣。他們突然警覺到，此人正獨自捍衛著獨立精神和共和國的法律。他們感到猶豫，但都同意他的觀點。不過，這些言辭的火焰無法點燃腐爛的樹根，因為羅馬人的驕傲早已蕩然無存。這位理想主義者在古羅馬廣場上大聲疾呼，眾人應該為了自由而獻出生命。但同一時間，那些肆無忌憚的羅馬統帥，已經談好了羅馬史上最可恥的協定。

三巨頭的政治分贓

屋大維，西塞羅稱讚他是共和國的守護人；雷必達，西塞羅希望政府為他豎立雕像，表彰他對羅馬人民的貢獻。他們兩人都曾出兵討伐篡權者安東尼，但此時此刻，他們只想要私下完成交易。三個領袖都很腐敗，實力都不夠強大，無法獨自侵吞和管控羅馬這個獵物；屋大維、安東尼、雷必達，沒有誰比較高明。於是，這三個死敵達成協議，決定一起瓜分凱撒的遺產，結果，在一夜之間，羅馬用一個偉大的凱撒換來三個小凱撒。

這個時刻具有世界歷史上的意義。這三位將軍達成共識，既不打算服從元老院，也沒有要遵守羅馬人的法律，而是要成立三巨頭同盟，瓜分這個橫跨歐亞非三大洲的巨大帝國。

靠近波隆納的雷諾河與拉維諾河交會處有個小島，羅馬軍團搭了一個營帳，好讓那三個土匪在這碰頭。不言而喻，偉大的戰爭英雄通常都不會相信別人。雖然自己也很卑鄙，他們還是經常稱對手是騙子、流氓、篡權者、人民公敵、土匪和盜賊。但是，渴望權力的人看重的是實權，而不是態度；只要抓到獵物，就不用考慮尊嚴。這三個合夥人，各自前往這個戒備森嚴的約定地點。他們是世界未來的統治者。首先，他們先保證，彼此都沒有隨身攜帶武器，不會刺殺新的盟友。接著他們才展現友善的態度，笑著一起走進帳篷。就這樣，三巨頭準備在此簽下協定和結為同盟。

在沒有見證人的情況下，安東尼、屋大維和雷必達在帳篷裡待了三天。他們要完成三件事。首先，他們該如何瓜分領土？三方很快達成共識：屋大維應得到非洲和努米底亞（Numidia，編按：位於北非），安東尼得到高盧，雷必達得到西班牙。第二個問題也不難解決：如何籌集軍隊的經費？他們拖欠軍團和民兵的軍餉好幾個月了，現在也馬上找到解決方法，後世許多領導者也有樣學樣：掠奪有錢人的財富。而且，為了防止他們大聲喊冤，就乾脆抄家滅族。在談判桌上，三個男人悠閒地寫下一份解除防護的名單，上面有兩千名義大利最富有的人，還有一百人是元老院的成員。每個人都提出自己知道的貴族，當然也包括仇敵和反對者。這新的三頭同盟迅速解決了領地的問題，也徹底解除經濟上的危機。

接著要討論第三件事。為了建立極權體制，確保自己坐穩大位，統治者必須先讓獨裁政權的敵人保持沉默，這些人具有獨立精神，為了捍衛「自由」這個最根本的理念，他們永遠都會挺身而出。因此，安東尼在擬定最後一份解除保護名單時，把西塞羅列為第一人。西塞羅看清了安東尼的本性，並直言不諱地指出對方的各種缺失。西塞羅就是這麼危險，他的思想如此有力，還有獨立的意志，一定得剷除。

坦然面對命運

屋大維大吃一驚，立刻表明拒絕。他還年輕，還沒有被醜惡的政治毒化而變得殘忍無情。一想到自己的任期必須從剷除這位義大利知名學者開始，他就非常惶恐。西塞羅曾在民眾和元老院面前誠心誠意地推薦、讚美過他。幾個月前，屋大維還畢恭畢敬地請求西塞羅來幫忙並給予建議，並且尊稱這位老人是自己「真正的父親」。

屋大維感到非常羞愧，所以強烈反對安東尼的提案。出於本能與其獨特的本性，他一定得維護自己做人的尊嚴。因此，他不想讓這位傑出的拉丁語大師死於刺客的邪惡匕首下。但是安東尼堅持不退讓，他知道，思想自由和政治暴力是永遠對立的兩極。況且，對於獨裁者來說，演說大師是最危險的敵人。

他們為西塞羅的人頭爭執了三天，最後屋大維讓步了。於是，這份羅馬史上最可恥的文件，就以西塞羅的名字作結。這份清洗名單確定後，共和國就被蓋上死刑的印章。

三個原本的死敵達成共識了，西塞羅得知這個消息後，就知道自己失敗了。他心知肚明，自己曾用激烈的言辭抨擊安東尼，說他是海盜。數百年後，莎士比亞還誤把安東尼奉為精神上的貴族，但西塞羅認為，此人本性低劣、貪婪、虛榮、殘酷又蠻橫。這個野蠻兇殘的人不像凱撒那樣寬宏大度，如果西塞羅想要挽救自己的生命，唯一的辦法就是逃亡。渡海到希臘，去布魯圖斯、凱西烏斯的領土，到共和國最後的自由堡壘。雖然刺客已在路上，但到達那裡就安全了。

事實上，這位將被剷除的人已經逃亡兩三次了。他曾經做好一切準備，還跟朋友告別，也登上了船要出發，卻總是在最後一刻下船。對於流亡過的人來說，會很難忘記那種羞恥感，即使處於危難中，也會記得對家鄉土地的依戀。但現在，有種超越理性、甚至違背理智的神祕意志，強迫他去正視即將來臨的命運。人生經歷了這麼多事，他已經累了，只要再多休息幾天，安靜地思考一下，接著再寫幾封信、讀幾本書。接著，讓那些命中註定的事都來吧！

最後一刻的勇氣

在最後幾個月裡，西塞羅輪流在自己各個莊園裡躲藏，每當有危險出現，他就得重新背起行囊，但就是無法擺脫被追殺的命運。發燒的人會不斷換枕頭，西塞羅也不斷變換藏身地點。他沒有決心去面對自己的命運，也不打算迴避。也許在潛意識裡，他希望能用這種態度面對死亡，以實現他在《論老年》中寫下的結論：老人不可刻意尋求死亡，但也不要延緩它的到來；無論死亡何時降臨，都必須平靜地接受。對於心靈強大的人來說，死亡並不可恥。

想到這一點，在前往西西里島途中的西塞羅，便突然命令隨從調轉船頭，回到充滿敵意的義大利。一行人在卡埃塔（Cajeta，今日義大利中部的加埃塔〔Gaeta〕）下船，而西塞羅在那裡有座小莊園。他感到很疲憊，不僅僅是四肢痠痛、神經衰弱，還有對生命和死亡的無力感。大地所散發的神祕力量，引發他的思鄉之情，使他無力抗拒。他只想再休息一下，再呼吸一次家鄉甜蜜的空氣，然後向世人告別。但他想安靜地休息一下，哪怕只有一天或一小時都好！

他一到達莊園，就先禮敬羅馬人的家庭守護神拉爾（Lar）。這位六十四歲的男人累了，搭船渡海令他精疲力竭。於是他伸開四肢，躺在墓室般的臥房裡，接著閉上眼睛，讓自己在溫柔的睡意中享受長眠之前的快樂。

西塞羅剛剛躺平，一位忠實的奴僕就闖進房間，身邊還有幾個帶著武器的可疑男人。西塞羅一生都對家僕都很好，但此人為了領賞，便把主人的住處洩露給殺手。西塞羅應該毫不猶豫地迅速逃走；轎子準備好了，其他奴僕也拿起武器護衛他，到岸邊只要一小段路，到了船上就安全了。可是這位精疲力竭的老人拒絕了。

「何必如此呢？」他說：「我已厭倦逃亡的日子，也對人生感到無趣。讓我死在這裡，死在這片我拯救過的土地上吧！」不過，有位忠實老僕人最後成功說服了他。於是奴僕們背著武器、抬著轎子，眾人繞道穿越樹林，向著那艘救命的船艇奔去。

然而，他家中的那個叛徒深怕不義之財落空，於是匆忙叫來一名百夫長和幾個拿著武器的人。他們穿越樹林追趕，並及時追上了獵物。

守護西塞羅的奴僕立刻圍在轎子四周，準備抵抗。然而，老人卻命令他們放下武器、趕緊離開。他的人生已走完，不想要再犧牲其他年輕的生命了。

在最後的時刻，這個老是猶豫不決、彷徨不定和缺乏勇氣的男人，終於放下了所有的擔憂和恐懼。身為羅馬人，只能在這最後的考驗中證明自己，人必有一死，智者應該無畏地面對死亡。

在他的命令下，僕人們向後退去。而他，手無寸鐵，沒有反抗，而是用一句偉大卓越的話將自己白髮蒼蒼的頭交給殺手：「我始終都知道，我只是凡人。」但是殺手不想要聽哲學，只想要領賞。眾人毫不猶豫；百夫長猛力一擊，打倒這個放棄抵抗的人。

西塞羅就這樣死了，他是羅馬最後一位捍衛自由的律師。他一生中度過了幾十萬個小時，但唯有在這最後一個小時，才展現出無比堅定的英雄與男子氣概。

尾聲

這場悲劇發生後，緊接著上場的是血腥的醜劇。安東尼親自下令殺人，命令又快又急，所以兇手推測，這顆人頭一定有特殊的價值。他們並沒有料到，此人在思想領域中對世界和後人的價值，只知道這血腥行動對於幕後的指使者有重大的意義。為了避免領賞時發生爭議，眾人決定將這顆人頭送到安東尼的手中，以當作完成任務的有力證據。於是，土匪頭子從屍體上砍下頭和雙手，裝入一個袋子，匆忙地背著它趕回羅馬，上頭還滴著被害者的鮮血。他們想用這個消息來取悅獨裁者：「偉大的羅馬共和國捍衛者三兩下就被除掉了。」

這個粗魯的土匪頭子算盤打得很精。幕後的指使者非常滿意，為慶祝行動成功，就發出了豐厚的獎勵。不過，他會如此慷慨，是因為他對兩千名義大利富人抄家滅族。袋子裝著西塞羅被砍下的雙手和被褻瀆的頭顱，因此他付給百夫長一百萬嶄新的羅馬貨幣。但是，他的仇恨一點也沒有平息。在愚蠢的恨意驅使下，這個血腥的男人做出極其無恥的行為。然而，他沒有料到此舉讓他遺臭萬年。

安東尼下令將死者的頭顱和雙手釘在講臺上方。西塞羅曾站在這裡，向底下的民眾大聲呼籲：挺身反對安東尼、保衛羅馬自由。

可恥的場面等待著羅馬民眾到來。西塞羅曾在那個講臺上發表過不朽的演說，此時，上頭卻慘澹地掛著他那顆被砍下的頭顱。羅馬最後一個捍衛自由的人，下場就是如此。粗大的鐵釘穿過他的額頭，而那個腦袋裡誕生了成千上萬個理念。那兩片慘白的嘴唇痛苦地緊閉著，它曾說出漂亮的拉丁語，編織過絢麗的詞藻。藍色的眼瞼緊緊地蓋上，後面藏著六十年來守護共和國的眼睛。那雙癱軟張開的雙手，則是寫過史上最優美的書信。

此時此刻，在這個舞臺上，這位偉大的演說家無法控訴當權者的暴力、喪心病狂和違法亂紀。但是，那顆默默無聲、被砍下的頭顱卻有強大的說服力，它呈現出暴政之不理性的一面。民眾膽戰心驚地擠到講臺周圍，看著那顆被羞辱的頭顱，然後又鬱悶、膽怯地退到一邊。沒有人敢提出反對意見，這就是獨裁！但是他們的內心非常糾結。共和國的代表人物就這麼悲慘地被釘在十字架上，而他們只能驚恐地垂下眼簾。

14

為世人建立永久和平

擇善固執的美國總統威爾遜

關鍵時刻

▼

一九一八年至一九一九年

一九一八年十二月十三日，巨大的軍艦「華盛頓號」載著美國總統威爾遜向歐洲駛去。自從創世以來，還不曾有過這種場面：數以百萬的民眾懷著希望和信任，期盼這艘船和這個人的到來。四年來，歐洲國家彼此廝殺，用機關槍、加農砲、火焰噴射器和毒氣殘殺了成千上萬優秀又朝氣蓬勃的青年。

在這段時間裡，人們所說的、所寫的，都是帶著仇恨和羞辱人的言辭。眾人的憤怒情緒被挑起了，但內心那股神祕的聲音卻無法保持沉默：「這些暴行荒唐又不理智，有辱這個文明世紀的尊嚴。」雖然沒說出口，但成千上萬的人在有意和無意間都感覺到，人類又倒退到草莽、早已忘卻的野蠻時代了。

然而，有個聲音越過硝煙彌漫的戰場，從世界的另一個大陸——美洲，清晰地傳遞過來。它大聲疾呼：「永遠不要再有戰爭，世界不再分裂。不要再有邪惡的祕密外交，導致那些不知情和不自願的人民上戰場。」世界應該建立更美好的新秩序。它接著說：「必須以民意為基礎，並在全民有條理的共識下，得到法律的支持。」令人驚奇的是，各個國家、各個民族的人立刻理解這些訴求。

這場戰爭，它昨天還是一場無謂的爭鬥，眾人為了土地、邊界、自然資源、礦山、油田而戰。但今天它突然得到一個更崇高、更有宗教性的意義：為了建立永久和平，為了建立更公正、更有人道、更有救贖的國度，這場戰爭要有個結果。

瞬息之間，成千上萬人飛灑的鮮血不再毫無意義。這一代人之所以得承受磨難，就是為了讓戰爭的痛苦不再降臨到地球。帶著自信與熱情，許許多多的聲音呼喚這個男人前來。威爾遜前來促成勝敗雙方的和解，並謀求公正的和平協議。他就像摩西，準備將困惑的各國領袖帶到談判桌旁。在短短的幾周內，威爾遜的名字有了一股宗教、救世主般的力量。人們以他的名字命名街道和大樓，甚至孩子。

每個身陷危機或處於不利地位的國家都派代表去開會。成千上萬的信件和電報從五大洲飛來，上頭寫著民眾的建議、願望和懇求。信件堆積得太多，只好整箱整箱地搬到華盛頓號上，一起帶去歐洲。人們渴望能永遠地和睦相處，整個大陸、整個地球都異口同聲地要求這個男人擔任調停者；他們保證，這是最後一次爭吵了。

把和平理念當成宗教信條

威爾遜無法拒絕這一召喚。在美國，朋友們都不建議他親自去參加和平會議。他是美利堅合眾國的總統，有義務待在自己的國家，至於和談會議，他在遠方下指導棋就好。但威爾遜沒有被說服，更不打算改變主意。國家至高無上的尊嚴、美國總統這個職位，都沒有比這項任務更重要。威爾遜不願意只為一個國家或一個大陸服務。他希望能為全人類服務；不能只顧眼前，而是要放眼未來。「利益不會讓人類團結，只會造成分裂」，他不能只單獨考慮美國的利益，也應該顧及全人類的未來。他感覺到，有必要親自去監督會議，以免軍人和外交官再次煽動、利用民族主義。這些人的工作很可悲，只要人類團結起來，他們就得捲鋪蓋走路。他必須親自擔保，會議上的發言都是出自人民的意願，而不是被其領袖所強迫。這是人類最終的和平會議，與會者應該向全世界敞開大門，堂堂正正地說出每句話。

懷著這樣的心情，威爾遜站在船上，遠眺霧中漸漸出現的歐洲海岸。此時，海岸依然模糊，猶如他對未來的美夢一樣：世界大同，人人相愛。這個高大的男人站在船上，表情嚴肅，犀利的雙眼在眼鏡後面透出清澈的目光。他帶著美國人特有的活力，下巴向前突出，但寬厚的嘴唇緊閉著。他的祖父和父親都是長老教會的牧師，所以他也跟這些男性一樣，特別嚴謹和保守。對他們來說，真理只有一個，而且只有虔誠的信徒能掌握它。

在他的血液中，有蘇格蘭人和愛爾蘭人的虔誠與熱情，也有喀爾文主義者的狂熱。信仰賦予他領袖和導師般的任務，好去拯救有罪的人類。異議人士和殉道者的固執理念不斷在他的身上發揮作用；哪怕是為信仰而被燒死，也絕不可偏離《聖經》的教誨。

在他這樣的民主主義者和知識分子看來，「人道主義」、「人類」、「自由」、「和平」和「人權」等概念並不是冰冷的詞彙，而是祖先傳下來的福音。這些詞彙不只是意識形態和抽象概念，而是宗教信條。他的祖先捍衛過福音書的真理，所以他也必須一個字一個詞、堅定地捍衛這些信條。他參加過各種形式的戰鬥。他望著前方，歐洲土地在他眼前越來越清晰。他有預感，這場戰鬥將非常關鍵。他的肌肉不由自主地繃緊起來，心想：「這次要為了建立新秩序而努力，必須奮戰到底，直到平和地達成共識。」

巴黎人夾道歡迎

很快，望著遠方的嚴肅目光變柔和了。在法國布雷斯特（Brest）的海港，巨響的加農砲和飄揚的旗幟先來迎接，這是國際禮儀，以表示對盟國總統的尊敬。隨後，岸上傳來隆重的歡呼聲，他能感覺到，這不是刻意設計、預先安排的歡迎儀式，而是民眾滿腔的熱情流露出來。列車經過的小鎮、村落和房子，都飄揚著旗幟，它們象徵著希望的火焰。許多熱情的雙手伸過來，許多歡迎的聲音湧來。當他通過巴黎的香榭麗舍大道時，人群擠滿兩側，彷彿築起兩道熱情奔放的牆。

巴黎、法國民眾代表了所有的歐洲人。他們高呼、歡唱，急切地要把自己的期望傳遞給他。他的表情漸漸放鬆，露出自由、快樂和微微陶醉的笑容。他向左右兩邊揮動禮帽，彷彿要問候所有的民眾和全世界。「是的，親自來這裡是正確的決定」，唯有充滿充滿生命力的意志，才能戰勝僵硬的法律。

這是一座快樂的城市，人民充滿希望和喜悅。我們應該為世人和後代子孫創造這樣的環境，也一定做得到。他還有一夜的時間可以休息。人們夢想了幾千年，就是想創造永久和平的環境。第二天早上，他們將開展這個偉大的世界，而且每個世人都想參與其中。

在凡爾賽宮的會議廳、外交部的走廊以及美國代表團所在的克里雍大飯店前，擠滿了焦急等待的記者。他們形成一支浩浩蕩蕩的隊伍，光從北美就來了一百五十名記者，其他國家和城市也派來了自己的記者；大家都想要得到會議的入場券，而且小大會議都不能放過！主辦方向世人承諾，會議將「完全公開」，不會有任何祕密會談或協議。

在「十四點和平原則」的第一條中，字字句句都很清楚：「公開的和平協定：所謂公開，就是不允許各國進行任何一種祕密的交流。」比起醫學上的流行病，祕密協定這種政治瘟疫導致更多人死亡。因此人們希望，威爾遜所提出的「公開外交」可以變成新血清，徹底消滅這種瘟疫。

各個陣營自有盤算

可是，熱情的記者們大失所望，官方的態度像貓捉老鼠一樣，閃閃躲躲。毫無疑問，他們都可以參加大型會議，會議紀錄也會全部向世人公開。但事實上，會議中所有的衝突與交鋒，都被美化和淡化了。會議即將開始時，人們還得不到任何資訊，因為談判程序還沒確定。

他們非常失望，便開始懷疑，在會議籌劃的過程中，有一些事情不是那麼順利。這個消息並非空穴來風。關於談判程序，威爾遜在第一次的「四巨頭」會議中，就已感覺到協約國的不合作態度。後者自稱有充分的理由，所以不願意每件事都公開討論。事實上，在所有參戰國代表的公事包和檔案櫃中，都藏著一些祕密協議，內容涉及到自身的利益和戰利品，而這些私下交易當然不能輕易公開。

代表們不想在會議一開始時就出洋相，所以先關起門來進行磋商，以找到解決辦法。可是，他們不僅對程序有不同意見，在更深的層次上也沒有共識。從本質上說，美國和歐洲這兩大陣營在立場上明顯地分為一左一右。所以這次會議不該只達成一個目的，而是要創造兩種和平，也就是兩個不同的協議。一個是暫時的和平協議，以應付當前所需：戰敗的德國必須交出武力、終止戰爭。另一個和平協議跟未來有關：各國保證，未來永遠不會再發生戰爭。

前者是以過去的強硬手段解決問題，後者是立下威爾遜夢想中的新盟約，也就是成立國際聯盟來推動和平。但應該先討論哪一條協議呢？

雙方尖銳對峙，想法天差地遠。威爾遜對暫時的和平沒有多少興趣。在他看來，邊界、戰爭賠償、重建等問題應該依照「十四點和平原則」中的條例，請專家和委員會來確定。這些都是微小、次要的事，專家們去負責就好。相反，國家的領導人的工作應該是帶來新契機，即實現國際團結和永久和平。

每個陣營都認為自己的意見最要緊。協約國抱怨（當然他們有理由），在經歷四年戰爭後，人民疲憊、環境慘遭破壞，若還要再等幾個月才能達成和平協議，歐洲會繼續陷入混亂。因此，應該先解決現實的問題，比如邊界劃定、賠償、穩定貨幣、恢復貿易和交通，讓拿著武器的男人回到妻兒身邊。然後，有了穩定結實的大地，威爾遜那如海市蜃樓般的計畫才能發光。

威爾遜真正的興趣不在恢復一時的和平。法國總理克里蒙梭、英國首相勞合．喬治、義大利外相索尼諾（Sidney Sonnino）都是舉足輕重且務實的戰略家，他們對威爾遜的理想其實也興趣缺缺。不過，出於政治考量，也真心欣賞他的人道精神和理想，所以他們贊同威爾遜的看法。他們有意或無意間感覺到，這個理想有其無私的一面，因此對各國人民有不可抗拒的吸引力。終於，他們願意討論威爾遜的計畫，並加上限制條款或刪減部分內容。但是戰爭得先終止，他們要與德國簽訂和平協議，然後才討論《國際聯盟盟約》。

但是，威爾遜也是務實的政治家。他知道，一個充滿動力的提案，拖延太久的話就會變得鬆散，最後就流產了。他也知道，要先有效化解國會議員那些討人厭的質疑。不是每個理想主義者都能成為美國總統，你得有更多的能耐。因此，他堅持自己的立場，不屈不撓地說服眾人。

首先，他必須妥善擬好《國際聯盟盟約》，與德國簽訂和平協定時，必須逐字逐句包含盟約中的原則。這個要求連帶產生第二個衝突。當初，德國違反國際法，殘暴地入侵比利時。接著，為了逼迫俄國簽訂割地賠款的《布列斯特—立陶夫斯克條約》，德國的霍夫曼將軍（Maximilian Hoffmann）拍桌恐嚇俄國代表。這些惡行惡狀都呈現出獨裁政權無情的一面。所以，對協約國來說，盟約反而是在獎勵負罪的德國，讓它提前獲得人道主義的對待；這一點都不公平。於是他們要求，先用舊幣結算舊帳，然後再討論新方法。

曠日廢時的討論過程

此時，戰場上依然一片狼藉，城市都被摧毀了。為了給威爾遜留下深刻的印象並施加壓力，各國領袖要他親自去現場看看。但是威爾遜這個不切實際的人，卻故意不去看廢墟。他只想看永恆未來的藍圖，而不是破碎的建築物。他的任務只有一個：推翻舊秩序，建立新秩序。他的顧問國務卿蘭辛（Robert Lansin）和外交官豪斯（Edward M. House）強烈反對，但他仍毫不動搖、堅持自己的構想：先締結盟約，然後考慮全人類的福祉，各國的利益放在最後。

各方激烈地爭論，耗費了許多時間，後來證明，這就是失敗的關鍵。不幸的是，威爾遜沒有提前為自己的夢想搭起堅實的結構。他所帶來的盟約，無論從哪方面來看，都不是最完善的定案。它只是一份草案，必須在無數的會議中被討論、修改、補充、增刪。他還要顧及外交禮節，在訪問巴黎後，緊接著造訪其他盟國的首都。

於是，威爾遜去了倫敦，又到曼徹斯特發表談話，還去了羅馬。這段時間他無法出席會議，其他國家的首腦就沒有興趣和熱情去推動他的專案。於是，在召開第一次會議前，他們整整虛度一個月。同時間，在匈牙利、羅馬尼亞、波蘭、巴爾幹和達爾馬提亞（Dalmatia，編按：今克羅埃西亞南部）的邊境，政府軍和民兵接二連三發生衝突並佔領土地。在維也納，饑荒日趨嚴重；俄羅斯的局勢也不斷在惡化，令人不安。

在一月十八日召開的第一次大會上，眾人也只是在理論上把盟約納入和平總協議的必要內容。直至此時，這份文件還沒有定案，只是在無休無止的討論中，從一隻手傳到另一隻手，還一次又一次地被修改和編輯。

時間又過去了一個月。歐洲人更加渴望和平實實在在、真正地到來。這三十天既悲慘又動盪不安。直到一九一九年二月十四日，也就是在停戰後又過了三個月，威爾遜才完成盟約的最終版本，眾人也一致通過。

世人再次歡呼。威爾遜的目標達成了，不需要用武力和恐嚇，只要秉持至高無上的公平原則，統整各國的意見，就能實現和平。威爾遜離開下榻的宮殿時，贏得了暴風雨般的掌聲。再一次、最後一次，他帶著感激的幸福微笑，自豪地望著蜂擁而來的人群。他感覺到，在他們身後還有更多的民眾；在這多災多難的這一代人身後，還有未來的世世代代。現在，有了這份最終的安全保證，人民就永遠不會再經歷戰爭的折磨，以及暴政和暴君的壓迫。

這是他最輝煌的一天，也是他最後的幸運日。威爾遜最終毀掉了自己的成果，他太早以勝利者的姿態離開戰場。第二天，也就是二月十五日，為了向美國的選民和同胞展示他那永久和平的「大憲章」。他踏上回國的旅程，並計畫不久後再回歐洲，以簽署修改後的最後一份戰爭和平協定。

重返談判桌

「華盛頓號」離開布雷斯特時，加農砲同樣以轟鳴聲向他致敬，然而人群沒有之前那麼密集了，臉上的表情也很冷漠。威爾遜離開歐洲時，民眾的熱情期待、救世主情懷與希望也隨之消失。在紐約的歡迎儀式也相當冷淡；沒有飛機翱翔在回歸的遠洋輪周圍，沒有暴風雨般的歡呼高喊。在政府部門、參議院、國會，甚至在黨內、在民眾中，都是質疑多過於問候。

歐洲人不滿意，因為威爾遜走得不夠遠；美國人不滿意，因為他走得太遠。前者認為，就人類的整體福祉來看，威爾遜沒有充分整合互相衝突的利益。在美國，他的政敵正在覬覦下一次總統大選，所以要煽動民眾的不滿情緒。他們批評道，總統不該將本國的政治與歐洲的局勢緊密綁在一起，畢竟後者不穩定又難以預測。因此，威爾遜違背了美國政治的基本原則：孤立的門羅主義。

人們非常焦急，想提醒威爾遜，他不該是夢想世界的創建者，不必為外國著想。他應該先想到美國人，尤其是選民，畢竟他是民選總統，是人民意志的代表。因此，儘管威爾遜還沒有從歐洲談判的勞頓中恢復過來，也不得不與黨內同志和政敵展開新的談判。雖然在他看來，他引以為傲的盟約大廈無懈可擊又固若金湯，但現在必須補上一道後門：為了避免風險，美國必須擬定預防措施，以確保隨時都能退出聯盟。就此，為了實現永久和平而設計的國際聯盟大廈開始搖晃，不僅第一塊磚被抽走了，牆壁也出現第一條裂縫。致命的危機接著一一出現，大廈最終倒塌。

於是，威爾遜的大憲章又加上其他限制條件，並作了修正，在歐洲跟美國本土都通過了，但這只是取得半個勝利。為了完成後續任務，他得重返歐洲。現在他就不像前次那樣輕鬆和信心十足了。這艘船再次駛向布雷斯特港，此刻他望著碼頭，但目光不再充滿希望和喜悅。這幾個星期以來，失望的心情使威爾遜顯得更加蒼老而疲憊，他的神情更加嚴肅，嘴型顯露出無奈和緊張，左面臉頰不時出現抽搐（疾病纏身的警告訊號）。隨行醫生沒有片刻的猶豫，立刻提醒威爾遜要多休息，另一場更艱困的戰鬥正等待著他。威爾遜知道，比起制定原則，執行和貫徹更加困難。但他已經立下壯志，不願放棄任何一點或一條原則；全有或全無，永久和平或沒有和平。

到港下船的時候，不再有歡呼聲，巴黎的街道上，也沒有喝采的人群。記者冷漠地觀望著，人民抱持著懷疑又謹慎的態度。歌德的話再次被證實：「熱情不是一種可以醃上幾年的菜。」時機成熟時，威爾遜沒有好好利用；所謂打鐵趁熱，鐵塊灼熱和柔軟時，就應該依自己的意願敲打。歐洲人的理想主義被晾在一堂。在他離開的那個月，一切發生了變化。跟著威爾遜的腳步，勞合．喬治離開會場去度假。克里蒙梭遭到刺客的槍擊而受傷，兩個星期不能工作。其他的代表為了各自的利益，便利用這段空窗期，紛紛擠進各個委員會的會議廳。

心懷鬼胎的各方人馬

四年來，將軍、元帥等各種高階將領擔負許多危險的工作，凡事都要以利益為考量。無論他們的決策有多武斷，成千上萬的人都得被迫服從他們的命令和決定。因此，他們根本不願意謙虛地退出戰場。這份盟約會奪走他們的實權以及軍隊，因為各種形式的徵兵制和常備役都會被廢除。這份盟約會危及將官們的生存。永久和平根本是廢話，只會令他們的職業失去意義。因此，他們必須不惜一切代價剷除它，把它推上死路。

於是，他們語帶威脅，並提出加強軍備的要求。他們不接受威爾遜的裁軍計畫，唯有建立新的武力，才能保護自己的國界和國家。國際化的解決方案只是空話。他們認為，要實現國富民強，絕不能依靠異想天開的「十四點和平原則」，武裝自己的軍隊、收繳敵人的武器才是正途。

擠在軍方背後的還有工業界的代表，他們希望軍火業能繼續運作。中間商也想從戰爭賠款中賺一手。各國的外交官在其自家反對黨的威脅下越來越猶豫不決，所以得設法為自己的國家爭奪一塊肥沃的土地。

在這些人的推波助瀾下，報社的打字機多了幾行字。於是，歐洲報紙在美國輿論的聲援下，用各種語言發表了同一個訴求：威爾遜正用他的幻想來拖延和平的到來。他的烏托邦理念值得讚揚，充滿了各種理想，但它阻礙了歐洲的穩定發展。現在，眾人不能再將時間浪費在道德問題和崇高的價值。如果不能立刻進入和平狀態，歐洲會繼續陷入混亂。

不幸的是，這些指責並非完全沒有道理。威爾遜的計畫是針對今後幾個世紀的發展，他的時間計量單位與歐洲各國不同。在他看來，要完成使命、實現幾千年來人類的美夢，光靠四、五個月的努力不夠。

與此同時，各種不知名的勢力、組織和民兵正橫掃東歐，到處霸佔土地。許多邊界地區的人民都不知道自己屬於哪個國家。四個月後，聯盟依然沒有人去接待德國和奧地利的代表團。邊界還沒劃清，民眾越來越感到不安。跡象看來很清楚，明天換匈牙利被佔領，後天是德國；這些地方的人民在絕望中把自己託付給布爾什維克。因此，不管公正或不公正，各國的外交官督促領袖，必須儘快產生結果、完成協議，第一步就是要掃除和平的最大阻礙：可笑的《國際聯盟盟約》！

四面楚歌

威爾遜回到巴黎的第一時間，就發現一切變不同了，所有的跡象顯示，他花了三個月建立起來的大廈，在他缺席那一個月被被埋下雷管，即將倒塌。法國的福煦元帥成功地從和平協定中移除盟約章程，最初三個月的討論於是付之一炬。在此關鍵時刻，威爾遜態度卻更加堅決，不肯讓步。

第二天，三月十五日，他透過媒體宣稱，一月二十五日的決議依然有效，盟約將成為和平協議的一部分。這份聲明是第一道反擊，因為協約國不打算以新的盟約為基礎，要改以原先彼此私下簽署的合約，來與德國達成和平協議。威爾遜總統十分清楚，這些國家表面上嚴正地說，它們一定會尊重人民的自主權，但其實各有所圖。法國想要萊茵區和薩爾（Saar）；義大利想要阜姆（Fiume，編按：位於今日的克羅埃西亞）和達爾馬提亞。羅馬尼亞、波蘭和捷克斯洛伐克也想要屬於他們的勝利果實。他不出手阻撓的話，協約國就會用拿破崙、塔列朗（de Talleyrand-Périgord）和梅特涅的辦法處置敗戰國。他譴責那種分贓的手法，所以才希望用公開透明的方式達成協定。

各方激烈爭辯了十四天。威爾遜不想把薩爾交給法國，這等同於率先破壞當地人的自決權。事實上，義大利已經發現，只要打開法國的先例，自己的所有要求就能實現，於是威脅要離開會議。法國的媒體也煽風點火，說布爾什維克正從匈牙利向外發展。協約國也認為，這股勢力將很快在世界各地蔓延開來。

跟威爾遜最親近的顧問豪斯和蘭辛也漸漸表露出清楚的反對態度。朋友們也都建議，基於目前世界的混亂局勢，為了加速達成和平協定，犧牲幾條理想的原則也是情有可原。反對威爾遜的統一戰線聯合起來了。在政敵和競爭者的煽動下，美國輿論也在敲打他的後背。有時，威爾遜感到力不從心。他跟朋友承認，自己再也無法獨自對抗全部的對手。若不能貫徹自己的意志，他便會離開和談會議。

對手來自四面八方，而最後一個敵人也終於現身，但它從內部而來，也就是他的身體。殘酷的政治現實與尚未成型的理想還在拉扯，決定性的關鍵時刻快要到來。但就在四月三日那天，威爾遜已無力再支撐自己，流感迫使這位六十三歲的人躺到了床上。

但時間比發熱的血液更加磨人，它甚至不讓這位病人休息片刻。陰暗的天空中，電閃雷鳴，壞消息來了。四月五日，共產黨人在巴伐利亞奪下政權，並在慕尼黑宣布成立蘇維埃共和國。搞不好再過一小時，奧地利就會加入它的行列，因為當地人民正在挨餓，周邊的巴伐利亞和匈牙利已被布爾什維克所把持。

壓力隨著每個小時過去而不斷上升，威爾遜要擔負的責任也在遞增。人們擠到他的床邊，逼迫這位精疲力竭的人快下決定。克里蒙梭、勞合．喬治、豪斯在隔壁房間裡商議。大家下定決心，今日無論如何都要有個結論。威爾遜的要求和理想代價太高，他必須有所退讓，不能再執著「永久和平」的美夢。正因為那些理念，歐洲才無法進入實質的、對民眾有益的和平狀態，並導致零星的軍事衝突不斷發生。

眾人發出最後通牒

威爾遜被病痛拖垮，被媒體指責「拖延和平的腳步」，被自己的顧問拋棄，還被其他國家的代表圍攻。在精疲力竭下，他沒有退縮。他不想違背對自己的承諾。這些盟約能促成永久的和平，而且未來不會再有戰爭。唯有這個「國際聯盟」能拯救歐洲，他要為此拚命，為這個理想奮鬥。

於是，他身體恢復到能下床時，就做出了一個關鍵的決定。四月七日，他發一封電報給華盛頓的海軍總部：「華盛頓號最快何時能出發前來法國的布雷斯特？最快抵達的時間為何？總統希望它迅速啟航。」在這一天，世人得到這條新聞：威爾遜總統下令他的船艦前來歐洲。

這條消息如同晴天霹靂，人們立刻理解它的含意。大家都知道，威爾遜總統態度堅決，在和平協議中，絕不可以有任何一點會破壞盟約的原則。而且他已決定，寧可退出會議也絕不讓步。未來幾十年、甚至幾百年歐洲和世界的命運，都將由他所決定，而這個歷史性的時刻終於到來了。威爾遜從會議桌旁站起來的話，舊世界的秩序便會崩潰並陷入混亂，不過這也可能是誕生新星的契機。

歐洲人緊張地等待消息：「其他代表會共同承擔這個責任嗎？還是只有他一人？」這是決定性的時刻。

此刻，威爾遜依然堅定，絕不妥協、絕不屈服：沒有「強制性的和平方案」，只有「符合公平正義的和平」。薩爾不能劃給法國，阜姆不能交給義大利人，土耳其不能分裂；總之，不能把各區人民的福祉拿來交易。

他強調，公義會戰勝強權、理想會超越現實、未來比當下更重要！為了實現這一切，他必須走自己的路，哪怕世界因此毀滅。這短短的一個小時將成為威爾遜的最偉大、最具人性、最有歷史意義的時刻。

如果他有力量順利度過這一刻，那他的名字將永留青史，成為少數又真誠的人類之友。他將完成一件無與倫比的事業。但是，這一瞬間、一個小時過後，整整一個星期，各方的逼迫迎面朝他而來。法國、英國、義大利的媒體抱怨說，雖然他有意當個和事佬，最終卻成為和平的破壞者。他太執著於理想和宗教信念，反而毀了和平的契機；他為了個人的烏托邦夢想，而犧牲了現實世界。

原本德國還對威爾遜寄予厚望，但布爾什維克主義在巴伐利亞擴散後，德國人陷入不安，所以也開始反對他。就連同胞也不支持他。豪斯和蘭辛不斷提醒總統，趕快放下執念。總統的個人祕書圖姆爾蒂（Joseph Patrick Tumulty）幾天前還從華盛頓發來鼓勵的電報：「只有總統勇敢地出擊，才能拯救歐洲乃至世界。」現在威爾遜勇敢出擊了，祕書卻從同一個地點發來驚恐的電報：「現在撤離並不明智，不管在國內或國外，您都將面臨危險……總統應當繼續開會……不該去承擔中止會議的責任，那是其他代表的事……此時的撤離的話，跟逃跑沒兩樣。」

威爾遜環顧四周，他感到迷網、絕望又困惑。沒人有人站在他這邊，全部都在反對他。會議廳裡的代表都在抗議，智囊團的顧問也在逼他。也許有千千萬萬的人在遠方支持他，懇求他堅守立場、保持信念，但他聽不到。他心想，他用退場來威脅眾人，如果他真的離開，那麼後世人還會記得他的名字嗎？也許，只要他堅持下去，那他的未來藍圖與政治原則就會完美無瑕地留給後人，並且不斷出現新的風貌。他自己並不知道，正因為他想對抗那些愚蠢又充滿貪欲和仇恨的政客，所以才產生這麼有創造性的力量。

但他只覺得自己被孤立了，已無力承擔這最後的責任。於是威爾遜逐漸讓步了，結果證明是災難一場。

世界和平的夢想

威爾遜的態度終於軟化了。在豪斯的居中協調下，雙方都有所妥協。邊界問題談了八天。終於，歷史上這個黑暗的日子降臨了。四月十五日，威爾遜懷著沉重的心情和不安的良心，終於同意克里蒙梭的協議，不再要求各國解除軍備。德國也要把薩爾交給法國，但不是永久，時限為十五年。至此，這個毫不妥協的人做出了第一個讓步。

第二天清晨，巴黎媒體彷彿被施了魔法，評論的風向突然改變了。昨天記者還罵他是和平的擾亂者、世界的毀滅者，現在卻稱讚他是世界上最明智的政治家。但是，這個讚譽猶如譴責一般，灼燒他最深處的心靈。威爾遜知道，他也許是在實質上挽救了歐洲，達成短暫的和平，但是，唯有發揮和解的精神，締結永久的和平，才能徹底拯救世界。

但時機已晚，他錯過這個機會了。

荒謬的想法和衝動的情緒戰勝了理智。跨時代的理念對抗不了頑固，所以世界被逼回原點；而威爾遜身為和平的領袖與旗手，在決定性的戰鬥中也失敗了。

在這命運的時刻，威爾遜的做法是對還是錯，誰又能斷言呢？無論如何，在這具有歷史意義又不可逆轉的一天，他終於做出了決定。往後幾十年乃至幾百年中，人類必將為此錯誤付出鮮血，並陷入無比的絕望、無助和困惑中。在那個年代，威爾遜擁有無與倫比的道德權威，但從那一天起，他就被拉下神壇。他失去聲望，隨後也失去了力量。只要一做出小小的讓步，就會一發不可收拾；只要妥協一次，更多的妥協便會滾滾而來。

欺騙引起欺騙，暴力製造暴力。威爾遜所夢想的全面及永久和平成了碎片。現在的和平不是以未來的意義塑造的，不是以人道精神，純粹理性構成的。可惜的是，那個獨一無二的時機，歷史上至關重要的機會，就這麼錯過了。被上帝拋棄、失望的世人再次感到沉悶和困惑。總統要回家了，歐洲人曾以為他能帶來福祉，但現在他不再是任何人的救世主了。他疲憊不堪、病魔纏身、受到沉重的打擊。不再有歡呼聲迎接他，不再有旗幟向他揮動。輪船遠離歐洲海岸時，失敗者轉過身去。

威爾遜不願用自己的目光回望這片不幸的土地。幾千年來，我們渴望和平與統一，卻從未實現過。夢想中充滿人性的和平世界，再次漸漸消失遠方的霧氣中。

知識叢書 1131

茨威格之人類群星閃耀時：
勇氣、抉擇與夢想，十四個在黑暗中看到曙光的歷史現場

Sternstunden der Menschheit

作　　者—史蒂芬・茨威格（Stefan Zweig）
譯　　者—姚月
責任編輯—許越智
責任企畫—張瑋之
封面設計—陳文德
內文排版—張瑜卿
編輯總監—蘇清霖
董 事 長—趙政岷
出 版 者—時報文化出版企業股份有限公司
一〇八〇一九臺北市和平西路三段二四〇號四樓
發行專線／（〇二）二三〇六—六八四二
讀者服務專線／〇八〇〇—二三一—七〇五、（〇二）二三〇四—七一〇三
讀者服務傳真／（〇二）二三〇四—六八五八
郵撥／一九三四—四七二四時報文化出版公司
信箱／一〇八九九臺北華江橋郵局第九九信箱
時報悅讀網—www.readingtimes.com.tw
法律顧問—理律法律事務所　陳長文律師、李念祖律師
印　　刷—勁達印刷有限公司
初版一刷—二〇二三年二月十七日
定　　價—新台幣四〇〇元

時報文化出版公司成立於一九七五年，並於一九九九年股票上櫃公開發行，
於二〇〇八年脫離中時集團非屬旺中，以「尊重智慧與創意的文化事業」為信念。

茨威格之人類群星閃耀時
史蒂芬・茨威格（Stefan Zweig）著；姚月譯
--- 初版 --- 臺北市：時報文化出版企業股份有限公司，2023.02
352面；14.8×21公分. ---（知識叢書 1131）
譯自：Sternstunden der Menschheit.
ISBN 978-626-353-354-7（平裝）
1.CST: 世界傳記
882.26　　111021281

作家榜经典文库®

ISBN 978-626-353-354-7　Printed in Taiwan